聖女さまは取り替え子

Seijo sama ha torikaeko

著 灯乃 ill. 眠介

TOブックス

CONTENTS

イラスト：眠介
デザイン：AFTERGLOW

プロローグ

「あーっはははははは、あはははははっ‼」

どこか調子外れの、笑い声。

辺りに響き渡る澄み切った少女のソプラノは、どこか不安定な危うさを孕んでいた。

紅蓮の炎に煽られたポニーテールの金髪が、まるで爽やかな春風に捲かれたかのように、ふわりと緩やかに舞い踊る。

しなやかな曲線を描く華奢な体は、機能性を重視した騎士服などよりも、可憐なドレスをまとっているほうが遙かに相応しいと、見る者すべてが言うだろう。

どす黒く変色した血にまみれた、天使のように甘く愛らしい顔。南方の海の碧を宿した宝玉の瞳に、ふっくらと薔薇色に色づく小さな唇。丁寧に梳《くしけず》った黄金の髪を結い上げ、上質な宝石やドレスで飾れば、三国一の美姫と称えられるに違いない。

だが今、元の肌の色がわからなくなるほどに汚れた、少女の小さな手が無造作に掴んでいるもの。

それは、淑女の嗜みである煌びやかな装飾を施された扇でも、香り高い紅茶を注いだ白磁のティーカップでもない。

くすくすと、心底楽しげに笑う少女が無造作に持つそれは、まるで脈動しているかのように明滅する、拳大の赤黒く濁った球体――否、凶暴化した魔獣の体から抉り出されたばかりの、核である。

それはすぐに不規則な禍々しい光を放ち出し、あっという間に直視できないほどの眩さとなっていく。

いまだ膨大な魔力に満ちたそれは、すぐに新たな肉体をまとうだろう。そして、魔獣の核は肉体を構成する際、周囲にいる己より弱い者の魔力を、強制的に奪い去っていく。そのときに奪った魔力が大きければ大きいほど、魔獣の肉体はそれに比例して強大なものになるのだ。

「総員、退避！　退避ー!!」

輝く魔獣の核を目にした者たちが、口々に危険を叫び、訴える。今この場には、数多くの魔導士が存在していた。彼らの持つ魔力がすべて奪われてしまえば、もはや新たな肉体を得た魔獣に抵抗する術は、完全に失われる。

その脅威に青ざめた者たちの心が、恐怖に押しつぶされそうになったときだった。

「だーいじょうぶ、だいじょーぶ。うふふふふー。おまえなんか、こうしてやるこうしてやるこうしてやるー！　うはははははは!!」

左手で持ったそれを、右手の拳でぽこぽこと殴りつけながら、少女がふんぞり返って高笑う。そのたび、魔獣の核の放つ強烈な光が加速度的に弱くなり、同時に核そのものの濁りが、あっという間に薄れていく。

澱んだ魔力に汚染されていた、魔獣の核。それが、みるみるうちに本来の美しい輝きを取り戻していく。その様子を見た者たちはみな、息を呑んで己の目を疑った。

――あまりにも、早すぎる変化。

少女の子どもじみた振る舞いと相俟《あいま》って、現実感の乏しすぎる光景を受け入れられず、周囲が水を打ったように静まり返る。

やがて、核から放たれる光が、濁った赤から淡く澄んだ青色になったのを見て、ようやく少女はそれを殴る手を止めた。

そうして、スンッと真顔になった彼女は、今度はその核を握った左手に力をこめる。

「ハーイ、落ち着きましたね？　落ち着きましたよね？　落ち着いたところで、キッチリこちらの言うことを聞いて理解して、正しく判断してくださいねー？　――ハイ、それでは本題です。ただいまわたしはご覧の通り、アナタの核を握っています。ちょーっと力加減を間違うだけで、簡単に砕くことができちゃいます！　すごいでしょう！」

少女は朗らかに笑いながら、えげつない脅迫を口にした。

と、魔獣の核から漏れる光が、ゆらりと揺らいだ。それを見た少女の目が、くっと剣呑に細められる。

「おいコラ、余計なこと考えてんじゃねーぞ、畜生が。マジで握りつぶされてェのか、能なしで浅はかで考えなしで短慮で惰弱なへっぽこクソ野郎。てめえの生殺与奪は、文字通りわたしの手の中にあるんだよ。その辺、海よりも深く魂に刻むレベルで理解した上で、惨めに震えてみっともなく泣いて許しを請いやがれ」

一転して、ドスの利いた重低音で告げられた罵倒の数々に、魔獣の核が怯えるように小さく点滅した。それを見た少女は満足げにうなずき、今度はにっこりと可愛らしく笑みを浮かべる。

「うんうん、いい子ですねえ。聞き分けのいい子は好きですよ、わたし。そんないい子のアナタに、選択肢をあげましょう！」

その愛くるしい顔立ちに相応しい、まさに天使のように無垢な笑顔。ただし、その顔は返り血でまだらに汚れているため、大変サイコパスな様相になっていた。

核を失った魔獣の肉体は、時間が経てば細かな塵となって消えていくものである。少女の浴びた返り血もまた、少しずつ霧散し、消えていっていた。だがその様は、彼女の白い肌に浮かぶまだら模様が生き物のようにうねって見えて、ますます不気味さを増している。

遠巻きに見ている者たちの中には、そんな少女の姿に恐怖を覚え、無意識に彼女から距離を取りはじめる者もいた。

少女はそんな周囲の様子に構わず、ぴっと右手の指を二本立てる。

「選択肢は、ふたつです！　このままわたしに核を握り潰されるか、それともわたしの従魔として契約するか。ちなみに従魔契約をした場合、アナタの肉体はわたし好みの外見に再構成されます！　もふもふは正義なのです！　つるつるやゴツゴツも嫌いではないですが、癒やしという点において、もふもふは絶対正義！　断じて異論は認めません！　おまけになんと今なら、特別サービスでぷにぷにの素敵な肉球も付けちゃいます！」

うふふふふー！　と再びふんぞり返った少女の背中に、突然現れた大きな手が触れる。その手の主――こちらも全身返り血にまみれた、すらりと背の高い黒髪の青年だ。彼は荒く乱れた呼吸を整えながら、低く感情の透けない声で言う。

「落ち着け、ナギ。おまえは今、正常な判断をできる状態じゃない。さっさと、その核を破壊して

――」

「あ、契約するの？　うん、シークヴァルトさんが言ってるのは脅しじゃないよ、本気だよ？　よかったねえ、返事をするのがあと一秒遅かったら、条件反射でぐしゃっとしてたよ。なぜならわたし、戦闘時におけるシークヴァルトさんの命令には、ほとんどノータイムで従うよう躾けられているのです！　師匠なので！　鬼コーチなので！　調教ってコワーイねー！」

少女と同じ騎士服を着た青年の額に、ぴしりと青筋が浮く。

「調教とか人聞きの悪いことを言うな、ボケェ！」

「いえっさー！　罵倒の語彙が『ボケェ！』だけのシークヴァルトさんに、密かにときめくわたしです！」

輝く笑顔で言った少女は、ものすごく酸っぱいものを食べたような顔になった青年から、魔獣の核に視線を移す。

それはいつの間にか、晴れ渡った空のような美しい青色の球体になっていた。

「青ー、青ー、きれいな青ー。……よし、決めた！　キミの新しい名前は、モフリヌスキーです！」

上機嫌な少女がそう宣言した途端、青色の球体が純白の光を放つ。その真円を描く輪郭が曖昧になる。

次の瞬間現れたのは、白銀の毛並みと青の瞳を持つ獣。

非常に美しく均整の取れた姿をしているが、野生の獣というには鋭さに欠けている。おまけに、へにょりと耳を伏せ、少女の顔色を窺うように尻尾と首を下げている姿は、なんとも情けない。まるで、主に叱られた愛玩動物のようだ。

その獣の姿を見た黒髪の青年が、訝しげに眉根を寄せる。

「なんだ、これは？　狼……にしては足が短くて小型だし、目も垂れ気味で大きいな。失敗したのか？」

「ぶぶー！　違いますー！　この子は狼じゃなくて、シベリアンハスキーです！　狼よりも可愛くてふわふわでサラサラで気持ちがよくてもふもふで、ものすごく抱き心地がいいのですー！」

キリッと言い切った少女に、黒髪の青年は首を傾げた。

「シベ……？　まあ、いい。契約が終わったのなら、さっさとしまえ」

「うぃっす」

少女が敬礼した途端、白銀の獣は彼女の影の中にするりと消える。次の瞬間、糸の切れた人形のように、少女がその場に崩れ落ちた。気絶した彼女の体を、危なげなく抱き留めた青年は、苛立たしげに舌打ちする。

「まったく……。オレたちに無断で、コイツをこんな所に放りこんでくれた阿呆には、どう落とし前をつけさせてやったもんかな。なあ、ライニール」

「ああ。……精々、後悔させてやるさ」

少女が気を失う寸前にその傍らに現れていたのは、一見細身ながら、隙なく鍛えられた体躯をした金髪の青年だ。彼もまたふたりと同じ、黒と赤を基調とした騎士服を着ている。やはり全身が血で汚れ、強い焦燥の浮かぶ顔には、大量の汗が滲んでいた。

荒く乱れていた呼吸を、すぐに整えた金髪の青年は、魔獣の返り血で汚れた少女の額に指先で触

れる。そこから伝わる体温の低さに、顔をしかめた。

――先ほどまでの少女のやたらと高いテンションは、彼女が完全に冷静さを欠いていた証だ。自分の力の使い方をようやく把握したばかりの少女にとって、目の前で暴れ狂う魔獣の姿は、恐怖以外の何物でもなかったに違いない。その恐怖を乗り越えられずに飲みこまれ、理性が吹っ飛んでしまった結果が、この惨状である。

「上層部は、ナギが危機に直面すれば、いやでも『聖歌』を歌うと考えたのかもしれんが……。ご丁寧に、おれたちとの通信手段も断ってくれるとは。よほど、命が惜しくないらしい」

憤りを隠さない口調で言いながら、金髪の青年が袖から抜いた上着を気絶した少女の体に掛ける。黒髪の青年が、皮肉げに笑う。

「ちゃんと、上には報告しているはずなのにな。――うちの聖女さまは、歌えない。ナギが聖女の力を使ってできるのは、直接触れた対象の魔力に干渉して、正常な状態に戻すことだけだ、って」

聖女の固有魔術である『聖歌』は、あらゆる魔力の乱れを整え、癒やすもの。

世界に調和をもたらす『聖歌』による福音こそが、聖女が聖女たる所以。

だが、半年前にこのルジェンダ王国で存在を確認された聖女ナギは、歴代でも類を見ないほど強大な魔力を持ちながら、『聖歌』を歌うことができなかった。今の彼女に叶うのは、あくまでも対象への直接接触による、乱れた魔力の正常化のみ。

そんな彼女は、やがて人々からこう呼ばれることになる。

――血塗れの聖女《ブラッディ・セイント》、と。

第一章　夢の中で、目が覚める

瞼の裏で、光が揺れた。

ぼんやりと目を開くと、揺れる梢の向こうに白く眩い太陽の光が見える。

鮮やかな緑の映える、澄み切った青。

この空を、知っている。

涼やかな風が頬を撫でていく心地よさに、少女は小さく苦笑した。

（……また、この夢かぁ）

少女――緒方凪が、『夢の中で目を覚ます』なりそんなことを考えたのは、彼女にとってこれが珍しい事態ではないからだ。

最初にこの空の下で『目覚めた』のは、いつ頃のことだったか。両親や、年の離れた兄の証言から察するに、凪が物心ついた頃にはこの不思議な夢を見ることが日常だったように思う。

彼女の見慣れた、どこかくすんだ空とはまるで違う蒼穹は、何度見ても切ないほどに美しい。

だが、この美しい夢の世界は、他人に語るのは少々はばかられるものだった。

なぜなら、この世界でインフラの基盤となっているのが電気でもガスでも石炭でもなく、魔力という大変ファンタジックな代物だったのである。

凪は、自己評価ではあるけれど、わりと冷めたタイプの人間だ。もちろん、同年代の友人たちと全力でふざけたり、はっちゃけたりすることはある。

だが、自分の行動にはキッチリ責任を持つよう厳しく躾けられているし、周りの子どもたちが羽目を外し過ぎそうになったときにストップをかけるのは、常に凪の役割だった。

彼女は、兄がひとりのふたりきょうだいだ。ほんの幼い頃には『大きくなったら、お兄ちゃんのお嫁さんになる！』だの『アイドルになって、世の中を笑いの渦に巻きこみたい！』だのと、今から思うと全力で地球の裏側まで穴を掘りたくなるような、恥ずかしすぎる夢を抱いたこともある。

しかし、八歳年の離れた兄が、大変スーパードゥラ～イな性格をしていたために、凪は早々に己の分を弁えることができた。

……ものすごく善意として解釈するなら、凪が年相応の子どもらしいことを口にするたび、兄はいつでも真面目に応じてくれたと言えるかもしれない。

だが、『おれは、性犯罪者は問答無用で去勢すべきだと思っている。だが、周囲に迷惑を掛けることなく善良に生きているのならば、ロリコンやシスコンといった特殊性癖を持つ人種を、頭から否定するものではない。ただ単に、おれ自身が年上のお姉さまに可愛がられたい派だというだけなんだ』だの、『アイドルになるには、ゴリゴリの体育会系レベルの体力が必要らしいぞ。運動神経を母さんの腹の中に忘れてきたようなおまえには、ものすごく――いや、絶望的に難しいんじゃないか？　知らんけど』だのとのたまうのは、ちょっと正直すぎるのではなかろうか。

凪だって、好きで運動音痴に生まれてきたわけではないのである。ただ、頭でイメージした自分の動きと、実際の体の動きに、なぜだか差があり過ぎるだけだ。

そう主張すると、兄は『おまえはいつから、子育て終盤世代のマダムになったんだ』と、ものすごく哀れなものを見る目をした。腹立たしさのあまり、兄の秘蔵のエロ漫画（きれいなお姉さんが遊んでくれるOLものだった）を目の前で音読してやったのは、別にやり過ぎではなかったと思う。

それに、凪は他人様《ひとさま》よりも体を動かすのが下手なだけで、体力はむしろかなり立派にあるほうだ。周囲が嫌がるマラソンなどは、ぼーっと走っているだけでいいのだから、いつもいい成績を残せている。体力勝負の受験勉強だって、きっちり頑張りきることができた。

何はともあれ、兄のお陰でだいぶ世の中の世知辛さを知っている自分が、もうすぐ中学を卒業する年になっても、メルヘンの香りが漂う夢をたびたび見ている――などという、現在進行形の黒歴史。恥ずかしくて、誰にも言えやしない。

（せめて、この夢の中で自由に動けるなら、自分の脳みそがどんな愉快な妄想を爆裂させているのか、半笑いで楽しめたかもしれないけどさー……。基本的に、リオのしていることを、ただ見ているだけなんだもんなあ）

『リオ』というのは、この夢を見ているときの凪が、周囲の者たちから呼ばれている名だ。しかし、凪は今までリオを自分自身だと思ったことはない。

なぜなら彼女は凪と違い、ものすごく純粋でお人好しな女の子なのである。そのせいで損をすることも珍しくはなく、凪はたびたびイラッとしていた。リオと凪の共通点といえば、極度の運動音痴くらいのものである。まったく、嬉しくもなんともない。

夢は願望の表れだ、という説をどこかで聞いたことがあるけれど、もし自分が本当はリオのようなピュアっ子お人好しになりたいと思っているなら――と思考したところで、凪の脳はそれ以上の想像を拒否した。

リオの素直で優しい性格は、別に嫌いではない。ただ、たまに彼女の後頭部を「えー加減に、少しは学習せんかーいッ！」と、全力のハリセンでしばいてやりたくなるだけだ。

優しさとあざとさは、紙一重。

周囲にいる同年代の少年たちに対し、常ににこにこと優しく接するリオは、彼らの初恋泥棒だった。それは別にいいのだが、リオたちがある程度成長した頃、彼女を取り囲んだ少年たちに「リオは、誰が好きなんだ⁉」とされた際、不思議そうに小首を傾げて「みんな、大好きよ？　わたしの大切な友達だもの」とやられたときには、本気で気が遠くなりかけた。

そのときのリオが、物陰からこちらの様子を見ていた少女たちの鋭すぎる視線に、まるで気づいていなかったのが、また恐ろしい。リオは周囲の女性陣たちの地雷を、力いっぱい無邪気に踏み抜くタイプなのである。叶うことなら、全力で遠くに逃げさせていただきたい。

しかし、非常に残念ながら、凪は今までほとんどリオの体を動かせたことがなかった。周囲の女性陣からのヘイトを、まったく悪気なく順調に稼いでいくリオを、ひたすら黙って眺めているしかできないのである。

ごく稀に、硬く狭いベッドで『目覚めた』ときなどに、わずかながらその体を自由に動かせたことはあった。だが、そういうときは大抵真っ暗な夜中であるか、あるいはリオの体調が悪く寝こんでいるときだ。そのため、夢の中でもひたすら寝ているしかないという、大変暇なことになる。

そんなリオが暮らしているのは、国境近くの田舎町にある小さな孤児院だ。この世界でポピュラーな宗教団体が運営しているものである。そのため、子どもたちに言いつけられる手伝い仕事の中には、小規模ながら荘厳な神殿の掃除や、聖職者の使い走りなどが多くあった。

いつの間にか聞き覚えてしまった賛美歌は、とてもシンプルながら美しいメロディーで、リオもよく口ずさんでいる。

そんなことをつらつらと思い出しているうちに、ふと素朴な疑問が湧いてきた。

(ここ……どこ?)

今までに何度もこの夢の世界で『目覚めた』けれど、リオの行動範囲はとても狭い。ほとんどが住処である孤児院か神殿、ごく稀に活気溢れる街の市場。それらのどこにいるときであっても、日中であれば保護者の女性——厳格で愛想のないシスターたちや、きょうだい同然の可愛らしい子どもたちが、必ず近くにいたものだ。

しかし、今はどうだろう。

鬱蒼と茂る木々や、濃い緑のにおい。

どう見ても、神殿の美しく整えられた庭園ではない。そして、周囲に誰かがいる様子もなかった。こんな森の中で、リオがひとり寂しく寝転がっているなど、今までのパターンからは考えられないことだ。

(まあ、なんだかんだ言っても夢だから、どんな状況でも別に驚くことはないんだけど。……って、

おぉおおー⁉　明るいのに体が動かせる⁉　これはもしや、合格祝い的な⁉）

めでたいことに凪はこのたび、無事に高校受験をクリアしたばかりなのである。四月から、憧れの可愛らしい制服を着られるのが楽しみで仕方がない。

両親や兄も、凪の志望校合格をとても喜んでくれて、昨夜は久しぶりに家族揃っての夕飯だった。ひとり暮らしをしている兄が、お祝いだと贈ってくれた腕時計は、入学式まで大切に机の上に飾っておくつもりだ。

「へぶっ」

指先を軽く動かせたことで、一気にテンションが上がった凪は、勢いよく体を起こそうとして失敗した。バランスを崩して倒れこみ、素っ頓狂な声を零してしまう。

やはり、そう都合のいい展開ばかりの夢ではないらしい。横になっているときには感じなかった、わずかな違和感と痺れるような倦怠感。これは、凪が唯一親近感を覚える、リオの運動音痴っぷりとは無関係の不快さだ。

ひとつ深呼吸をしてから、改めてゆっくりと慎重に体を起こす。

そして、どん引きした。

「うぇぇー……」

リオの声は、ちょっと羨ましくなるほど澄んだ可愛らしいものだというのに、その魅力を完全にぶち壊すような重低音でうめいてしまう。

だが、何気なく見下ろした自分の体が血塗れの上、あちこち破れたメイド服を身につけていた場合、誰だって現実逃避のひとつやふたつはしたくなると思うのだ。

膝丈パフスリーブのワンピースは、おそらく元々は紺色なのだろう。しかし、その上に身につけたエプロンもろとも、どす黒く変色した血で汚れまくっているため、いまひとつ自信が持てない。そして、指先に感じていた違和感の正体が、乾いた血による動かしにくさだと理解した瞬間、思わず遠くを眺めてしまった。

しばらく現実逃避をしたあと、恐る恐る腕を持ち上げてみても、これといって痛みは感じない。素人目にも「ここ、めっちゃ景気よく切り裂かれたよね！　きっと、真っ赤な血液ぶしゃーだったよね！　内臓がポロリしていなくてよかったね！」という箇所がいくつもあるのだが、やはり体に傷らしきものはなかった。

いくらファンタジックな夢とはいえ、リアリティーのかけらもない不条理さに、眉根を寄せる。

（まあ、怪我をしてないのは、ありがたい話なんだけどさー。痛いの、イヤだし。この夢、五感がばっちりある系だし。てゆーか、なんでメイド服？　あ、リオってば意外と巨乳。成長期かよ、羨ましい）

凪はここ数ヶ月あまり、ずっと夜遅くまで受験勉強漬けだった。ベッドに入るなり、夢も見ないほど爆睡していたため、凪が覚えているリオよりも少し成長しているようだ。

リオは、幼い頃からとても可愛らしい顔をしていた。その上、性格も単純で学習能力の低いおバカさん――もとい、大変素直で他人を信じる純粋さを失わない少女であったため、概ね周囲の少年や大人たちから愛されていたように思う。……できれば、同年代の少女のお友達がほしかった。

それはともかく、こうして改めて見てみれば、以前は白く細いばかりだった四肢は、女性らしい柔らかさを帯びてすんなりとしなやかに伸びている。この成長具合から察するに、さぞ愛らしい美少女になっていることだろう。鏡が欲しい。

少々ひねくれたところがあると自覚している身としては、リオのようなピュアっ子と仲よくなれる自信はないけれど、可愛いものを見るのも愛でるのも大好きだ。将来は、もふもふのシベリアンハスキーを飼うのが夢である。

現実の凪は、ぱっと目を引くような派手さは皆無の、これといった特徴のない顔立ちだ。とはいえ、少なくとも目を背けたくなるような不細工ではないし、思春期真っ盛りの少女として清潔感にはキッチリ気を遣っている。

ありがたいことに、毎日栄養バランスばっちりの食事を用意してくれる母親のお陰で、健康状態に問題もない。久しぶりに会う親戚たちから、笑顔で「あら〜、しばらく見ないうちにキレイになって！」と、お世辞を言ってもらえる程度の容姿である。

しかし、そもそも香ばしい醬油の香り漂う純度百パーセントの日本人である凪と、金髪碧眼でリアルに天使の羽が似合いそうなリオとでは、もはや比べる気にもなりはしない。何より、胸部装甲の厚みの違いときたら、人種間の格差社会とはこのことか、といっそ感心してしまうほどだ。

——体に傷はなくとも、不衛生極まりない血塗れの自分自身を意識した途端に、なんだか気分が悪くなってきた。どこかへ清潔な衣服を探しに行きたい気もしたけれど、立ち上がるのも億劫だ。近くの木の幹に背中を預け、息を吐く。

（このまま、ぼーっとしてたら、そのうちリアルで目が覚めるかなー。珍しく、明るいときの夢の中で動ける感じなのに、意味不明なスプラッタ仕様とか、なんか悔しい。……こんな血塗れ妄想を捻り出すとは、わたしの脳みそってば、受験勉強がそんなにストレスだったのか。なんか、すまんでござる。春休みの間は、完全ノンストレスなエブリデイの予定だから、勘弁してくれい）

凪が通う予定の高校は、そこそこ進学率のいい公立高校だ。いずれ授業がはじまれば、また勉強で大変な毎日になるのだろうから、それまで少しくらいの解放感に浸ってもバチは当たるまい。

それにしても、受験ストレスが原因と思われる血塗れ要素はともかく、このメイド服の妄想は一体どこから来たのだろう。特に、メイド喫茶でアルバイトをしたいという願望があったわけでもないのだが——。

（……ん？　誰か、近くに来てる？）

ふと、森を渡る風の自然なざわめきとは違う、藪を揺らすガサガサという音が聞こえてきた。人の声が、わずかに交じっている。

凪は、困った。

（血塗れドロドロはいやだけど、他人と会うのは面倒くさいなあ）

何しろ、この血塗れスプラッタである。メイド服を着た可憐な美少女（誰がなんと言おうと、客観的に見てリオは大層な美少女だ。断じて異論は認めない）が、どんな理由でここまでぼろぼろになっているのかはわからない。

だが、この惨状で誰かに接近遭遇した場合、大騒ぎされてしまうのは避けられないだろう。体が動かしにくい今、ろくに抵抗できない状態でもみくちゃにされるのは、全力で遠慮したいところだ。

（……五感バッチリタイプの夢って、ほんとヤダ）

リオが幼い頃、神殿の護衛らしき屈強な男に、頭をぐりんぐりんに撫でられたときの恐怖を思い出す。あのときは、本当に首がもげるかと思ったのだ。現実で目覚めたときに、自分の首が無事かどうかを何度も確認してしまった。

たとえ夢の中であったとしても、凪に苦痛を甘受する趣味はない。どうせ、あと数時間もすれば現実で目覚めるのだ。面倒ごとは極力回避すべし、ということで、凪は気怠さの残る体を引きずるように動かした。

しかし、その判断は少々手遅れだったようだ。木の幹に手をかけ、よいしょと気合いを入れて立ち上がろうとした瞬間、背後から鋭い声がかけられた。

「動くな」

低く強い、男性の声。

反射的に振り返れば、すぐ目の前に、太陽を鋭く弾く刃があった。

それは、現実世界ではまず目にする機会がない、全長一メートルはあろうかという人殺しの道具――剣。

（……わあ、すごい）

凪は、感嘆した。

もしかしたら自分の脳は、想像力や妄想力という点において、無限の可能性を秘めているのかもしれない。何しろ、その剣はまるでガラスか水晶のように透き通っている上に、淡く光を放っているのだ。

なんという、純度の高いファンタジー仕様。随分軽そうに扱っているように見えるが、もしや金属の剣よりも相当軽かったりするのだろうか。実に興味が尽きない。

そして、剣からその持ち主に視線を移した凪は、己の想像力の素晴らしさに、思わずぐっと親指を立てそうになる。

（ど、ストライク！　です！　さすが夢！　ぐっじょぶ過ぎるぞ、わたしの脳ー!!）

片手で剣をこちらに向けたまま、軽く眉根を寄せてこちらを見据えているのは、びっくりするほど整った顔立ちの青年だった。凪が空気を読む能力に長けた日本人でなければ、その場で五体投地でもしていたかもしれない。

年齢は、二十歳前後だろうか。健康的に日に焼けた肌、少し前髪が長めのラフな印象の黒髪に、野生の獣を思わせる鋭い金色の瞳。

できれば、中二臭漂う瞳の色は、凪の見慣れた黒か焦げ茶色だと理想的だった。だが、この夢がそもそもファンタジー仕様である以上、あまり文句を言うわけにもいくまい。

それにしても、寸前まで何もなかった場所にいきなり現れるとは、この青年はいったいどんな身体能力をしているのだろう。不思議で仕方がないけれど、ここは「だって、夢だもの」で流しておくことにする。

しかし、どれほど凪の好みにどストライクなイケメンであっても、『これは、ヒトを殺すためのものでございます！』と全力で主張する凶器を自分に向けてくるのは、まったくもっていただけない。

青年は、黒地に赤いラインで縁取りをした、詰め襟の衣服を着ている。襟には金色の小さな徽章《きしょう》。一瞬、派手な学ランかと思ったものの、ウエストを白いベルトで締めており、胸元と腰回りは金色の紐で飾られていた。

たしかイタリアの警察か何かが、こんな感じのやたらとスタイリッシュな制服を採用していた記憶がある。さすがはイタリア、世界のおしゃれ番長だ。

そうやって凪が現実逃避しかけたのは、目の前の青年と同じデザインの衣服を着た男たちが、次々に姿を現したからである。全員がもれなく抜き身の剣を手にしており、彼らの険しい表情と相俟って、威圧感がハンパではない。

凪は、深々とため息をつきたくなった。

（あー……。全員、美形ですかー。いや、普通にイケメンは好きですよ？　目の保養になりますし。眺めていて楽しいですし。ただし、どんなにイケメンだろうと、こっちに武器を向けて敵意マシマシな時点で、好感度は底辺を突き抜けてマイナスでござる。それにしても、ここまで各種イケメンを豪勢に取りそろえるとか、わたしの脳も随分がんばるなあ。疲れない？　あんまり、無理はしなくていいのよ？）

黒髪青年の仲間らしい彼らは、ぱっと見ただけでもムッキムキの筋肉マッチョなナイスガイを筆頭に、さらさら金髪の正統派王子さまタイプ、中性的な長髪クール系美青年、そして少女と見紛うような童顔美少年まで、実にバラエティーに富んでいる。

彼らの背後に隠れてよく見えない者たちは、できればもう少し平凡な容姿であっていただきたい。そうでなければ、この辺りだけ美形濃度が高すぎて、飽和状態になってしまいそうだ。

とはいえ、巨大な凶器を持ち、いつでも自分を害することができる相手に囲まれる――それは、生き物としての根源に関わる、純然たる恐怖だ。たとえ夢だとわかっていても、あまり気分のいいものではない。

最初に動くな、と言われたから素直にじっとしているけれど、イケメンたちのご尊顔は充分堪能できたことだし、そろそろ現実で目覚めたいところだ。

凪がぼんやりと目の前の透明な刃を眺めていると、その持ち主である青年が、低く感情の透けない声で口を開いた。

「どうした。抵抗しないのか？　何を考えている？」

「……え？」

きょとんと瞬きをした凪は、少し考えて首を傾げる。そして、ぽつりと呟いた。

「夢の中で殺されたら、目が覚めるのかな」

ものすごくいやな目覚め方をしそうだけれど、このまま武装したイケメン集団に敵意を向けられる夢を見続けるのは、もっといやだ。斬られるのは痛いに違いないけれど、このファンタジックな剣なら平気なのかもしれないし、きっと一瞬のことだろう。何より、これは夢だ。斬られたところで、死にはしない。

ひとつうなずき、凪は黒髪の青年を見上げた。何度見ても飽きることを想像できない、ものすごく好みのタイプのイケメンだが、さすがに彼が自分を殺す瞬間は見たくない。

「あの、目を閉じてますので。できるだけ、ぱぱっとやっちゃってくれますか？」

そう告げて、目を閉じる。

しかし、いつまで経ってもなんの変化も訪れない。凪は、困った。

（えー……。これって、目を開けた瞬間にバッサリされるやつ？　怖い、怖い。それくらいなら、目が覚めるまでずっとこのままでいるもんねーだ。……わたしの脳って、もしかしたら受験科目を擬人化していたんだろうか。だとしたら、一番好みのお兄さんは国語かな。物静かそうなマッチョ紳士は数学？　英語は絶対、金髪の王子さまタイプだね！）

そんな馬鹿なことを考えていると、淡々としつつもどこか戸惑った響きの声が聞こえた。

「──団長。対象の様子がおかしい。風貌は手配書の通りだが、あまりに無抵抗すぎる」

（手配書？）

何やら不穏な響きである。凪は思わず目を開いた。……バッサリされなくてよかった、とひとまず胸をなで下ろす。

しかし、ここまで目が覚める気配がないとなると、少し不安になってくる。

（うーん……。もしかして、今回はロングタイプの夢なんだろうか。面倒くさいなあ）

この夢は、長いときには三日ぶんほど続くのだ。しかも、その間に場面が切り替わることはない。

どれほど同じような日々を繰り返す夢でも、早送りもスキップもなく、キッチリと体感通りに時間が進んでいく。

逆に、何日もこの夢を見なかったあとに、夢の中では数時間しか過ぎていないこともあった。そんなふうに、時間の流れる速さが時折変わることはあるけれど、全体としてさほど大きなズレが生じたことはない。

もし今回の夢も長丁場になるのなら、現状を正確に把握しておきたい。この体に五感がある以上、痛かったり苦しかったりするのは全力で遠慮したいのだ。

ぐるりと周囲を見回すと、みな剣こそ構えたままだが先ほどまでの緊迫した様子はなく、どこか困惑した表情でこちらを見つめている。凪は、おののいた。

（イケメン集団の圧が怖いよ！　すいません、コッチミンナです！　わたしは高校生になっても、華やかな一軍の方々とは、ほどよい距離感で接していこうと決めているんです。イケメンというのは、液晶画面越しに見るのがちょうどいいモノなのですね。大変勉強になりました、ありがとうございません）

脳内で少々取り乱してしまったけれど、改めて黒髪の青年を見上げて口を開く。

「あのー、すみません。手配書って、なんですか？　わたし、神殿の孤児院にいたはずなんですけど……。気がついたらここにいて、なんだか着た覚えのない服を着てますし、おまけに血塗れで気持ち悪いですし」

「……孤児院？」

青年が目を見開き、わずかに驚いた声で言う。

「随分、おかしな夢だなーと思っているところなんですが、みなさんどこかへ行ってもらえませんんか？　怖いので」

　剣は怖いが、イケメンの圧も怖いのだ。早く、いつもの夢に戻りたい。

　そんな凪の切なる願いも虚しく、青年の背後から威圧感が最上級の、筋肉マッチョイケメンが進み出てきた。

（うわー……。でっかーい……）

　太陽に透けて輝く赤銅色の髪、軽く二メートルはありそうな巨大な体躯。その逞しすぎる肩ときたら、凪が余裕で腰掛けられそうだ。

　年頃は、二十代後半から三十代前半といったところだろうか。少なくとも、絶対に十代ではないはずだ。こんな立派な筋肉を保有していい十代は、昭和の少年漫画に出てくる世紀末覇者だけだ。

　黒服の胸には、交差した剣と杖を模した徽章がついている。威風堂々、という単語を体現したかのような偉丈夫は、凪の姿を一瞥すると、青年に向けて静かに命じた。

「剣を下げろ、シークヴァルト」

「はい」

　シークヴァルト、と呼ばれた黒髪の青年が、剣を鞘に戻す。目の前の脅威が消え、凪はほっと胸をなで下ろした。どうやら自分で思っているよりも、ストレスを感じていたようだ。

　このまま彼らが消えてくれればありがたかったのだが、残念ながらそう上手くはいかないらしい。

新たに凪の目の前にやってきた偉丈夫が、その体の大きさを感じさせない動きで地面に膝をつく。

そして視線の高さを合わせると、森の美しさをそのまま映した鮮やかな緑の瞳で見つめてきた。

「失礼、お嬢さん。我々は、ルジェンダ王国魔導騎士団の者だ。私は団長のアイザック・リヴィングストン。きみの名前を伺ってもよいだろうか？」

凪は、困惑した。アイザックと名乗った相手が、びっくりするほど紳士的な態度を示してくれたからだけではない。

彼女の知る限り、ここルジェンダ王国に、魔導騎士団という組織は存在していなかった。国家を守る主な武力として存在しているのは、まず王宮を守護する近衛騎士団。次に、各地の砦で国境防衛を担う、十二の騎士団。それらのほかにも、金銭で仕事を請け負う民間主体の戦闘集団があるらしい。だが、騎士団と名乗っているからには、公式の予算で動いている集団であるはずだ。

この夢の中で、今までこんな設定の齟齬《そご》があったことはなかったため、なんだか妙な違和感を覚える。

それはともかく、今はこちらの名を聞かれているのだから、どう答えるかが最優先事項になるわけだが――。

（ここで緒方凪、ってゴリゴリの日本人の名前を名乗るのもなー。だからって、リオって呼ばれても、自分の名前じゃないから咄嗟に反応できなさそうな気がする。まあ、どうせ夢だし。リオも特に名字はなかったっぽいから、とりあえず下の名前だけでいいか）

ひとつうなずき、彼女は応じた。

「凪、です」

「そうか。では、ナギ嬢。きみに、いくつか尋ねたいことがある。正直に答えてくれると助かる」

凪はあやうく、ぶほっと噴き出すところだった。

（嬢って！　ヤバい、この人マジで紳士さんだ！　変態と書かないタイプの、ホンモノの紳士さんだよ！）

ぷるぷると震えそうになりながら、どうにかうなずく。

「ありがとう。きみは先ほど、神殿の孤児院にいたと言ったが、それはどこにある、なんという孤児院なのだろう？」

「西の国境近くのノルダールという町にある、ルベリウス神殿所属の聖パウル孤児院です」

アイザックが、一瞬ひどく驚いたようにしたあと、ぐっと眉根を寄せる。

「……ノルダールの孤児か。きみの年齢は、いくつなのかね？」

「十五歳です」

元々が捨て子なので正確な年齢はわからないけれど、孤児院の記録では凪とリオは同い年だったはずだ。

簡単な質問にほっとしつつ、素直に答えた凪だったが――なんだか先ほどから、黒服イケメン集団の様子がおかしい。何やらひどく動揺しているふうなイケメンたちを、片手を上げることで制したアイザックもまた、ものすごく険しい表情になっている。

一体どうしたのだろう、と首を傾げると、一歩下がった位置にいたシークヴァルトが、額を押さえて低く呻いた。

「……隊長。対象を見つけたら、全力でボコっていいか？」

「問題ない。許可しよう」

シークヴァルトの問いかけにひどく不快げに応じ、アイザックが凪に向き直る。そして軽く頭を下げ、彼は言った。

「申し訳ない、ナギ嬢。私はきみの姿を確認したときからずっと、魔術できみの言葉の真贋《しんがん》をたしかめていたのだ。きみは我々に対し、ひとつも偽りを述べなかった。今までの無礼を、どうか許してもらいたい」

「まじゅつ」

突然飛んできた究極のファンタジー要素に、凪は大きく目を見開く。ものすごくアホっぽい発音をしてしまったのは、不可抗力なので勘弁していただきたい。

この世界で、様々な機能を有する魔導具の動力源が、魔力という不思議パワーであることは知っている。魔導具の内部には、それぞれ魔力を宿した魔導結晶なるものが入っていて、スイッチを入れることで設定された魔術が発動する仕組みだ。たとえ、使用しているうちに魔導結晶が内蔵していた魔力が尽きたとしても、新たな魔導結晶と入れ替えれば、その魔導具は再び使えるようになる。

よって凪は基本的に、この夢の世界における魔導具は家電製品、魔導結晶は高性能の電池と認識していた。残念ながら、充電式電池タイプの魔導結晶やコンセントに類するものは、まだ見たことがない。

そして、魔導結晶を使わずとも、自らの肉体が有する魔力で、一般に流通している魔導具とは比較にならないほど高度な魔術を発動できる者を、魔導士と呼ぶ。けれど、このファンタジーな夢の世界でも、魔力を持って生まれる者はあまり多くないらしい。魔力持ちは、そのほとんどが貴族だというから、当然か。

そこまで考えたとき、先ほどのアイザックの自己紹介を思い出す。

（あ、そっか。この人たち、自分たちは魔導騎士団だーとか言ってたっけ。はじめて聞いたけど、名前からしてそりゃ絶対、魔術が使える系の集団だよね）

つまりアイザックは、今までの凪との会話を、嘘発見器に掛けていたようなものだ、ということか。

なるほど、と納得した凪は、アイザックを見上げた。

「別に、気にしていないです。……えぇとつまり、あなたの魔術？　で、わたしはあなた方が捜していた誰かではない、と判断された感じなんでしょうか？」

「その通りだ。きみは、我々の捜索対象ではありえない」

強い口調で断言され、凪は首を傾げる。

「でも、最初はわたしをその捜索対象さんだと思ってたんですよね？」

「それは、本当に申し訳ない。言い訳になるが、我々は上からの命令で『王宮の侍女服を着た金髪の若い娘』を捜索していたのだ。きみが今着ているのが、その侍女服になる」

ただ、とアイザックは小さく苦笑した。

「その捜索対象は、今年十八歳になる貴族の令嬢だ。おそらくだが……令嬢の逃走を手助けした何者かが、彼女によく似た容姿のきみを拐《かどわ》かし、時間稼ぎのための身代わりとして使ったのだと思う」

凪は思い切り顔をしかめ、ぐっと両手の指を握りしめる。

ここで『目覚める』前のことは、まったくわからない。だが少なくとも、孤児であるリオが貴族の令嬢と間違えられるとなれば、誰かがそう仕組まなければありえないことだ。こんな超絶美少女フェイスの持ち主がそうそういるとは思えないけれど、年頃の近い金髪の娘であれば――そして、全身を血塗れにして汚しておけば、追っ手の目をごまかせるとでも考えたのだろうか。

「もし本当にその通りなら、犯人を全力でぶん殴ってやりたいです」

汚すにしても、何も血を使わなくてもいいではないか。気持ちが悪いし、鼻が麻痺しているのか自分ではわからないけれど、ひどいにおいになっていそうだ。

腹立たしさのあまり、ドスの利いた声で低く言うと、一瞬目を見開いたアイザックが楽しげに笑った。そして、改めて居住まいを正して言う。

「そうだな。そのときは、きみの手が痛まぬように、私が代わりに殴ってあげよう。――ナギ嬢。きみの身柄は、ひとまず我々が保護させてもらう。今後の安全が確認されるまでは、我々の庇護下にいてもらうことになる」

(はあ。それは提案ではなくて、決定事項なんですね)

選択の余地がないことに若干もやっとしたけれど、考えてみれば別に拒否する理由もない。もしここで誰とも出会えないままでいたなら、現実で目が覚めるまで、ずっと血塗れの格好でいたかもしれないのだ。そう思うと、心底ぞっとする。

凪は、ぺこりと頭を下げた。

「お手数をおかけして、申し訳ないです」

「いや、きみが謝るようなことではない。――シークヴァルト。今からおまえを、ナギ嬢の護衛とする。彼女は、ノルダールの一件における重要な証人だ。今後は、彼女の安全を最優先に行動するように」

アイザックの唐突な命令に、シークヴァルトが躊躇なくうなずく。

「了解した」

（へ？）

護衛やら証人とはなんのことだ、と彼女が目を丸くする間に、立ち上がったアイザックが背後を振り返る。

「こちらが囮だったのなら、対象はすでに別方向へ脱出しているはずだ。一度砦へ戻り、第二、第三部隊と情報のすり合わせをする」

イケメンたちから口々に了解の声が返り、それを受けたアイザックが再び凪を見た。

「では、ナギ嬢。今から帰還ゲートを開くので、シークヴァルトにしっかりと掴まっていてくれたまえ」

「え？　って、ふぉおおぅえあ⁉」

相手の言葉の意味を理解するより先に、凪が素っ頓狂な声を上げたのは、なんの前触れもなくシークヴァルトに体を持ち上げられていたからである。しかも、いわゆるお姫さま抱っこというやつだ。

（近い、近い、近いーっ‼　いいぃいいやぁあああーっっ！　イケメンという人種は、自分の顔面が一般庶民の心臓に与えるダメージについて、きちんと認識しておくべきだと思います！）

硬直した凪が内心で盛大に絶叫していると、シークヴァルトが金色の目を細めてふっと笑う。凪の心臓は、無事殉職した。

「元気なヤツだ。落ちないように、ちゃんと掴まっていろ」

（顔面最終兵器野郎が、何を言う……。わたしのライフを返してください……）

どうにか根性で蘇生した凪は半目になりつつ、シークヴァルトの袖の辺りを指先で摘まんだ。今更とも思うけれど、乾いた血でバリバリの汚れた手で、他人様の清潔な衣服を鷲づかみにするのは、ものすごく抵抗があったのだ。

（掴まってろっていうなら、そうしなきゃダメな感じなんだろうし。ここで置いていかれて、次に会う人がいい人とは限らないし。しょせんわたしは、長いものには巻かれがちな日本人なんですー。うふふー）

と、すぐ近くで強烈な白い光が溢れた。驚いてそちらを見れば、アイザックが片手をかざした先に、直径二・五メートルほどの輝く円がある。その円周は幾重にも連なる複雑な文字と数字の羅列で、内側は一点の陰りもない純白の光。

（おぉーう……。ファンタスティーック……アメイジーング……ぐれいとびゅりふぉー……）

半ば現実逃避をしながら、美しい光を呆然と見つめているうちに、その場にいた者たちが次々と輝く円の中に飛びこんでいく。そして、凪が心の準備をする間もなく、彼女を抱えたシークヴァルトもそれに続いた。

「……っ」

凪は咄嗟に目を閉じ、ぎゅっと体を強張らせる。

衝撃は、何もない。しかし、再び目を開いたとき、世界は一変していた。

凪たちのいる場所から少し離れた、緩やかな坂の上に見えるのは、イメージ的にヨーロッパの貴族が住まう館のような、豪奢極まりない建造物だ。窓の数を数える気にもなれないくらいに巨大で、目を奪われるほど美しい。けれど荘厳な神殿の建物とは違い、華やかでありながらどこか質実剛健な雰囲気が漂っている。

その館から赤いレンガの道で繋がっているのが、今凪たちがいる広場だ。凪の通っている中学の、グラウンドくらいの広さはあるだろうか。ただし、ここの地面には正方形の石畳が延々と敷き詰められており、土埃とは無縁でありそうだ。

広場の先には、森とは違う観賞用の木々が並ぶ庭園や、石積みの小さな平屋の建物がいくつか見える。そして――。

「お疲れさまでした！　随分お早いご帰還でしたね！」

「お疲れさまでした。第二部隊、第三部隊からは、今のところ特に連絡はありません」

どこからやってきたのか、最後に光の輪から現れたアイザックの前で元気に敬礼していたのは、凪と同じ年頃に見える少年少女だった。明るくテンションの高い小柄な少女と、対照的に物静かな口調の少年だ。

ふたりとも揃いの詰め襟を着ているが、上着はほかの面々と違い、白地に爽やかな青色のラインが入っている。ズボンが濃紺なのは、さすがに白では汚れが目立ちすぎるからだろうか。

アイザックは彼らに向かってひとつうなずくと、シークヴァルトに抱かれたままの凪を片手で示して口を開いた。

「我々の捜索担当地域で、対象の身代わりとされていた少女を保護した。少女の状態から判断して、対象の逃亡を手引きする者たちがいる可能性が高い。セイアッドはその旨を各部隊の隊長に伝え、それぞれの状況を確認しろ。ソレイユは、彼女――ナギ嬢を湯殿にご案内を」

その指示に、ぱっとこちらを振り返った少年少女は、これまたやはりと言うべきなのか、ふたりともとても可愛らしい顔立ちをしている。体を自由に動かせることといい、今回の夢は本当にサービスがいいようだ。実に、目に楽しい。

細身ながら長身の少年は、サラサラの短髪も切れ長の瞳も、黒に近い茶褐色だ。その色彩だけなら見ていてほっとするのだが、美少年すぎて近寄りがたい上に、彼は凪を見てあからさまに顔をしかめた。

……別に、傷ついたりしていない。ちょっぴり、その場で土下座したくなっただけである。何しろ今の凪は、決して衛生的とは言い難い。むしろ、不潔さの塊のような状態なのだ。美少年を不快にさせて、申し訳ない。

一方、少女のほうは、少年の胸の辺りまでしか身長がなかった。小柄で華奢な体つきながら、いかにも元気いっぱいという雰囲気である。

ふわふわの明るいオレンジ色の髪を顎のラインで切りそろえ、少し吊り気味の大きな水色の瞳が好奇心旺盛な子猫のようだ。実に華やかで愛らしい姿だが、カッチリとした詰め襟の衣服が不思議に似合っている。

少女は凪の姿を認識した瞬間、そのふっくらした頬を両手で挟んで絶叫した。

「いぃいやあぁあぁーっ‼　血だらけ！　ボロボロ！　女の子に、なんてことしてくれてんのー⁉」

キーン、と耳鳴りがするほどの、素晴らしい声量である。そうしてすっ飛んできた少女は、両手をわたわたと落ち着きなく動かしながら、青ざめた顔で言う。

「けっ、怪我！　すぐ医務室に……っ」

そんな彼女の頭を、凪を器用に片手で抱え直したシークヴァルトが、無言でどついた。……結構、いい音がした。大丈夫だろうか。

「……っいったー！　何すんの、シークヴァルトさん！」

頭を抱えた少女が、くわっと喚く。シークヴァルトは、淡々と応じた。

「よく見ろ、ソレイユ。コイツは、怪我はしていない」

「え？　あ、そうなの？　……いやでも、これだけ血だらけだったら、怪我をしてるのかどうかなんてわからないじゃん」

むー、と頬を膨らませる少女は、とてもとても可愛らしい。その頬をつついてみたくて、凪は指先がうずうずした。

どうやら頭蓋骨がかなり頑丈らしい少女が、明るく弾むような声で言う。

「まあ、怪我がないならよかった！　でも、血だらけボロボロなのは、絶対よくない！　ので、お風呂に行こう！」

「……だから、最初からそう指示されていただろう」

シークヴァルトのぼやきが聞こえているのかいないのか、少女は凪に向けて、にぱっと笑う。

「こんにちは。あたし、騎士見習いのソレイユ・バレル。ソレイユって呼んでね！」

「あ、はい。凪です。よろしくお願いします――って、そろそろ下ろしてもらえませんか、シークヴァルトさん⁉」

ソレイユが、あまりにも普通に挨拶してくれたからだろうか。唐突に我に返った凪は、猛烈な恥ずかしさに襲われた。同年代の可愛い女の子との初対面のご挨拶を、初対面の超絶美形に抱っこされながらするとは、恥ずかしすぎて目眩がしそうだ。

しかし、シークヴァルトの腕は小揺るぎもしなかった。

「おまえはあの森に捨てていかれるときに、魔術で自由を奪われていたんだ。直接触れてみてわかったが、身体麻痺の術式の痕跡が残っている。しばらく体を動かすのにも支障が出るだろうから、諦めておとなしく運ばれていろ」

「……えぇぇー」

言われてみれば、森で目覚めたときから、不自然なほど体が動かしにくかったのだった。普段の凪なら、今頃全力でじたばたと暴れて――シークヴァルトの腕から転げ落ちた挙げ句、余計な怪我をしていたかもしれない。残念ながら彼女には、そつなく地面に降り立つ運動神経はないのである。

凪が遠いところを見たくなっているうちに、ソレイユの案内で巨大な館の奥にある浴場へ連れていかれることになった。

（うーん。ここは、建物全体が迷路になっているのかな？）

そんなばかなことを考えてしまうくらい、入り組んだ複雑な造りになっているこの館は、アイザックの個人的な所有物であり、同時に彼ら魔導騎士団の本拠地であるらしい。

「ちなみに、全然覚えなくてもいいんだけど、団長の正式な名前はザ・ライト・オノラブル・アイザック・ケイン・ロード・リヴィングストン・オブ・エルフィンストーンっていうんだよ」

ソレイユが口にした、あまりにも長いアイザックの正式名に、凪は目を丸くした。そんな彼女に、シークヴァルトが淡々と言う。

「すまない、言い忘れていた。ここは、おまえのいたヘイズ領の北に隣接する、エルフィンストーン領の中心にあるリルバーンという街だ。この館は、レディントン・コート。団長――エルフィンストーン領の領主、リヴィングストン伯爵の別邸だ」

凪は、思わず真顔になった。

（情報が多すぎる！　いきなりそんな大量に詰めこまれても、ちょっと処理しきれません！）

我が脳ながら、よくこんな細かい設定まで練り込んでくるものだと感心する。いったい、どこから捻り出してきたのだろうか。自分の妄想力が、ちょっと怖い。

それにしても、と凪は少し不思議に思う。

「団長さんは、あんなに立派な筋肉なのに、貴族なんですね」

なんとなくだが、凪のものすごく勝手なイメージとして、高貴さと優美さの塊であるお貴族サマと、ムキムキのマッチョは共存しないような気がしていたのだ。

少しの間のあと、シークヴァルトがぼそりと口を開く。

「武門の貴族であれば、鍛えた体をしていることは珍しくないと思う。ただ、団長ほどの見事な筋肉の持ち主は、オレも今まで見たことがない」

ソレイユが、その大きな瞳をキラめかせながら、ぐっと両手を握りしめる。

「ホント、あの筋肉はすごいよね！　めちゃくちゃ鍛え上げられてて重量感もバッチリでありながら、しなやかさと柔軟性をも兼ね備えた、完璧な筋肉！　美しさと実用性を見事に融合させた、もはや芸術品とも言えるあれこそ、まさに雄っぱいの鑑ッ!!」

「おまえは、何を言っているんだ」

（あ。シークヴァルトさんが、ツッコんだ）

どうやら、ソレイユはマッチョ好き、シークヴァルトは寡黙なふうで意外とツッコミタイプであるようだ。

「筋肉は、男のロマンですー！」

「ほう。では、女のロマンはなんなんだ？」

ソレイユが無言になった。どうやら彼女は、女性のロマンにはあまり理解が深くないらしい。なんだか、彼女とは気が合いそうだ。

やがて騎士見習いの少女はひとつうなずき、やけにキリッとした顔になった。

「いくら美味しいご飯を食べても、太らない体です！」

「それは、ロマンではなく願望だ」

そんな彼らのやり取りに、凪はおや、と瞬いた。

「ここの食事には、味があるんですね」

ぴたり、とふたりの動きが止まる。ものすごくぎこちない動きでソレイユが振り返り、シークヴァルトが感情の透けない声で問うてくる。

「……おまえは今まで、何を食っていたんだ？」

「孤児院で出されていたのは、人間の生命維持に必要な栄養がすべて入っているという、粉っぽくて味のない焼き菓子みたいなものと、水です」

市場で美味しそうな屋台などを見かけたことはあるけれど、凪はこの世界の夢を見ているときに、孤児院の食堂以外でものを食べた経験がほとんどなかった。ほんの幼い頃には、どこかで甘いお菓子を口にしたこともあった気がする。しかし、その記憶はすでに遠く、曖昧だ。今となっては、毎回の食事で出されていた、栄養補助食品めいた物体しか覚えていない。

非常に残念ながら、それらは決して美味しいと言えるものではなかった。栄養は満点なのかもしれないけれど、ものすごくパサパサしていて、すぐに喉が詰まりそうになるのだ。食事の時間になるたび、心底うんざりしたものである。

今回の夢はかなりサービス精神に溢れているようだし、もし味のある食事ができたら嬉しいことだと考えていると、ソレイユが顔を真っ赤にして叫んだ。

「はぁあああーっ⁉　何それ、あり得ない！」

「ソレイユ。――コイツがいたのは、ノルダールの孤児院だ」

激昂していた少女が、再び動きを止めた。少しの間のあと、掠れた声で口を開く。

「それって……例の、魔力持ちの子どもたちを集めていたっていう？」

（へ？）

凪は、困惑して首を傾げる。

「わたし、魔力なんて持ってないですよ」

もしリオが魔力を持っていたなら、幼い頃の検査でそう言われていたはずだ。

孤児院の子どもたちも、幼い頃にみな魔力適性検査を受けていたけれど、今まで誰ひとり検査で引っかかった者はいない。魔力を持って生まれるのは貴族階級に多いというから、当然といえば当然か。

しかし、シークヴァルトはソレイユの言葉を否定しなかった。その意味が、凪にはわからない。

本当に今回の夢は、話がいろいろとおかしいな、と思っていると、ふたりは何やら視線で会話をしたようだった。ひとつ息を吐いて、ソレイユがにこりと笑う。

「そっかー。ここのご飯はすっごく美味しいから、期待しててね！」

「おまえが風呂に入っている間に何か用意しておくよう、厨房に伝えておく」

どうやら今回は、このまま食事のターンまで目が覚めなければ、味のあるものを食べられそうだ。

凪は、なんだか不安になった。

（これはもしや、美味しいものが出てきた瞬間に目が覚めるパターン？　……あんまり、期待しないでおくことにしよう）

それから、『どちらのセレブ向けリゾートスパですか⁉』という風情の大浴場に到着し、その豪華さに圧倒されてしまったものの、ひとまず体を清められることにほっとする。一刻も早く、この血塗れ状態から解放されたい。

しかし、入り口待機となったシークヴァルトが、凪のお姫さま抱っこをソレイユに継続させるとは思わなかった。

「あああの、ソレイユさん⁉　わたし、ゆっくりなら歩けますよ⁉　たぶん！」

「大丈夫、大丈夫ー。あたし、魔導騎士団の見習いだよ？　身体強化魔術くらい、基本のキだよ？　ナギちゃん軽すぎだし、十人くらい余裕で持てるよ！」

忘れかけていたファンタジー要素を唐突に突っこんでこられると、咄嗟に抵抗は難しい。高さはだいぶ変わったけれど、揺るぎなさはまったく変わらない腕に軽々と運ばれてしまう。

それから、汚してしまうのが申し訳なくなるほど美麗な浴場で、テキパキと手際のいいソレイユに介助されながら、凪はようやく全身の汚れを洗い流すことができた。床のタイルが乾きかけの血で汚れていくのを見るたび、どれだけ自分が汚れていたのかがわかって、我ながらどん引きしてしまう。

風呂を誰かに手伝ってもらうなど、ほんの幼い頃以来だ。最初は恥ずかしさでいっぱいだったけれど、体を上手く動かせないのだから仕方があるまい。

実際、上着を脱いでシャツの袖とズボンの裾をまくり上げたソレイユは、おそらく負傷者の介護訓練も受けているのだろう。非常に手慣れた様子で、凪は次第に恥ずかしさを忘れてリラックスすることができた。

一通り汚れをこすり落としてもらったあと、美しい幾何学模様を描くタイル張りの湯船に肩まで浸かると、凪は深々とため息をついた。ほのかに甘い花の香りのあるお湯が、体の芯までじんわりと温めてくれる。

「気持ちいいです……」

「そりゃーよかった。はーい、ここに頭のせて、楽にしててねー。トリートメントとマッサージするからねー」

ソレイユの指先が、爽やかな柑橘系の香りのするトリートメントで、長い金髪を丁寧に手入れしていく。ほどよい力加減で頭皮から肩までマッサージされて、その心地よさにうっかり眠りそうになってしまう。ソレイユは騎士見習いだというが、美容師のほうがよほど向いているのではなかろうか。

(夢の中で寝ちゃいそうとか……。でも、気持ちいい……。今回は、本当にいい夢だなぁ……)

そうしてふわふわした気分のまま風呂から上がると、真新しいワンピースを着せられた。さらりとした柔らかな肌触りが、とても上質な布地であることを伝えてくる。白と淡いブルーを基調としたそのワンピースは、とても可愛らしいデザインだった。胸元と短い袖は、幾重もの薄いレースに覆われていて、ウエストに巻かれた大きなリボンと、裾のたっぷりとした白いフリルが華やかだ。

(うん。こういう素敵なワンピースが普通に似合うのが、さすが金髪碧眼の超絶美少女だよね。意外性がなさすぎて、別に驚きはしないです)

いかにも高価そうな籐家具《とうかぐ》が、ゆったりと配置された脱衣スペースの鏡には、まさに天使のように愛らしい少女が映っている。先ほどまでは、髪や肌の色すらよくわからないレベルに汚れていたため、まさに劇的な変化と言えよう。温風が出てくるドライヤーのような魔導具で、腰まで長さのあるサラサラの金髪が乾かされれば、とても質素倹約を旨とする孤児とは思えない仕上がりである。

最後に、ソレイユが凪の首に巻いたのは、丸く小さな銀色の徽章がぶら下がった、黒のリボンチョーカーだ。表面には、剣と翼をモチーフにした図案が描かれていて、裏側の中央には金色に輝く透明な石が嵌まっている。

ソレイユが、少しすまなそうな顔で言う。

「この徽章が、ここでの身分証になってるのね。ただ、ナギちゃんは要保護対象だから、これには位置が捕捉できる魔導術式が組みこまれてるんだ。ナギちゃんが行方不明にならない限り、発動させることはないから、気分が悪いかもだけど勘弁してね」

(へー。GPS機能付きなんだ、これ)

ほとんど重さを感じないのに、すごいものだと感心する。

「いえ。わたしは、部外者ですから。安全管理上も必要な措置だというのはわかりますので、大丈夫です」

彼らに保護してもらったとはいえ、今の凪は不審人物以外の何者でもない。完全に無害な存在だと認められたわけではないのだろう。

「こんなによくしてもらって、申し訳ないくらいですし……。どこかに閉じこめておいたほうが安

心だというなら、そうしてください」

立派なお風呂だけでなく、清潔で着心地のいい衣服までいただけたのだ。これ以上贅沢を言っては、バチが当たる。

だがそう言うと、ソレイユの眉間に深々と皺が刻まれた。

「あのね、ナギちゃん。あとで団長から、詳しい話があると思うけど……。ナギちゃんは誘拐事件の被害者で、同時に重要参考人で、全力で保護されなくちゃならない女の子なの。うちで一、二を争う腕利きのシークヴァルトさんを護衛につけたってことは、団長がナギちゃんを絶対に守るって決めたってこと。それだけは、覚えておいてね」

（……誘拐。そっか、そうなるのか）

凪としては、この夢の世界で『目覚める』たび、周囲の情景が異なっているのは当たり前のことだった。だから、あの森にひとりでいたときも特に慌てることはなかったけれど、よく考えてみれば、これ以上ないほど立派な犯罪被害者という立場である。

たしか、騎士団というのは地域の治安維持も担っていたはずだし、犯罪被害者の子どもを無下に扱うというのはあり得ないのだろう。

しかし、だからといってわざわざ護衛をつけてまで庇護するというのは、ちょっとやり過ぎではなかろうか。凪は、なんだか不安になった。

「何か、面倒くさいことに巻きこまれているんだろうな、とは思っていたんですけど……。その、ここのみなさんが捜していたという女の人は、いったい何をして追われているんですか？」

その問いかけは、ソレイユが想定していたものだったのだろう。彼女は少しも考える素振りを見せることなく、口を開く。

「聖女を騙ったんだって」

「……せいじょ？」

なんだかまた、日常生活ではまず聞くことのない単語が出てきた。

目を丸くした凪に、ソレイユは顔をしかめてため息をつく。

「ま、その辺も含めて、詳しいことは団長から聞いてね。……うん、どこから見ても、ぴっかぴかのパーフェクト！　どろどろに汚れまくっていた可哀相な捨て猫が、洗ったら真っ白ふわふわの素敵な毛玉だったかのような驚きの仕上がり！　我ながら、いい仕事をした！」

そして、ぐっと親指を立てた彼女が、当然のように抱き上げようとしてくる。凪は、慌てて立ち上がった。少しふらついてしまったけれど、手足の感覚は軽く痺れている程度だ。

ぐっと親指を立て返し、できるだけキリッとした顔で言う。

「大丈夫！　もう、歩けます！」

「……ぇぇー」

なぜかものすごく残念そうな顔をしたソレイユが、わきわきと両手の指を蠢かす。

「遠慮しなくてもいいんだよ？」

「ソレイユさんの力強さは信頼していますが、自分より小柄な女の子に人前で抱っこされるというのは、やっぱり恥ずかしいです。何より、ここから出たらシークヴァルトさんに交代されるのが確実である以上、全力で遠慮させていただきます」

超絶イケメンのお姫さま抱っこは、凪のメンタルをものすごい勢いで削ってくれたのだ。夢は願望の表れだ、なんていうけれど、この夢はリアリティーがあり過ぎて、本当に心臓が止まりそうなのが恐ろしい。夢の中で心不全を起こして死亡など、親不孝にもほどがあるではないか。

ソレイユが、こてんと首を傾げる。可愛い。

「ナギちゃん、シークヴァルトさんが苦手なの？　あの人、わりと女の人に人気あるんだけど」

「苦手というか、格好よすぎて心臓に悪いです。遠くから眺めるぶんにはときめくだけで済むかもですが、あの美しいお顔は至近距離で見るものではないと思います」

大真面目に答えると、ソレイユが一拍置いて噴き出した。

「そっかー。あの顔は、心臓に悪いかー」

「はい。わたしはまだ、死にたくありません」

切実な凪の主張に、どうやらソレイユは納得してくれたらしい。それでも、手を繋いでの歩行介助は譲ってもらえなかったけれど、お姫さま抱っこよりは遥かにましだ。

踵の低い編み上げのショートブーツは、思いのほか軽くて履き心地がいい。ゆっくりではあるけれど、自力で歩けることに、心底ほっとする。

「辛かったら、遠慮なく体重かけてくれていいからね」

「ありがとうございます」

そうして浴場を出ると、壁に背中を預けて立っていたシークヴァルトがこちらを見た。彼は凪の姿を確認するなり、目を見開いて凝視してくる。そんな彼に、凪の手を引いていたソレイユがふんぞり返って口を開いた。

「どう⁉　シークヴァルトさん！　キレイになったでしょう、見違えたでしょう、とってもとっても可愛いでしょう！」

「……オレは今、遠目にちらっと見ただけで、こいつにぴったりの服と靴を用意したこの屋敷のメイドたちに、そこはかとない恐怖を感じている」

あくまでも真顔で応じるシークヴァルトに、ソレイユが半目になって言う。

「そういうとこですよ、シークヴァルトさん。だからあんたは、見た目のわりにモテないんですよ」

「やかましい」

シークヴァルトが、ぎろりとソレイユを睨みつける。それから一呼吸置いて、彼は改めて凪に視線を向けた。

「歩けるようになったんだな。よかった」

「はい！　お手数おかけしました！」

元気ですよー、もう自分の足で歩けますよー、と握りこぶしで主張する。そんな凪の様子を確認し、シークヴァルトはソレイユに言う。

「厨房の連中が、こいつに何を食わせればいいのか、悩んでる。おまえ、ちょっと向こうに行って、アドバイスしてこい」

「やったー！　……じゃない、了解しました！　じゃあナギちゃん、またあとでね！」

引き留める間もなく、喜色もあらわにぴょんと跳びはねたソレイユが、あっという間にどこかへ消えた。

呆然とする凪に、シークヴァルトが気遣わしげに声を掛ける。

「無理はしなくていいからな。……あー。ナギ、って呼んで構わないか？」

「え？　あ、はい」

突然の名前呼びに、つい動揺してしまう。

生まれてこの方、彼氏という嬉し恥ずかしい存在ができたことのない凪にとって、自分を名前で呼ぶ男性といえば、同居家族に限定されている。

どうやらお姫さま抱っこは回避できたようだが、イケメンとふたりきりというのは、それだけで充分すぎるほど緊張する事態なのだ。名前呼びの衝撃と相俟って、なんとも身の置き所がない気分である。

シークヴァルトが、小さく笑う。

「そうか。そう言えば、自己紹介もまだだったな。シークヴァルト・ハウエルだ。オレのことは、シークヴァルトでも、ヴァルでも、好きなように呼べばいい」

「…………ハイ」

超絶イケメンは、不用意にほほえんではいけないと思う。主に、その直撃を食らった一般市民の心臓のために。

もしかしたら、お姫さま抱っこがなくても、心臓への負担が減るわけではないのかもしれない。

そんな切ない事実から目を背けつつ、凪は促されるまま歩き出す。

（今のわたしのトロくさい歩調に、ちゃんと合わせてくれるとか……。イケメンは、行動までイケメンなのか）

浴場への道中でも思ったけれど、やはり迷路のような造りの建物だ。そういえば、城塞として使われる貴族の館は、敵から攻めこまれたときの対処として、わざと複雑な構造にしているとどこかで聞いた。ここ——たしか、レディントン・コートといっただろうか。この館が魔導騎士団の団長であるアイザックさんの所有物だというなら、この複雑さもきっとそういうことなのだろう。

（アイザックさんのフルネームは……うん、覚えてない）

ソレイユが熱弁していた彼の筋肉への賛辞ならば、少し覚えているのだけれど。アイザック自身も、あれだけ立派な筋肉の持ち主なのだから、きっと筋肉には並々ならぬこだわりがあるに違いない。見た目は素晴らしい筋肉マッチョ、中身は最高に礼儀正しいジェントル貴族。……これが、ギャップ萌えというやつだろうか。正直、推せる。

それからいくつかの廊下と階段を通過して、自分が何階にいるのかもわからなくなった頃、ようやくシークヴァルトが足を止めた。ぴかぴかに磨き上げられた重厚な扉には、獣の頭部を模した真鍮製のノッカーがついている。

「団長。ナギを連れてきたぞ」

「ああ。入れ」

そして扉が開かれた瞬間、凪は目を丸くした。

豪奢極まりない室内にいたのは、マッチョ紳士な騎士団長のアイザック。凪が英語科目の擬人化だろうかと疑った、金髪碧眼のノーブル系美青年。そして、ソレイユと同じ制服を着た——たしか、セイアッドと呼ばれていた日本人カラーの美少年だ。

彼ら三人が囲む大きなテーブルに広げられた地図は、どうやら魔導具であるらしい。図上のあちこちが光っていて、その光が点滅したり移動したりしている。

そんな面白地図への興味は尽きないが、室内のどこへ視線を向けても、顔面偏差値の高すぎるイケメンがキラキラしていて、凪は思わず「目が！　目がー！」と現実逃避をしたくなった。しかし、今更不審人物判定をされたくはないので、どうにか堪える。

こちらを見た三人が、揃って目を見開いて凝視してくる様子に既視感を覚えつつ、軽く頭を下げて礼を述べる。

「お風呂と着替えを、ありがとうございます。本当に、助かりました」

「……ナギ嬢？　かい？」

アイザックに確認するように問われ、凪は小さく苦笑する。

「はい。わたしもさっき、お風呂の鏡で自分を見たら、汚れすぎていてびっくりしました」

「そ……そうか。うん。たしかに、先ほどのきみはひどい汚れようだったな。うん」

どうやら、自分が保護した相手のハイパーな美少女っぷりに、かなり動揺しているようだ。気持ちはわかる。

（リオは、いわゆる『無自覚天然美少女』だったけど、わたしは今の自分が客観的に美少女だって理解してるからなー。ていうか、自分目線だったからリオが何をしても生暖かく見守ってたけど、ぶっちゃけ『無自覚天然』って地雷です。背後から助走をつけて、全力のハリセンで頭をはっ倒したくなります。――ので、わたしはあくまで通常運転でいかせていただきます）

一通り自己分析をしたあと、凪はひとまず『今の自分は大変な美少女である』という事実から、全力で目を背けることにした。『美少女であることを自覚したガワだけ美少女』など、痛々しすぎて無自覚天然美少女よりも地雷である。

そろそろ本気で目を覚ましたくなってきたけれど、目覚めるタイミングを選べないのが夢というものだ。この夢で『目覚めた』当初は、体を自分の意思で動かせることに驚喜していたが、いい加減に面倒くさくなってきた。

ぼんやりとそんなことを考えていると、テーブルから離れたアイザックが、窓辺の応接セットを示して言う。

「少し、そちらで話をしよう。――ライニール。セイアッド。おまえたちは、そのまま第二部隊と第三部隊のフォローを続けてくれ」

金髪碧眼の美青年と、日本人カラーの美少年がうなずく。金髪碧眼の美青年は、ライニールという名前らしい。

いかにも魔術を使っているような彼らの様子に、好奇心でうずうずしてしまうけれど、凪は空気を読める日本人だ。アイザックの誘いに素直にうなずき、煌びやかな布張りのソファーに腰掛ける。

シークヴァルトが、当然のように自分の隣に落ち着いたことについては、諦めの境地で黙って受け入れることにした。そして、今更気がついたが、イケメンはいい匂いがする。

(おふう……なんかシークヴァルトさん、めっちゃいい匂いするでござるぅ……。さっきまでは、やっぱり鼻が麻痺していたのかなー。それだけ、自分が臭かったってことか。そんな臭さで、こんないい匂いがするイケメンに抱っこされてたとか、何それ羞恥で軽く死ねる)

軽やかに窓から飛び立ちたくなった凪に、アイザックが穏やかな声で語りかけた。

「では、ナギ嬢。これから、きみに今の状況を説明させてもらおうと思うのだが……。その前に、きみから何か聞きたいことはあるかね?」

低く落ち着いた彼の声には、それを聞いた者の気持ちを静める力があるのかもしれない。深呼吸をする余裕ができる。

少し考えた凪は、膝の上で指を握って口を開いた。

「聞きたいこと、ではないのですが……。わたしに現状を説明していただけるのでしたら、ひとつお願いしたいことがあります」

「ほう。何かね?」

柔らかく促すアイザックに、ちらりと窓のほうを見てから凪は言う。

「外の様子からして、今は春先なのだと思います。けれど、わたしがあの森で目覚める前のことで、最後に覚えているのは秋の恵みの感謝祭なんです」

「……ああ、そうか。やはり、そうなのだね」

それまで穏やかな微笑を浮かべていたアイザックが、軽く眉根を寄せる。

「ここ半年ほどの間に何があったのか、わたしは何も知りません。……いろいろ、わたしが覚えていることと、あなた方がおっしゃることの間に、齟齬があるようにも感じています」

ですから、と凪はアイザックの目を見て告げた。

「もし、この半年の間に、何かとても大きな変化が世の中にあったのだとしたら、それについても教えていただけると助かります」

今回、この夢の中で『目覚めた』ときから感じている、さまざまな違和感。ひとつひとつは小さなものでも、いくつも積み重なれば、明確な居心地の悪さに変わってくる。凪はさほど細かいことを気にするタチではないけれど、せっかく自分の意思で行動ができるのだ。どうせならば、スッキリとした気分で楽しく夢を見ていたい。

そんな凪の願いに、アイザックは少しの間考えるようにしたあと、やがてうなずき顔を上げた。

「了解した。――――では、ナギ嬢。まずは、去年の秋頃から現在までに起こったことを、順に説明させてもらうことにしよう。その上で、今後きみがどうしたいかを決めてもらいたい」

「はい。ありがとうございます」

凪は、どこまでも純粋でお人好しな『リオ』のことは、正直あまり好きではない。嫌いとまではいかないのだが、どちらかと言えば苦手なタイプである。

それでも、幼い頃からずっと『夢の中の自分』として、決して短くない時間を共有してきたのだ。その『自分』を血で穢し、森の奥へゴミのように捨てた何者かに対する怒りは、間違いなく凪自身のものである。もし、凪に馬の合わない姉妹がいて、その姉妹がリオのような目に遭わせられたなら、こんなふうに思うのかもしれない。

（うん。犯人を見つけたら、ぐるぐる巻きにして体の自由を奪った上で、家畜の食肉処理場でもらってきた血をぶっかけて、わたしと同じサイテーな気分を味わってもらおう）

ハンムラビ法典が今どこにあるのかは知らないけれど、夢の中で適用したところで、誰に迷惑をかけるわけでもないだろう。

助走をつけて全力でぶん殴る、というのも、できればやってやりたいところである。しかし、非常に残念ながら、極度の運動音痴な上になんの鍛錬もしていない少女の細腕では、さほどダメージは与えられなさそうだ。その点、頭から大量の血をぶっかけられた場合の不快さは、凪自身が身をもって確認済みである。

目には目を、歯には歯を。そして、血には血を。

どこかのアブない思想家のようなことを考えながら、表面上はあくまでも真顔をキープしている凪に、アイザックは静かな口調で語り出した。

「ちょうど、去年の秋の終わりのことだ。この大陸のあちこちで、大規模な地脈の乱れが起こりはじめたのだよ」

「え？」

魔力には、大まかに分けてふたつの種類がある。

ひとつは、魔導士が生まれながら保有している、魂魄《こんぱく》魔力。そしてもうひとつが、自然魔力——文字通り、この世界そのものに満ちる魔力のことだ。空にも水にも大地にも、ありとあらゆる場所に魔力は存在している。

それらの中でも、大地の奥深くを流れる膨大な自然魔力のことを、地脈といった。そして、地脈の流れに沿って濃縮された自然魔力が鉱石化したものを、魔導鉱石と呼ぶ。それらを精製することで、人々の生活に役立つ魔導結晶を手に入れられるのだ。そのため、どの国でも地脈の流れを把握するのは、最優先課題とされていた。

その地脈に乱れが生じるなど、凪は今まで聞いたことがない。アイザックが、眉根を寄せて言う。

「他国の被害が甚大な地域では、魔導石鉱脈の融解という事態が生じている。今のところ、我が国の地脈の乱れは市民生活に影響が出るほど顕著ではないが、決して看過できるものではない」

凪は、驚いた。

この世界で唯一のエネルギー資源といえる、魔導結晶。高位の魔導士の中には、己の保有魔力を結晶化させることができる者もいるらしいが、それはほんのわずかな例外だ。

市民生活の基盤となっている魔導結晶――その大元となる魔導石鉱脈の確保が、各国の国力に直結しているといっても過言ではない。その魔導石鉱脈が融解などということになれば、それこそ国家の一大事である。

「事態を重く見た王宮は、地脈の乱れに関するあらゆる事象の調査と対処のため、我々魔導騎士団を設立した。我々の主な任務は、乱れた地脈の流れにより被害を受けた土地の、現状確認。そして、そういった土地の乱れた魔力に影響されて凶暴化した、魔獣の討伐だ」

「まじゅう」

やはり、突然ファンタジックな単語を放りこまれると、一瞬意味を把握し損ねる。

幸い、魔獣という存在についての知識は、わずかながら一応あった。たしか、自然魔力が豊富に満ちる場所で発生するとされている、種族固有の魔術を操る獣のことだ。彼らは総じて非常に美しい姿と高い知性、そして人間の魔導士よりも遙かに膨大な魔力を保有している。それゆえ、滅多に人と馴れ合うことのない、誇り高い生き物であるとされていた。

そんな魔獣たちが、いきなり凶暴化したなら――と考えた凪は、その恐ろしさに青ざめた。

「それって……とっても危険なことなんじゃ」

「ああ、そうだ。だが、凶暴化した魔獣たちは、哀れなことに知性も理性も失っているのが大半だ。こちらが冷静に対処すれば、討伐することは不可能ではない」

哀れ。

凶暴化し、おそらく人々を襲う危険があるのであろう強大な獣を、アイザックは憐憫《れんびん》の情をもって見ているのか。

……彼の立場で、それが正しいのかはわからない。だが、その気持ちは理解できる気がした。本来、命を奪う必要のない存在であったものを殺すのは、きっととても辛いことだから。

「その……凶暴化してしまった魔獣を殺すのではなくて、元の状態に戻すというのは、できないものなんですか？」

悲しい気持ちになった凪の問いかけに、アイザックは難しい顔になる。

「どんなに高位の魔導士でも、自然魔力の流れに干渉することはできない。それができるのは、聖女だけなのだ。聖女たちだけが、この世界に満ちる自然魔力の乱れを整えられる。だから、どこの国でも聖女の存在が確認されれば、国を挙げて保護することになっている」

凪の脳内では、すでに『魔力を貯め込む魔導結晶は、超高性能の電池です』という図式が完成していた。そこにいきなり『聖女』という浮世離れした単語がぶち込まれ、若干混乱してしまう。

（そういえばソレイユさんが、わたしを身代わりにして捨てたかもしれない女の人が、聖女を騙ったとかなんとか言ってたような？）

「そして、凶暴化した魔獣の被害が各地から報告されはじめた頃、我が国の聖女として認定された女性がいた。それが、ユリアーネ・フロックハート侯爵令嬢。――ナギ嬢。その聖女を騙った令嬢を捜していて、我々は森できみを発見したのだ」

ソレイユに聞いたときにも思ったが、なんだか意味がわからない。首を傾げた凪は、軽く挙手して口を開いた。

「……ええと？　お話の途中に、すみません。聖女さまって、世のため人のために何か立派なことをしたから、神殿の総本山にその功績を認められて、そう呼ばれるんですよね？」

まったく詳しくはないのだが、凪の認識している『聖女』というのは、みな一神教の教義の中で、その名に相応しい存在であると世に認められた女性たちだ。たしか、ジャンヌ・ダルクやマザーテレサがそう呼ばれていたと思う。

さまざまな奇跡や社会貢献を為し、多くの人々を救った立派な女性が、聖女と呼ばれるのは納得できる。しかし、なんの実績もないというのに、ただ珍しい能力を持って生まれたというだけで

『聖女』と呼ばれるのは、おかしな話だ。

ならば、と凪は首を傾げる。

「その女性――ユリアーネさん？　は、地脈の乱れをどうにかしたから、聖女と認められたのでしょう？　だったら、騙るも何もないんじゃないですか？」

聖女と呼ばれるようになった以上、それは必ず何かしらの実績があってのことのはずだ。

そう言うと、アイザックは少しの間のあと眉間に拳を当てて俯いた。

「まったく、その通りだ。実際、どんな仕掛けを使ったものなのか、ユリアーネ・フロックハートはその歌で、地脈の乱れに影響され、濁ってひび割れた魔導鉱石を、見事に元通りにしてみせた。本人が逃亡してしまったため、そのからくりはいまだ不明だが……。現在、王立魔導研究所の魔導士たちが、全力で当時の記録を解析しているところだ」

「歌？　ですか？」

ああ、とアイザックがうなずく。

「聖女のみが使える固有魔術、というものがあってね。その中でも、最も効果が高く広範囲に使用できるものが『聖歌』なのだ。私は実際に見たことはないのだが、聖女が歌えば、その周囲の自然魔力はすぐさま滞りなく調和しはじめ、凶暴化した魔獣すら理性を取り戻すことがあったという」

「あ、そうなんですか。だったら、ユリアーネさんが聖女さまの偽物でも、ほかの聖女さまに歌ってもらえば大丈夫ですね。音響系の魔導具に録音したものを、地脈の乱れが起きているところで流しまくれば、一発ですもん」

何やら大変な事態が起きているような雰囲気だったけれど、すでに解決策があるのならば、なんの問題もない。

不安になって損をした、と思っていると、なぜかアイザックがものすごくしょっぱいものを食べたような顔になっている。次いで、突然何かに気がついたかのように、大きく目を見開いた。

「アイザックさん？　どうかしましたか？」

「いや……残念ながら、今の我が国に聖女と認められている女性は、存在しない――はず、なのだが」

強張った表情で言い澱むアイザックに、それまで黙っていたシークヴァルトが、低く鋭い声で言う。

「団長。ユリアーネ・フロックハートが本物の聖女を確保した上で、自分が聖女だと騙ったんだとしたら、いろいろと辻褄が合うんじゃねえのか。もちろん、『不世出の天才魔導士による聖歌の再現』という線も消えるわけじゃないが……。希望的観測を含めたとしても、可能性がゼロじゃない以上、その対処は検討するべきだ」

「……ああ。その通りだな」

うなずいたアイザックが、テーブルのほうに向けて命じる。

「ライニール。セイアッド。第二部隊と第三部隊に伝達を。対象を発見した場合、必ず生きた状態で確保せよ、と」

「了解」

「申し訳ない、ナギ嬢。少しの間、失礼する」

こちらを窺っていたらしいふたりが即座に応じ、アイザックもまた通信魔導具を使ってどこかに連絡を取りはじめる。凪は、内心で力いっぱい絶叫した。

（今まで、普通にデッドオアアライブだったんデスカー!? 怖いよ！ 最初にこのヒトたちに会ったとき、即バッサリされなくて、本ッ当によかったあぁああーっっ!!）

ガクブル状態で青ざめた彼女に、ひとつ息を吐いたシークヴァルトが言う。

「ナギ。聖女ってのは、そう簡単に生まれるものじゃない。実際、今の時点で聖女を確保しているのは、中央のレングラー帝国と、南のスパーダ王国の二国だけ。地脈の乱れは、大体三十年から五十年周期で発生するが、そのたび現れる聖女は、大陸全体で平均して五人か六人。少なければふたり。記録に残っている最大人数でも、七人だけだ」

「そうなんですか？」

それは、思っていたよりもずっと少ない。音響系の魔導具への『聖歌』の録音も、たった数人で担うとなると、なんだかものすごく大変そうだ。

シークヴァルトが、顔をしかめてため息をつく。

「あの女――ユリアーネ・フロックハートが、乱れた自然魔力を整えて見せたのは、聖女認定の儀のときのたった一度きりだけだった。おまえは、聖女の歌を音響系の魔導具に録音すればいいと言ったが、『聖歌』は聖女の膨大な力がのった歌声を、フルパワーで長時間放出し続けているようなものなんだ。それだけの出力に耐えられる魔導結晶なんざ、いくら侯爵家でもそうそう用意できるもんじゃない」

魔導具が発動できる力の大きさは、基本的に内蔵する魔導結晶の大きさに比例する。

また、一般的に流通している生活魔導具には、国の定めた製造管理基準により、必ず安全回路が組みこまれているのだ。そのため、魔導具に使用されている魔導結晶から、規定量以上の魔力が放出されることはない、とされている。

だが、どんなに安全を謳っている道具でも、百パーセントということはありえない。魔力の過剰放出で魔導具が壊れたり、魔導結晶が融解したりという事故は、凪も何度か耳にしたことがあった。

「だから、普通は聖女の歌を魔導具に録音しようなんて考えない。そもそも技術的に高難度過ぎて、試してみる気にもならないものなんだ」

（ハイ。無知なガキんちょが生意気を言って、本当にスミマセンでござる）

己の浅はかさにしょんぼりした凪に、シークヴァルトが続けて言う。

「だがもし、あの女が本物の聖女を秘密裏に確保して、その力を利用していたなら――それは、国家反逆にも相当する大罪だ。国を、いやこの大陸そのものを救える唯一の力を、己の私欲のために秘匿していたんだからな」

「……そう、なんですか」

基本的に平和で落ち着いた国で生まれ育った凪にとっては、いまいち理解しがたい感覚だ。けれど、聖女というのがこの世界でものすごく重要な存在であることだけは、ひしひしと伝わってくる。森にポイ捨てされていた自分とは、なんという違いであろうか。

シークヴァルトが、ひょいと肩を竦める。

「まあ、聖女を騙った時点で、王族への虚偽申告を筆頭に、数え切れないほどの重罪のオンパレードだったんだ。どう足掻いても、死罪は免れないだろう」

先ほどまでのデッドオアアライブ状態も、それなりの理由があってのことだったようだ。つくづく、彼ら魔導騎士団との出会い頭に、切り捨て御免をされなくてよかった。凪は密かに胸をなで下ろす。

同時に、少し不思議に思う。

「ユリアーネさんが聖女を騙ったっていうのは、どうしてわかったんでしょう？」

王宮の考え方というのはわからないけれど、神殿のものの考え方ならば、少しはわかる。彼らはとにかく、非常に格式やメンツというものを重んじるのだ。一度正式に聖女と認めたのならば、よほどの証拠がなければ、彼らはその決定を覆すことはしないはずである。

「あの女は聖女認定の儀をクリアしたあと、八度現場に出たんだが、いずれも地脈の乱れの解消に失敗している。そのたび、調子が悪いだなんだと言い訳していたが、さすがにおかしいという話になってな」

うわあ、と凪は目を丸くする。

「周りのみなさん、八回もユリアーネさんの失敗にお付き合いしたんですか？」

仏の顔も三度までだというのに、ちょっと心が広すぎるのではあるまいか。

「聖女がいる国は、そうでない国に比べて、地脈の乱れが大幅に抑えられているものなんだ。すでに魔導石鉱脈の融解がはじまっている国もある中、この国はいまだに魔獣の凶暴化だけで済んでいる。だから元々、この国に聖女が生まれている可能性は高いだろうと言われていた。もしそうじゃなくても、王宮側は――いや、国中の誰もが、聖女の出現を切望していたんだ。実際、過去には能力の発現に関して、非常に波がある聖女も存在していたしな。……みな、簡単には諦め切れなかったんだよ」

ひどく苦々しげに、シークヴァルトが言う。

たしかに、どんな方法を使ったにせよ、ユリアーネ・フロックハート嬢が一度でも地脈の乱れを解消する力を見せたなら、彼女に聖女の能力があるということを誰も疑わないだろう。

そして、希望を抱いたはずだ。

これでもう、何も心配することはない。今まで通りの穏やかな暮らしを、恙《つつが》なく維持することができるのだ、と。

だがその希望は、無惨に打ち砕かれて絶望に変じた。

この国の王宮と神殿が、『偽物の聖女を認めた』という恥辱とともに。

「最終的に、あの女の言葉がすべて嘘だったことを、国王陛下自ら魔術で確認して――ああ、おまえが森で団長に使われたやつな。それでようやく神殿側も、自分たちが騙されたことを認めるしかなくなった」

シークヴァルトが、ため息を吐く。

「そこまできて、みなやっと諦めることができた。だから……まさか、あの女とは別の、本物の聖女がこの国にいるかもしれない、なんて。誰もそんな、都合のいい希望を持つことはできなかったんだ」

また、新たに希望を抱くには、みな絶望しすぎていたから。

ひどく複雑な表情で、シークヴァルトが凪を見た。彼のゆっくりとした話し方は、そうやって言葉にすることで、自分の考えを検証しているように聞こえる。

「だが、おまえの言ったとおり、聖女の歌声を音響系魔導具に録音することができれば、地脈の乱れを整えることは可能だったかもしれない。多少大型の魔導具になったとしても、聖女のズルズルした衣装なら、それくらい隠せたはずだしな」

「なんだか……行き当たりばったり感が凄すぎですね」

地脈の乱れに干渉できるのが聖女だけだというなら、おそらくシークヴァルトの推察は当たらずとも遠からずというところなのだろう。だからこそ、今更ながらに同じ考えに至ったアイザックたちが、聖女を騙ったユリアーネ・フロックハートを、生きたまま捕らえようとしている。もし本当に聖女が存在していたなら、彼女がその居所を知っている可能性が高いから。

そこで素朴な疑問を覚えた凪は、シークヴァルトに問いかける。

「聖女さまがいない場合、どうやって地脈の乱れに対処するんでしょう？」

「他国にいる聖女に、多額の報酬を払って来てもらうしかない。聖女を擁する国は、ここぞとばかりにふっかけてくるだろうな」

大陸に二人しかいない聖女のレンタル料となれば、それはたしかにとんでもない金額になるに違いない。需要と供給のバランスが、悪すぎる。

現在、聖女を確保しているのは、中央のレングラー帝国と、南のスパーダ王国。いずれにせよ、聖女による救済が真っ先に施されるのが、自国の領土になるのは当然だ。彼らが聖女を国外に派遣するのは、そのあと――さらに言うなら、彼の二国はそれぞれの友好国を優先するだろう。つまり、聖女を擁する二国と交流のない国に、その救いの手が差し伸べられるのは、相当先のことになる。

「レングラー帝国とスパーダ王国のどちらかと、この国は仲よくしているんですか？」

凪の問いかけに、シークヴァルトが苦笑する。

「レングラー帝国の現皇帝は、常に領土を広げようとしている国粋主義の野心家だ。スパーダ王国は、かなり独自の文化体系を持つ国で、他国との交流は最低限。当代国王も、かなり排他的な御仁だな」

「ハエたたき？」

それはいったいどんな人物なのだろう、と首を傾げた凪を、なぜか目を見開いたシークヴァルトがまじまじと見つめてくる。それから、ふっと視線を逸らした彼は、ぼそぼそと口を開いた。

「……排他的、だ。スパーダは大陸の南端にある大国だが、他国との境界が広大な砂漠であることもあってな。交易はそれなりにあるものの、民間レベルの交流がほとんどない国なんだ」

「そうなんですね……すみません。一瞬、王冠を被った成人男性が、両手にハエたたきを構えて格好良くポーズを決めている姿を想像してしまいました」

聞き間違いを詫びた凪だったが、その途端シークヴァルトに、思い切り顔を背けられてしまう。

同時に、少し離れたところから、ごふっという奇妙な音が聞こえた。そちらを見ると、テーブルのそばで作業中だったらしい金髪碧眼の美青年――ライニールが、片手で口元を覆ってぷるぷると震えている。

おや、と思って視線を戻すと、シークヴァルトも同じように顔を赤くして、細かく肩を揺らしていた。どうやら、笑いを堪えているらしい。

一方、マッチョ紳士なアイザックは困ったように苦笑しており、日本人カラーのセイアッド少年はわずかに眉根を寄せているだけだ。

よくわからないが、どうやら『ハエたたきを構えたスパーダ国王』という概念が、シークヴァルトとライニールの笑いのツボに嵌まってしまったらしい。

それにしても、と凪は思う。

(この世界の聖女さまって、ガチで国防と経済の要なんだなー。そりゃ、どこの国でも欲しがるわけだ)

凪が知っている聖女たちは、基本的に『貧しい民衆のために、命がけで頑張った女性』であったと思う。中には、時の権力者の意思に反した行動をした者もいたはずだ。

しかし、この世界における聖女は、ひたすら実利的な意味で、誰もが欲しがる存在である。何しろ聖女を手に入れた者は、富と安寧を約束されるのだ。聖女と認められれば、国から丁重に保護されるということだし、聖女を騙った女性もそういった特典に目がくらんでしまったのだろうか。

(でも、いくら裏技を使って聖女認定されたとしても、それが継続できなきゃ意味がないわけで。実際、ニセモノだってばれちゃってるわけだし。……本当は、もっとちゃんと聖女のお仕事をできる予定だったのかな?)

今のシークヴァルトたちは、『本物の聖女がこの国のどこかにいる』という可能性に、だいぶ気持ちが行っているようだ。しかし、もし聖女という生物兵器――もとい、巨大な金の卵がいなくても、地脈の乱れをなんとかできる技術が確立できたなら、そちらのほうがよほど商売として手広く行えそうな気がする。

そんなことを考えているうちに、シークヴァルトとライニールは、笑いの発作から解放されたようだ。スパーダ王国の国王というお方は、そんなにハエたたきが似合わない御仁なのだろうか。庶民的で、けっこう親近感を抱けると思うのだけれど。

シークヴァルトが、ひとつ咳払いをしてから口を開く。

「あー……悪かった。笑うつもりは――」

「ハエたたきを構えたスパーダ国王」

真顔で追い打ちを掛けると、ぶはっ！　と、笑いのツボにはまったふたりが同時に噴き出す。

「お……おまえなあ……っ！」

「すみません。わたしの中の、笑いを提供したい欲を抑えられませんでした」

凪はあまり面白みのない性格をしているので、こんなふうに笑ってもらえるというのは貴重な体験なのだ。よって、反省はしているが後悔はしていない。

ほう、と胸に手を当てて息を吐く。

「ありがとうございます。これでもう、思い残すことはありません」

「おまえは、何を言っているんだ」

シークヴァルトが、半目になってツッコんでくれた。嬉しい。

凪が生まれてはじめていただいたツッコミに感動していると、軽やかなノックの音が響いた。アイザックが許可を出すと、豪華なティーセットと軽食をのせたワゴンを押したソレイユが現れる。

「失礼しまーす！　お待たせ、ナギちゃん！　厨房の先輩方の力作だよー！　いっぱいあるから、遠慮なく食べてね！」

弾むような声で言うソレイユの笑顔が、大変眩しい。そして、ワゴンの上の軽食も、大変華やかで美しかった。

小さく切り分けられた三種類のサンドイッチに、くるみのスコーン。添えてあるのは、ベリー系と思われるフルーツソースに、クロテッドクリーム。スープカップでほかほかの湯気を立てているのは、野菜のポタージュだろうか。四種類もあるプチケーキは、どれも繊細な見た目が可愛らしくて、食べてしまうのが惜しいようだ。

（って、今ソレイユさん、先輩って言った？）

それはまさか、この乙女が全力でときめきそうな軽食を作ったのが、戦闘行動が本職であるマッチョな騎士さまたちだということだろうか。

たしかに、料理とは体力勝負のものであると聞く。けれど、大変美味しそうなだけでなく、目にも美しい品々を前に、思わず『騎士……とは？』と考えこんでしまう。

そんな凪に、手際よくテーブルに軽食の皿を並べていったソレイユが、何やら恐る恐る問うてくる。

「ナギちゃん？　どうかした、かな？」

「え？　あ……すみません。こんなにきれいな食べ物を見たのは、はじめてなもので……。つい、見とれてしまいました」

　これは間違いなく、ＳＮＳに載せたらものすごく反響がくるやつだ。芸術品と言っても、決して過言ではないと思う。

　すごいなー、キレイだなー、とウットリしながら眺めていると、シークヴァルトがひとつ息を吐いてから口を開いた。

「ナギ。これはむさ苦しい野郎どもが作ったもんだが、味は悪くないはずだ。苦手なものがあったら残していいから、まずは食ってみるといい」

（あ、やっぱりこの芸術品は、むさ苦しい騎士のお兄さま方が作ってくださったものなのですね）

　若干、微妙な気分になったものの、せっかく味のあるものを食べられそうなのだ。ありがたく『いただきます』をしようとした凪は、自分の手がごく自然に指を組み合わせる形になったことに驚いた。これは、リオが毎日行っていた食前の習慣である。どうやら、この体に染みついている習慣は、無意識にでてくる仕様らしい。

　違和感がないとは言わないけれど、特に困るようなことでもない。まあいいか、と目を閉じ、そのまま胸の内で『いただきます』をする。

　しかし、目を開いてみても、シークヴァルトもソレイユも軽食に手を付ける様子がない。アイザックたちは再び忙しそうな様子なのでいいとしても、よそ者の分際で真っ先に食べ物に手を伸ばすのは、さすがに躊躇われる。どうして食べないのだろうとシークヴァルトを見つめると、不思議そうに見つめ返された。

「どうした？」

「……あの、おふたりは食べないんですか？」

シークヴァルトが、当然のことのようにうなずいて言う。

「これは、厨房の連中がおまえのために作ったもんだからな。連中の許可なく勝手に手を出したら、命が危ない」

（えぇー）

凪は呆気にとられたが、ひとりがけのソファーに腰を下ろしたソレイユも、うんうんとうなずいている。ここの人々は、安易に命を危険に晒しすぎではなかろうか。

大体、そうは言われても、すぐそばに人がいるのにひとりだけ美味しいものを食べるなど、食欲が湧かないにもほどがある。ソレイユに視線を移しても、にっこりと笑ってテーブルの上を示されるだけだ。

困った凪は、へにょりと眉を下げて口を開いた。

「すみません。おふたりとも、今はお腹がいっぱいで何も食べたくない、というのではないのでしたら、一緒に食べていただけませんか？　こんなにたくさん美味しそうなものがあるのに、わたしひとりで食べるというのは、ちょっと……落ち着かないです」

落ち着かないというより、むしろいたたまれなくて罰ゲームレベルである。

軽く目を瞠《みは》ったシークヴァルトが、小さく笑う。

「そうか、わかった。――ソレイユ、おまえも食っていいぞ」

「え⁉　いいの⁉　ホントに⁉」

ぱあっと顔を輝かせたソレイユに、シークヴァルトが人の悪い笑みを浮かべて見せる。

「ああ。連帯責任ってやつだ」

「違いますー！　わたしはただいま上官の許可をもらったので、無罪です！　うわー、嬉しい！　厨房でつまみ食いさせてもらったけど、全部めちゃくちゃ美味しかったんだよねー！」

シークヴァルトが、半目になった。

「この数を全種類食ったのに、まだ食えるのか……」

「いくらでも入りますとも！　若いので！」

そうして、元気と食欲がいっぱいのソレイユにつられるように食べはじめた軽食は、どれも本当に美味しいものばかりだ。

サンドイッチに挟まれているのは、ミルク煮にした白身魚の身をほぐして、みじん切りにしたほうれん草と和えたもの。ふわふわのチーズオムレツ。ちょっぴりスパイシーな牛肉のホロホロ煮を交ぜたポテトサラダ。熱すぎないスープは、優しい野菜の甘みと香りがふんわりと広がる。

あまりの美味しさに、どれも食べるたびにびっくりしてしまう。そして何より感じ入るのが、厨房でこれらの軽食を作ってくれた人々の気遣いだ。

おそらく、凪が普通の食事に慣れていないことを知らされて、いろいろと工夫をしてくれたのだろう。用意されたすべてが柔らかな食感で、消化によさそうなものばかりだ。

食後の紅茶も、芳醇でありながらスッキリした香りが実に素晴らしい。素晴らしすぎて、『これが本当の紅茶だというのなら、今まで紅茶だと思って飲んでいたものは、いったいなんだったのかッ！』と、料理漫画のような台詞がリアルに脳裏に浮かんでしまった。

だが、空腹だったところに美味しい料理を詰めこんだからなのか、それとも単純に体力の限界だったのだろうか。

（ね……眠い……）

一通り軽食を食べたあと、急激に襲ってきた猛烈な眠気に、危うくティーカップを落としてしまいそうになる。それに気づいたらしいシークヴァルトが、ひょいと凪の手からティーカップを取り上げた。

「疲れているんだろう。少し、寝てくるといい。ソレイユ、ナギを客室につれていってやれ」

「え、あ……いや、すみません。大丈夫です、起きてます……」

アイザックの用事が済んだら、改めて彼の話を聞かなければならないのだ。それを待たずに、ぐーすか仮眠を取らせてもらうなど、失礼にもほどがある。

今にも上下の瞼がくっつきそうな目をこすりながらそう言うと、シークヴァルトが小さく笑う。

「何があったのか覚えていなくても、おまえがかなり大変な目に遭ったのは間違いないんだ。団長の話を聞いたところで、そんな寝ぼけた頭じゃきちんと考えられないだろ。無理をしたって、いいことなんて何もない。いいから、少し休んでこい」

「……はい。ありがとう、ございます」

なんだか眠すぎて、考えるのも面倒になってきた。どうせ、ここは夢の中。次に目が覚めたときには、きっと自分の小さな部屋だ。

そうして、半分以上寝ぼけながらソレイユに案内された豪華な客室の、これまた豪華な天蓋付きベッド。どうにかワンピースを脱いで椅子の背もたれに掛け、ぽふんとベッドに倒れこむ。おやすみ一秒で、凪の意識は闇に溶けた。

＊＊＊

「いやあぁあああああっっ!!」

ガラス細工が粉々に砕け散るような、少女の絶叫。

真夜中の空気を引き裂いたそれは、聞く者の胸まで引き裂くようだ。

「いや！　いや、いやあああああっ!!」

「どうした、凪!?」

末娘の高校合格祝いで、しばらくぶりに家族全員が揃っていた緒方家が、突如として騒然とした雰囲気に包まれる。

シンプルながらも可愛らしい雰囲気で統一された少女の自室に、真っ先に飛びこんだのは彼女の兄だ。

壁のスイッチで灯りをつけると、ベッドの隅で縮こまり、泣きじゃくりながら頭を抱える少女の姿が浮かび上がる。カタカタと全身を震わせ、大きく見開いたままの目から止めどなく涙を流し続ける様子は、尋常ではない。

彼女の兄――緒方家の長男、健吾は、ぐっと拳を握りしめた。できるだけゆっくりと妹のベッドに近づき、その傍らに膝を落とす。

「どうした。怖い夢でも見たのか?」

夢。

凪は幼い頃、よくおかしな夢の話をする子どもだった。『リオ』という名の少女になって、不思議な世界で暮らす夢。それが、ただの夢物語ではないと最初に気がついたのは、凪と一緒に眠る機会の多かった母親だ。

――自分のことを、『リオ』だって言うのよ。

昼寝をしていた幼い凪が、目を覚ますと不思議そうな顔をして辺りを見回し、母に向かって『あ。ナギのお母さまだ』と、心底嬉しそうに笑ったのだという。

最初は、幼児特有の変わった遊びかと思った。

だが、笑い方が違う。仕草が違う。甘え方が違う。

どこか遠慮がちに、けれどキラキラと輝く目で、恥ずかしそうに頬を染めながら『リオも、お母さんって呼んでも、いいですか?』と問われたとき、母は全力で抱きしめながら『もちろん、いいよぉぉぉおおおーっっ!!』と絶叫したという。

二重人格、というのだろうか。

『リオ』は、滅多に出てくることはない。父は昔何度か見たことがあるというが、健吾はその状態の凪を見たことがなかった。

凪自身は、時折『リオ』が出てきていることに気づいていないようだ。

本来ならば、病院で診てもらうべきだったのかもしれない。けれど、凪が『リオ』の存在を認識していない以上、無理に受診させるのも気が引けた。何より、日常生活にはまったく差し障りがないこともあって、このままでも特に問題はないと思っていたのだ。

だが——。

「あ……あ、ぁあ……っ」

引きつった嗚咽を漏らす凪が、震える指先で喉を掻きむしろうとする。咄嗟にその手を掴んだ健吾に、大きく体を跳ねさせた凪が、怯えきった瞳を向ける。

途方もない違和感。

その瞳に映っているのは、『誰?』という単純な疑問だった。未知の相手に対する恐怖と、それ以上に大きな恐怖と混乱に、少女の喉が引き攣れた呼吸を繰り返す。

これは——健吾の知っている妹ではない。

ごくりと息を呑んだ彼は、まさかと思いながら、掠れた声で問いかけた。

「……リオ、か?」

健吾が誰よりもよく知っているはずの、なのにまるで知らない瞳が、くしゃりと歪んだ。

「は、い……っ」

どうして、と上擦った声で少女が言う。細い指先が、ひどく冷たい。

「わた、し……」

ボロボロと、新たな雫が幼さの残る頬を滑り落ちていく。

「ころされた、はずなのに」

第二章　世界の管理者

（……あるぇ？）

眠りに落ちたと思ったら、なぜだか真っ白い空間にいた。どうやら、また違う夢を見ているようだ。暖かくもなく、寒くもない。自分自身と周囲の境界が曖昧になっていくような、不思議な感覚。呼吸のできる水の中にいるかのようで、体の重みをまるで感じない。気持ちがよくて、こんな夢ならいつまでも見ていたいと思う。

「凪」

「ぅへぁ？」

突然、背後から声を掛けられて、おかしな声が出た。凪がまったく警戒することなく振り返ったのは、それが誰よりも気安い相手の呼びかけだったからだ。

「お兄ちゃん」

ぼんやりした意識のまま、にへら、と笑う。

愛用のフード付きパーカーに、よれよれのスウェットを穿いた兄は、凪が眠る前に見たそのままの姿だ。常日頃から、『おれは、どれだけ食っても肉にならないんだ』と、乙女に喧嘩を売っているとしか思えないことを平気で言う兄は、ひょろりと長い手足を持て余すような歩き方をする。母親からは、もっとシャッキリ歩きなさい！　としょっちゅうドヤされているけれど、そんな兄のやる気のなさそうなスタイルが、凪は結構好きだった。

「どしたの？　夢の中に出てくるなんて、珍しいねえ」

少し離れたところに立っている兄に、近づきながら問いかける。答えを期待していたわけではないけれど、兄は腕組みをして首を傾げた。

「なるほど、兄か。今の我々は、おまえにとって、最も心許せる人物の姿に見えているはずなのだが……。さてはおまえ、ブラコンか」

「突然の暴言！」

あまりに想定外の不意打ちである。せっかく、ものすごく気分のいい夢を見ていたというのに、なんということであろうか。

「そりゃあ、わたしは若干ブラコン気味ですけども！　いきなりのボディブローは酷いと思う！　ので、お兄ちゃんのスマホの着信音を、ホラ貝に変えてやろうと思います！」

「……なんでホラ貝？」

「電車の中とかで鳴ったら、めっちゃ注目されるかなって」

あとは、ちょっと楽しそうだ。

そう言うと、兄は小さく笑ってうなずいた。

「なるほどな。だが、残念ながらその機会はもうないだろう。おまえの魂は、すでにこの世界のものとして、完全にその肉体に定着している。今までのように、あちらの世界と行き来をすることは、もう不可能だ」

「へ？　なんの話？」

目を丸くした凪に、兄は言う。

「宇宙は多層だ。そして、万物は流転している。我々の仕事は、その流れを滞りなく保つことで、世界の崩壊を防ぐことにある」

「ヤダ、突然の中二病！」

「中二病言うな」

深々とため息をついた兄が、改めて口を開く。

「まあ、細かいことは省くが……。人間の魂もまた、あらゆる宇宙を超えて流転している。必要に応じ、一定の人間の魂に干渉することで、我々は世界を管理している」

「……は？　今度は、自分が神さまだとか言い出す感じ？　やめてよ怖い」

思い切り胡乱な目をした凪に、兄は呆れ返った目を向けた。

「神？　そんなものは、人間が勝手に作った都合のいい概念だろう。少なくとも、おまえが今いる世界にも、その前まで生きていた世界にも、実体化している神などというモノは存在しないぞ」

少なくとも、ということは、ゼロではないということだ。

「え。じゃあ、どこかの世界には、ホントに神さまがいるってこと？」

そうだな、と兄がうなずく。

「ごく稀に――それこそ天文学的確率で、強い魂の力を持った人間が、同じ世界で同一世代に複数生まれた場合には、その思念が結晶化して核となり、新たな高次元生物が発生することがある。まあ、その生物にとって造物主ともいえる人間たちが死んでしまえば、徐々に弱って消滅してしまうがな」

「……神さまって、死んじゃうの？」

兄は、あっさりと応じた。

「その『神』を形作った信仰の教義が正しく受け継がれていれば、多少長持ちすることはある。だが、その『神』を心から愛し、必要とする人間たちはすでに亡いのに、いつまでも無為に存在し続けるほうが哀れだろう」

神とは、人々の願いによって生まれるもの。

人々に求められることで生まれる神は、その存在意義を失えば消滅していく。

「話がずれたな。――凪。おまえと、おまえが『リオ』と呼んでいる子どもの魂は、元々同じひとつの魂だった。魂もまた、さまざまな世界を流転することで成長するもの。そして、大きな力を持った魂が、新たな出会いと可能性を求めるため、複数に分かれること自体はさほど珍しい現象ではない」

「すいません、わかりません」

すちゃっと真顔で片手を上げた凪に、兄は少し考えてから言う。

「母親の胎内で、ひとつだった受精卵がふたつに分かれたようなものだ。言うなれば、魂の双子というやつだな」

魂の双子、とは。

凪は思わず、可哀相なものを見る目で相手を眺める。

「やっぱり、中二びょ――」

言いかけた凪の額を、兄が揃えた人さし指と中指で、ゴスっと小突いた。結構な衝撃でのけぞった彼女は、涙目になって首を押さえる。

「ちょっと！　ムチ打ちになったらどうしてくれんの！」

「安心しろ、ここでおまえに何をしようと、現実の肉体には影響しない。とにかく、元々が同じ魂だったおまえたちは、生まれた世界が異なっていても、精神世界――夢を通じて、密接に繋がり合っていた。そのため、常に魂と肉体の乖離が起きやすい状態にあったようだな。おまえたちはふたりとも、体を動かすのが下手だっただろう」

凪は、唖然とした。

「わたしとリオが運動音痴だったのって、そのせいだったの!?」

「そうだ。まあ、それは大した問題ではない。おまえたちの運が悪かったのは、リオがこの世界の聖女種だったことだ」

聖女種。――聖女。聖女という種類。種族。

凪は、ぽかんとした。

「聖女さまって、そういう種族なの？　人間じゃないの？」

「基本は人間だ。人間との交配も可能だし、人間の子どもを産むこともできる。我々は、すでに誕生した生命に干渉することは、許可されていない。そのため、世界が壊滅的な被害を受けることが予測され、それが魂の循環に甚大な影響を与えると判断された場合には、その事態に対応するための因子を、事前にばらまくことになる。それが、世界調律因子――この世界で言うところの、聖女を誕生させるための種子だ。それをたまたま取りこんだのが、リオの生みの親だった」

「種子？　た……タネ？」

そのとき凪の脳裏に浮かんだのは、不気味な形状をしたタネっぽい何かが、脈動しながら妊婦の膨らんだ腹に根を張っていく、大変グロテスクな映像だった。

青ざめた彼女に、半目になった兄が続ける。

「おまえに認識できる言い方をすると、そうなるというだけだ。実際に、母体の胎内に種子を埋めこむわけではない。我々からの干渉を、人間が知覚することは不可能だ」

「よかった！　ホラー回避！」

心の底から、ほっとした。凪は、ホラーと名のつくものはすべて宇宙の彼方に放り捨ててしまいたいほど、ものすごく苦手なのである。

「聖女の種子を宿して生まれたとしても、その種子が無事に発芽する確率はそう高くない。現在、おまえのいる世界で無事に芽吹いた種子は、一万二千個中、五つだけだ」

「まさかの宝くじレベル」

凪は、目を丸くした。

つまり現在、この世界にいる聖女は、全部で五人ということか。少ない。世界を壊滅的な被害から救える生物兵器がたったの五体だけなんて、あまりに少なすぎる。

「なんで、そんな非効率的なことやってんの？」

「これ以上種子の発芽率を上げた場合、種子を宿して生まれる子どもたちの死亡率が、九十パーセント以上増加すると推定される。今の状態が、人間の出生率及び死亡率に影響しない、ギリギリのラインだ。我々は、世界の理に極力干渉しないよう、細心の注意を払っている」

「左様でございますか……」

しかし、そうなると――。

「元々が、相当に強い力を持った魂でなければ、種子を発芽させることはできないからな。そして、その五つのうちのひとつが、『リオ』。今は、おまえのものとなった肉体だ。聖女の種子は、宿った肉体の魂から、発芽に必要なエネルギーを吸収しながら成長し、その肉体そのものに同化して変質させる。聖女が対象に触れるだけ、あるいは発する声だけで世界に干渉できるのは、肉体が種子によってそのように作り替えられているからだ」

凪は、思い切り顔を引きつらせた。

よく考えてみなくても、元々が普通の人間だった子どもの体を、勝手に生物兵器として作り替えるなど、もはや神さまどころか悪魔の所業である。

「えっと……。ここって、ドン引きするところ？」

「どう受け取っても構わないが、これが今、おまえが向き合わなければならない現実だ」

一拍おいて、兄がことさら淡々とした口調で言う。

「今、おまえの世界に生きる者たちを混迷から救える聖女は、おまえを含めてたった五人。だがまあ、この点に関しては、別の世界で生きてきたおまえには関係のないことだから、特に考慮することもないだろう」

「え、人でなしなの？」

「その通りだが？」

真顔で返された。

「我々は、世界の管理者。人間ではない。正直なところ、おまえのいる世界で人間の死亡率がどれほど上がろうと、面倒な仕事が多少増えるだけのことだ。たとえ聖女として生きる道を選ばずとも、巻きこまれ事故にあったような状態のおまえが、気に病むことはない」

人でなしのくせに、人を気遣うようなことを言うとは、これいかに。

ただ、と兄が——兄の姿をした人でなしが続ける。

「リオは、彼女が持つ聖女の力を利用しようとした者たちに、殺された」

「…………は？」

ずっとどこか現実味がなく、ふわふわとしていた凪の意識が、一瞬で冴えた。

「いずれおまえの魂がその肉体と完全に同調したなら、脳に刻まれた記憶もおまえ自身のものとして思い出すだろう。おまえがどう生きるかは、それから決めても遅くはない」

「リオが……殺された、って、え？　なんで？　だったらわたし、なんでリオになってるの？」

声がひび割れ、震える。

「リオは殺され、その魂は肉体から離れた。しかし、この混迷と崩壊に向かっている世界に、聖女種は絶対に必要な存在だ。だからこの世界は、リオの肉体を生かすために必要な魂を、強引に取りこんだ。リオと同質でありながら、リオよりも遙かに強大な力を持つ、凪――おまえの魂を」

喉が、ひりつく。

「聖女種の発芽に力を食われることがなかったおまえの魂は、現在この世界の誰よりも力に満ちている。今のおまえは、リオの力で聖女となった肉体に、聖女種を発芽させられる膨大な力を持つ魂が、そのまま入っている状態だ。そして、おまえの魂の力は、鼓動が消えたばかりだったリオの肉体を、瞬時に蘇生させた。これは、我々の記録上はじめての現象だ。まさに、奇跡といっていい」

「……奇跡？」

混乱した心がどんどん冷えていくのが、自分でわかる。

リオは、優しい子だった。凪の知るほかの誰よりも。

彼女のことは好きではなかったけれど、本当は少しだけ羨ましかった。あんなふうに、誰に対しても優しく接することができるというのは、確かにリオの強さだったから。

リオと比べると、自分はどうしようもなくひねくれていて、可愛げがなくて……弱くて、ずるい。

彼女が殺されたと知らされて、こんなにも息が苦しくなるほど辛くなるなんて、思わなかった。

「そこまで、知ってて……なんで、リオを助けてくれなかったの？」

「言っただろう。我々は、世界の管理者。支配者ではない。我々は本来、肉体を持つ者たちの行動には関与しない。ただ、今回のケースのように、世界の均衡が崩壊する危険が生じた場合に限り、その修正のため最低限の干渉が認められているだけだ」

何を言われているのか、理解できない。リオの死に対して何もしなかった自分が、そのことについて誰かをなじっていいわけがないと、わかっている。頭ではそうわかっているのに、どうしても受け入れられなかった。

リオが、死んでしまったなんて。

「わたしも……緒方凪の体も、死んじゃったのかな」

凪の魂がこうしてリオの肉体に入っているということは、元の凪の肉体は空っぽになってしまったということだ。魂の抜けた肉体がどうなるのかなんて知らないけれど、とても無事であるとは思えない。

こんなにひねくれたちっぽけな自分でも、今までそれなりにがんばって生きてきた。

凪は、自分が両親や兄に愛され、大切にされてきたことを知っている。なのに、まだ何も返していない。愛されてばかりで、守られてばかりで、彼らのためにまだ何もできていないのだ。それがひどく苦しくて、虚しかった。

しかし、兄の姿をした人でなしは、あっさりと首を横に振る。

「それが、これもちょっと想定外というか、我々も驚いたことなんだが。今、おまえの元の肉体には、リオの魂が入っている」

「へ？」

無意識に唇を噛んで俯いていた凪は、ぱっと顔を上げた。

「リオは、この世界で殺された。通常ならば、肉体に依存する記憶は引き継がれることなく、その魂は次の新たな肉体に宿るはずだ。だが――おまえの魂を強引に取りこんだ反動なのかな。もしくは、リオの肉体がこうしてまだ生きているからなのか。リオの魂はこちらでの記憶を持ったまま、おまえの肉体に定着している」

「……リオが……生きてるってこと？　わたしの、体で？」

ああ、とうなずいた彼が、軽く目を細める。

「さすがに、無事とは言い難いがな。何しろ今言った通り、リオはこちらでの記憶を失っていない。つまり、自分が無惨に傷つけられ、殺された瞬間を覚えている。おまえたちは、まだ十五の子どもだ。とても平静ではいられないだろう」

「でも、生きてる」

たとえ、本来の体とは違う体でも。

生きているのならば、希望はある。

考えろ。

これから、どうすればいい。

どうすれば、リオは救われる。

「わたしたち……もう、元の体には戻れないの？」

「不可能だ。この世界はすでに、おまえという存在を受け入れたことで安定を取り戻しつつある。仮に、これからおまえが死ぬことになったとしても、種子の発芽でほとんど力を失ったリオの魂を、世界が再び求めることはない」

「……そう」

戻れない。帰れない。あの、穏やかで平凡で、幸せだった日々に。

そんなひどいことを突然突きつけられて、受け入れろというのか。

泣き叫びたいのに、心が麻痺をしているようで体が動かない。けれど今、すべてを投げ捨ててうずくまってしまえば、自分は何もできなくなる。

泣くのも、絶望するのも、今じゃない。

考えろ。

自分はまだ、自分の足で立っている。立って歩ける。

ただこの世界の聖女であったというだけで殺されて、きっと立ち上がることも出来ないほど泣いているのは、リオのほうだ。

「リオにも……そのうち、わたしの記憶が全部戻るの？」

「ああ。概ね十日もあれば、魂と肉体の同調は完了するだろう」

なるほど、と凪は両手の指を握りしめた。

凪の体で生きているリオに、凪自身の記憶が戻るというなら――。

「人でなしの世界の管理者。わたしの体に入ったリオに、こっちで辛かったこと……自分が殺されたときのことを、忘れさせられる？」

「本人の同意があれば、可能だ。確認する。――同意確認。リオの魂の記憶から、殺害される瞬間より前六ヶ月間の情報を、表層部分を除きすべて削除。精神状態の大幅な安定を確認した」

まさかの即時対応に、凪は唖然とする。

「対応が早すぎない？」

「現在、こちらと並行してリオの対応に当たっている我々と、情報を共有している。ああ、リオからおまえに伝言だ。――『ごめんなさい。わたしはずっと、優しい家族に囲まれている凪が羨ましかった。今、こんなことになっているのは、きっとわたしが死ぬ瞬間に、次に生まれるなら凪の世界がいいと願ったからです。本当に本当に、ごめんなさい』。以上だ」

唇が、震えた。

リオもまた、凪のことを知っていたのか。同じように、夢の中で凪の人生を眺めて――そして、当たり前のように家族から愛される日常を、羨んでいたというのか。

「……それ、違うんでしょ？　わたしたちの体が入れ替わったのって、別にリオのせいじゃないんでしょ？」

「違う。一個体の魂の力で、恣意的に世界を越えることは不可能だ。おまえたちの現状は、あくまでもこの世界の意思によるもの。先ほどのリオの言い分は、死んだはずの自分がおまえの肉体を得たことに起因する、強烈な後悔と自己嫌悪。それにより、極度の判断力の低下に陥った結果の、後ろ向き過ぎる愚かな思いこみだ」

「言い方！」

人でなしに恥じない言いように、凪は地団駄を踏む。頭を抱え、深呼吸をした凪は、世界の管理者を見据えて言う。

「リオに、伝えて」

彼女のことは、好きじゃない。

誰よりも可愛くて素直で優しくて、何ひとつ勝てるところのない『もうひとりの自分』なんて、本当に妬ましくて好きじゃない。

けれど。

「大好き」

好きじゃない。でも、大好き。

まったく、バカみたいに矛盾していると思う。

それでも、今この胸にある全部の気持ちは、どれも絶対に嘘じゃない。

「リオが死ななくて、よかった。……本当に、よかった。こんなの全然、リオのせいじゃない」

だから、願う。

「泣かないで。ちゃんと、高校行ってね。たくさん友達作って、美味しいものいっぱい食べてね。あと、お父さんとお母さんとお兄ちゃんにも、大好きって伝えて。今までたくさん、ありがとうって。わたしは、こっちでがんばる」

リオならきっと、凪の家族を幸せにしてくれる。

そう、信じられるから。

「だから、リオもがんばって。一緒に、がんばろうね」

――凪の記憶がすべてリオのものになるのなら、彼女はこれから『緒方凪』として生きられる。

第三章　保護者さまは、シスコンです

泣きながら、目を覚ます。

ぎこちなく腕を持ち上げれば、透けるような白い肌。桜貝のような爪と、細い手指。

（夢じゃ……なかったんだ）

ひどい喪失感に、呼吸をするたびギシギシと胸が軋んだ。

眠りに落ちる前のように、これは夢だと現実逃避をしてもいいはずなのに、引き攣るような胸の痛みがそれを許さない。

（お父さん……お母さん、お兄ちゃん……）

もう、会えない。

凪の大切な家族に、この手は二度と届かないのだと、なぜだか理解してしまう。

あの兄の姿をした人でなしが語っていた言葉は、すべて疑いようのない真実なのだと、凪はすでに受け入れてしまっていた。

悲しい。苦しい。辛くて、寂しい。……怖い。

凪が本来いるべき場所から、突然こんな世界へ連れてこられたのは、聖女であるリオが殺されたからなのだという。人々から愛されるために生まれてきたようなリオならば、たしかに聖女の名に相応しい振る舞いができたに違いない。

なのに、彼女は殺された。

(……ふざけんな)

そのリオを利用した挙げ句、殺した者。

聖女を騙った女、ユリアーネ・フロックハート。

なぜ彼女は、本物の聖女であるリオをただ捨てるのではなく、殺したのだろう。リオを無傷で差し出せば、死罪だけは免れたかもしれないというのに。

じくじくと、空っぽになった胸が疼痛《とうつう》を訴える。

ユリアーネ・フロックハートがリオを殺さなければ、リオはきっと正しく聖女として保護され、人々から歓喜とともに迎えられていた。凪だって、家族との平和な日常を失わずに済んだ。

(許さない)

兄の姿をした人でなし――世界の管理者とやらは、これから凪が聖女として生きようが生きまいが、どちらでも構わないと言っていた。凪としても、正直そんな面倒くさいことはしたくない。

今の凪が心から望んでいるのは、リオを殺した者たちすべてに、その罪を償わせることだ。

（絶対に、後悔させてやる）

凪とリオが、それまで大切にしていたすべてを奪われたように、連中からすべてを奪ってみせる。この世界に、神は存在していないと聞いた。ならば、神の赦しなど必要ない。誰に認めてもらう理由もない。ただ、凪自身が許せない。絶対に、絶対に、許さない。

どろどろとした怒りの熱に炙られ、冷え切っていた心臓から全身に灼熱が広がる。

「う……」

体を起こした瞬間、ズキリと頭が痛んだ。その途端、脳裏に浮かんだ映像に、凪は鋭く息を呑む。

――森の緑。涙で滲んだ視界に映る、鮮やかな血に染まった自分の手。太陽の光を弾く刃も、血の汚れをまとっている。

衝撃。

視界が揺れる。

自分の胸を貫く刃を握っているのは、陰鬱な雰囲気を持つ、白い長髪の若い男だ。日に焼けたことがないような白い肌と、赤い瞳。作りもののように整った、酷薄そうな顔。

その顔になんの表情も浮かべないまま、白い男が静かに口を開く。

『下賤の者どもに、その身を暴かれるよりはマシだろう。愚かな聖女。無垢な体のまま殺してやったことを、感謝するがいい』

その言葉を最後に、唐突に映像が途切れる。

これは、記憶か。

リオが森で殺されたときの――。

（……っ誰が感謝なんてするか、すっとこどっこいのクソ野郎ーっっ!! いや、リオが性暴力の被害を受けていなかったことは、めちゃくちゃよかったんだけど！ だからって、殺しておいて感謝しろとか、ふざけてんのバカなの脳みそ腐ってウジでも湧いてんの!? 自分の罪悪感から全力で逃避するための言い訳を、偉そうな顔でこっちに押しつけてんじゃねーぞ、アホンダラーっっ!!）

一瞬で、頭に血が上る。

リオがこの体で見た最後の記憶が、ひどく辛いものであろうということは想像していた。だがまさか、これほど胸くそ悪いものであったとは。

ぐちゃぐちゃになった羽毛布団をきつく握りしめながら、ぜいぜいと肩で息をする。そして、急速にこみ上げた吐き気に、両手で口元を押さえた。ベッドから飛び降り、一番最初に目に入った扉を開いた先がトイレであったことを、この世界にはいないという神に感謝する。ギリギリセーフで、間に合った。

（うぅー……最初に見えたリオの記憶がコレとか……。せっかく美味しいご飯だったのに、全部ケロケロしちゃうなんて、もったいないぃぃ……）

元の世界のものとは形式が少し違うものの、消臭機能もバッチリの高級感溢れる水洗トイレに、胃の中のものをすべて戻してしまった。心優しい騎士さまたちが、わざわざ凪の体調に配慮して作ってくれたものなのに、申し訳ない。

（夢だと……思ってた）

いつもと同じ、けれど今までとはどこか違う、ずっと素敵で都合のいい夢。

涙が滲むのは、いまだ収まらない吐き気のせいか。それとも、この世界で凪が目覚めてからずっと親切にしてくれた人々への、申し訳なさのせいだろうか。

シークヴァルトも、ソレイユも、アイザックも。そして、お腹を空かせた子どものために、美味しい料理を作ってくれた、騎士たちも。

みな凪の妄想が作り出した、都合のいい夢の登場人物などではなかった。彼らは、彼ら自身の意思で、凪に優しくしてくれたのに。

（……うん。これに関しては、完全なる不可抗力ということで、黙っておくことにしよう。お礼とお詫びとご恩返しについては、これからがんばれば問題ない。たぶんきっと）

ようやく、吐き気が落ち着いてきた。吐瀉物を流して始末し、洗面所でうがいついでに顔も洗う。用意されていたふかふかのタオルは、ほんのりハーブのいい香りがした。

ゆっくりと深呼吸をして、改めて大きな鏡に映る『自分』の姿と向き直る。そして、心の底からげんなりした。

（相変わらずの、超絶プリティーフェイス……。おまけに手足が細くて長くて、華奢なくせに巨乳だし。でもなんちゅーかこう、やっぱり美醜以前に人種の問題で、自分の顔とは思えんでござるー。違和感が仕事をしすぎな件ってやつだね！）

違和感といえば、シークヴァルトをはじめ、今まで会ったここの人々は、みな大変な美形である。その造形美には心の底からきゅんきゅんときめくけれど、それはたとえばハリウッド映画俳優を眺めているときのような、まったく現実感のないときめきであった。端的に言えば、ナマの至近距離で見るもんじゃない、というやつだ。圧がひどい。

これからは、ああいった美形たちの圧を、現実のものとして受け止めなければならないわけか。ツラい。ツラすぎる。

束の間、ずどんと落ちこんだ凪だったが、いつまでもくよくよしていても時間の無駄だ。

（よし。ここは、現状確認できるいいところを、前向きに見ていこう！　天使のような美少女を着飾らせるのって、きっと楽しいよね！　あーでも、さっきまでは夢だと思ってたから普通に借りたけど、今唯一着られるあのワンピースって、絶対にお高いやつぅううううーっ！　クリーニング代とか、めっちゃ高そう……）

とはいえ、いつまでも下着姿でいるわけにもいくまい。この屋敷で借りたものはそのうちお返しするまで、極力汚さないようにしなければ、と青ざめつつ、ワンピースを身につけ、靴を履く。

人前に出られる姿になって、ようやく人心地ついた。ベッドに腰掛け、凪は改めてこれからのことを考える。

（あのお兄ちゃんの顔をした世界の管理者？　って、別にわたしが聖女さまスキルを活用しなくてもいい、みたいなこと言ってたけどさ。ちょっと冷静になって考えてみたら、人がこれからいっぱい死ぬかもしれませんー、この世界でアナタを含めた五人だけがそれに対処できますー、なんて言われて、知らんふりなんてできると思ってんのかゴルァアアー！　……って、思ってるから提案してきたんだよね。人でなしだから）

凪は、決して聖人君子などではない。世のため人のため、なんて、そういった崇高な志をナチュラルに抱ける人々がすればいいと思う。矮小なる一般市民は、普通は自分の人生を守るだけで精一杯なのだ。

そもそも、なぜ『聖女』。こっぱずかしい呼称にもほどがある。少しは、そうやって呼ばれる側の気持ちも考えろ。責任者出てこい。

思考が流れそうになり、何度か深呼吸をする。

――あくまでも凪にとっての最優先は、リオを殺した者たちに、その報いを受けさせること。その目的を果たすためなら、なんだろうと利用する。

そこまで考え、凪は思わず苦笑を浮かべた。

（『聖女であること』って、今のこの世界で最強のカードだよねえ。聖女さまのレンタル料、めっちゃお高いって言ってたし。……聖女として働いたら、そのぶんの一割くらいは、報酬としてもらってもバチは当たらないと思いたい。うん、そういうことにしておこう！　この世界には、神さまはいないそうだから大丈夫！　知らんけど！）

何しろ、今の凪はお金がない、身よりもない、手に職もない、頼れる相手もない、帰る場所もないの、ないないないないない尽くしである。……ちょっと悲しくなってきた。

この状況では、いやでも『職業・聖女』として生活費を稼ぐしかないではないか。

しばしの間じっくりと考え、よし、と凪は両手の拳を握りしめる。

第一に、リオを殺した連中を見つける。見つけたあとのことは、またそのとき考える。

第二に、可能な範囲で聖女として働く。絶対に無理はしない。タダ働きもしない。

最後に、全部が終わったら、聖女業の報酬で小さな一軒家を購入して、シベリアンハスキーと一緒に暮らす。この世界にシベリアンハスキーがいなければ、そのときご縁のあった犬をお迎えする。できれば、大型犬。

そうやって今後の人生の大まかな道筋を決定すると、少し気持ちがスッキリした。

ただ、この人生設計は、これから凪が聖女としてガンガン働き、がっぽがっぽ稼ぐことが大前提だ。それと並行して、犬の育て方や躾け方だってきちんと学ばなければならないし、信頼できる獣医だって見つけておかなければならない。

大型犬はたくさん運動が必要と聞いているから、家は小さいほうが掃除が楽でいいけれど、庭は広ければ広いほどいいだろう。ひとり暮らしで犬を家族としてお迎えするからには、最期まで看取って号泣する覚悟はもちろんとして、自分に何かあったときに、愛情をもって引き取ってくれる場所を確保しておく必要もある。

（これは聖女業で稼ぎまくって、老犬ホーム的なものを設立するしかないか……。わたし自身も、この世界に老人介護施設がなかったら、完全に孤独死コースまっしぐらだな。これも全部、リオを殺したあほたんちんのせいだよね。よーし、慰謝料ガッツリふんだくるぞーう）

お金さえあれば、個人的に老後の世話をしてくれるプロを頼むことも可能だろう。凪は中学生になったときに、母から『お父さんもお母さんも、老後のケアは絶対にプロに頼む予定なの。その資金も地道にコツコツ貯めているから、あんたもお兄ちゃんも、何も心配することはないんだからね』

と言い含められている。

そんな母は、父方の祖母に『介護は嫁の仕事でしょう！』と言われたとき、即座に『嫁に介護の義務はありません！』と言い返したこともある、とてもしっかりした人だ。

――そりゃあ、お父さんだけで手が回らないことがあれば、できる限り手伝うわよ。お父さんが困っていたら、助けてあげたいもの。

だけど、『長男の嫁だから』って、介護を丸投げされるなんて絶対無理。いまだにいるのよねえ、妻を夫側の人間にとって都合のいい、無料の労働力だと思っている旧時代の干物が。

今時の子たちは、その辺もちゃんと教育されているんだろうけど、古くさい価値観に縛られている人たちっていうのは、どうしてもいるからね。

凪も、恋人なら一緒にいて楽しい、好きだなって気持ちだけで選んでもいいと思うけど、結婚相手となると話は別よ？　妻より親を優先するような男だけは、絶対にダメ。親離れのできないボクちゃんに、自分の子どもを作る資格はないの。

うちのお父さんみたいに、『俺の選んだ妻に理不尽な文句を言うのなら、二度と親とは思わない』くらいのことは、当たり前に言える男性にしておきなさいね――。

今から思えば、あれは娘への教育的指導に見せかけたノロケだったのだろうか。凪の両親は、いい年をしていまだに休みの日にはいそいそとデートに出かけていく、バカップルがそのまま完熟したような夫婦なのだ。

そんな母から、しばしば老後の備えの大切さについて聞かされていた凪は、いずれ余裕ができたなら、この国の介護福祉状況について調べておこう、と決意する。基本的な行政サービスの状況次第で、老後に必要な資金は格段に差が出てくるはずだ。

リオがたった十五歳で殺されたこの世界で、絶対に平穏で幸せな老後を過ごしてやる。笑って大往生をして――死んだあとに本当に魂が流転するというのなら、またあの両親の娘として、あの兄の妹として生まれられたらいいと思う。

そこまで考えたとき、軽いノックの音がした。次いで、扉の向こうからソレイユの声が聞こえてくる。

「ナギちゃん、起きてる?」

「あ、はい! 起きてます!」

あれからどれだけ時間が経ったのかはわからないけれど、窓の外はまだまだ明るい。慌てて扉を開くと、どこか緊張した面持ちのソレイユが立っていた。彼女は、凪がすでに着替えているのを見て、ほっとしたようだ。

「よかった。ちょっとナギちゃんに聞きたいことがあるみたいで、団長が呼んでるんだ。いいかな?」

「はい、もちろんです」

ちょうど凪も、ここの責任者であるアイザックに聞きたいことがあった。いくら今後『職業・聖女』でガッツリ稼ぐつもりであっても、そもそもこの国の人々に聖女として認めてもらわなければ、ただの宝の持ち腐れである。だからといって、ただの孤児がいきなり「我、聖女ぞ?」と言ったところで、誰からも信じてもらえるわけがない。

先ほど聞いた話からして、どうやらこの国には聖女認定の儀なるものがあるようだ。ならば、まずはそこを目指すべきだろう。貴族であり、騎士団長という役職を得ているアイザックなら、その辺りのことにもきっと詳しいはずだ。

しかし、アイザックが凪に尋ねたいことというのはなんだろう。残念ながら、今のところ凪が持っているリオの記憶は、幼い頃から見続けてきた夢のぶんと、ついさっき甦った殺されたときの記憶だけだ。何か聞かれたところで、答えられる自信などないのだが——と首を傾げつつ、先ほどの部屋に案内される。

「失礼します。ナギちゃんを連れてきました」

「ああ、入れ」

ソレイユに促されて中に入ると、室内にいたのはアイザックとシークヴァルトだけだった。テーブルの上に広げられていた光る地図も、どこかに片付けられている。ソレイユはほかにやることがあるのか、一緒に入室してはこなかった。

ぺこりとふたりに会釈すると、ふと眉をひそめたシークヴァルトが近づいてきた。

「まだ、顔色が悪いな。ちゃんと眠れなかったのか？」

「いえ。ふかふかのベッドは、とっても寝心地がよかったです。ありがとうございました」

いい匂いのするイケメンに、「ちょっとトイレでケロケロしてました」と言えるほど、凪の羞恥心は死んでいない。ここは、笑ってごまかしておこう。とりあえず、男らしくも美麗すぎる顔面の圧がひどいので、イケメンは少し離れていていただきたい。

ケロケロのニオイが残っていたらどうしよう、と思っていると、再びソファーに座るよう勧められた。正面がアイザックなのは先ほどと同じだが、シークヴァルトは凪の隣ではなく、ソファーの背後に立っている。距離感は変わらなくても、姿が見えないだけで緊張感はだいぶ減った。

「お休みのところを呼び立ててしまい、申し訳ない。ナギ嬢。実は先ほど、ユリアーネ・フロックハートの捜索に参加していた王立魔導研究所の担当者から、彼女の居場所を発見したと報告があってね。こちらの第二部隊が現場に向かい、無事に彼女の身柄を確保した」

突然、これ以上ない朗報を聞かされた凪は、一瞬自分が耳にした言葉を信じられず、ぽかんとした。

「それ……本当ですか？」

「ああ。詳しいことは、今後の調査で明らかになるだろうが、本人確認は済んでいる。彼女に助力していた魔導士一名とともに拘束したのち、王宮に連行したのだがね。そのときの彼らの発言の中に——」

魔導士。

それは、あの白い姿をした男のことか。

何か言いかけたアイザックを遮り、問いかける。

「その魔導士って、白い髪に赤い目をした、お人形みたいな顔の男の人ですか？」

アイザックの目が、驚いたように見開かれる。

「その通りだ。きみはあの魔導士のことを、知っているのかね？」

知っているも何も、だ。

は、と吐息とも笑い声ともつかないものが、喉を震わせる。

「……わかり、ません。まだ、全部を思い出したわけじゃないので。ただ――」

頭が痛い。

目眩がする。

「い……っ」

ずきん、と鋭く凪を襲った頭痛に、悲鳴を上げて頭を抱える。

「ナギ⁉」

シークヴァルトの声。彼のにおい。

瞬くと、目の前に黒い服に包まれた腕があった。くずおれかけた体を、強い力で引き寄せられる。

頭痛に苛まれる凪の耳元に、吐息が触れた。

「……ゆっくり、息をしろ。そう……ゆっくりでいい。そう、上手だ」

そのとき、意識の揺らぎかけた凪の脳裏には、こちらを蔑むように見下ろしてくる金髪碧眼の女の姿や、その女に平手打ちをされる記憶。そして、とろけそうな顔でその女に寄り添う、あの白い魔導士の姿などが、断続的に浮かび上がってきていたのだが――。

(ひえ、ひょ、いぃいゃあぁあーっ！　リオの記憶が甦るなら、もうちょっと空気を読んで、時と場合と状況を考えてください！　超絶イケメンにぎゅーされて、優しく背中ぽんぽんの頭なでなでは、オーバーキルが過ぎますぅううううーっっ‼)

決して愉快ではない記憶が甦る衝撃と、まったく逆方向からの強烈過ぎる衝撃に、遠のきかけていた凪の意識が戻ってくる。いっそ気絶してしまいたいと思うのに、耳元で優しく囁く声に全身がぞわぞわしてそれどころではない。

「ふ……ぅ……っ」

「……うん。いい子だ」

（うっっひぃいいいいいいっっ!!）

少し掠れたシークヴァルトの声は、大変セクシーダイナマイツであった。耳から妊娠するかと思った。

攻撃力の高すぎるシークヴァルトからのアレコレにより、完全にぐったりしてしまった凪だったが、徐々に頭痛が治まってきたこともあり、どうにか根性で立ち直る。

「も……大丈夫、です。すみません、でした」

「無理はしなくていいんだぞ？　少し、横になるか？」

お気遣いは大変ありがたいが、できれば今は控えていただきたい。これ以上のオーバーキルは、凪の心臓がキュッと逝ってしまう。ただでさえこの体の心臓は、一度ザックリ刺されて止まっているのだ。過度の負担をかけては、あまりにも可哀相ではないか。

ひとつ深呼吸をして、ぐらつく意識を立て直す。改めて姿勢を正した凪は、へらりと笑ってシークヴァルトを見た。

「ありがとうございます。シークヴァルトさん。本当にもう、大丈夫です」

「まだ、顔色がよくない。おまえが大丈夫だと思っていても、オレが無理だと判断したら、即休ませるからな」

（えー）

なんという過保護だろうか。たしかに彼は、アイザックから凪の護衛を命じられてはいたけれど、ちょっと行き過ぎな気がする。結局シークヴァルトは、凪の隣に腰を下ろした。

内心首を傾げながら、凪は膝を揃えてアイザックに視線を戻す。

「団長さん。お話の腰を折って、すみませんでした。わたしに何か、聞きたいことがあったんですよね？」

「ナギ嬢。本当に、無理をする必要はないのだよ」

気遣わしげなマッチョ紳士に、凪は少し笑って言う。

「体調が悪いわけではないんです。ただちょっと、忘れていたことを思い出すたび、頭が痛くなるみたいで……。あ、そうだ」

ぽん、と両手を打ち合わせる。

「さっき団長さんが言っていた、白い長髪に赤い目の魔導士のことなんですが。その人が、森でわたしをズタボロにした犯人なので、殺人未遂容疑でキッチリ取り調べてやってもらえますか？」

「……うん？」

アイザックが、首を傾げた。マッチョ紳士の仕草にしては、実にあざと可愛い。凪は危うく「イイネ！」と親指を立てるところであった。

「今、少しだけ思い出したんです。金髪碧眼の、泣きぼくろが色っぽい美人さんに殴られたこととか。さっき目が覚めたときには、森の中であの魔導士に、剣で斬られたことを思い出して……」

トイレでケロケロする羽目になったことを思い出し、つい顔をしかめて口元を手で覆う。そして、ふと首を傾げる。

「あれ？　わたし、なんで生きているんでしょう？」

兄の姿をした人でなしは、凪の魂が心停止していたこの体を、瞬時に蘇生させたと言っていた。けれど、心臓をぐっさり刺されたのはもちろん、目覚めたときの惨状からして、ものすごく丁寧に斬殺されたはずである。こうして生きているのはもちろんありがたいのだが、まったく意味がわからない。

それにしても、あの白い魔導士は、いろいろと腹立たしいことをのたまっていたけれど、あれほど念入りにザクザク斬り刻むとはひどい話だ。いったいリオに、なんの恨みがあったというのだろう。

「……ナギ嬢」

アイザックの声が、かすかに震えている。

「ユリアーネ・フロックハートを捕縛した際、彼女はこう叫んだそうだ。――本物の聖女は、自分たちが殺してやった。ざまあみろ。自分を愛さなかった王太子ともども、この国の者たちもみな、せいぜい苦しみ抜いて死ぬがいい、と」

凪は、目を丸くした。逮捕された瞬間に、自らの罪を自供する犯人など、二時間ドラマの中にしか存在しないと思っていたのだ。

しかし、それ以上に気になるのは――。

「なんですか、その痴情のもつれ丸出しの、アホみたいな安っぽい捨て台詞」

「〜〜っそこじゃないだろう⁉　おい、団長！　どういうことだ、それじゃあまるでナギが、本物の聖女だったみたい、な……」

隣で中腰になり、大声を出したシークヴァルトを、片手を挙げたアイザックが制する。

「ナギ嬢。聖女というのは、自然魔力の流れを整えることに特化した存在だ。そのため、一般的な魔導士が使うような魔術は、通常使用することができないのだよ」

だから、とアイザックが低い声で言う。

「聖女にはその身を守るための盾として、各国の最大戦力を護衛として付けるのが通例なのだ。我が国であれば、我々魔導騎士団がその任に当たることになっている」

「へ？」

間の抜けた声をこぼし、ますます目を丸くした凪を、エメラルドの瞳がまっすぐに見る。

「きみが着ていた衣服を検分したが、たしかに致命傷となったであろう複数の破損部位と、致死量以上の血痕が確認された。もしきみが本物の聖女であるにもかかわらず、それだけの傷を完全に修復してしまうほどの、高度な治癒魔術を発動したのだとしたら——それは、なんという奇跡だろうか」

「治癒魔術」

致命傷を負った体を完全回復させるなんて、そんな非常識な魔術が存在するのか。……そう言えば、兄の姿をした人でなしも、凪がこの体で生きていることを奇跡だと言っていたような気がする。

改めて驚いた凪だったが、よく考えてみれば、ここは一瞬で長距離を移動できる、ど◯でもドア

——もとい、転移魔術なるものがある世界だった。魔術という不可思議な技術は、凪が生まれ育った世界よりも、遙かに高度な恩恵を社会にもたらしているようだ。

（そう言えば、王都の上空には馬鹿でかい空中魔導都市とか、空中要塞とかが、普通にふよふよ浮いてるんだっけ？　……リアル天空の城！　うっひょう！　見てみたい！）

うっかり明後日の方向に思考が飛びかけたが、今はそれどころではない。

新たな問題に気づいた凪は、へしょっと眉を下げた。

「魔導騎士団のみなさんを全員雇えるほど、聖女って高給取りなんですか？」

「…………………んん？」

アイザックが目を瞠り、シークヴァルトがすとんと隣に腰を落とす。

「聖女に自分で自分の身を守る力がないから、護衛が必要っていうのはわかるんですけど。わたし、喧嘩すらまともにしたことがない、ただの孤児ですし。なんだか、結構危ないところにも行くみたいですし。でも、みなさん全員のお給料を危険手当付きでお支払いするとなると、どれくらいが相場なのかもわかりません。なので、聖女のお仕事をするのはいいんですけど、誰にも見つからないようにコソッとしにいくので、護衛とかはナシだと嬉しいです」

束の間、沈黙が落ちる。

ややあって、アイザックがどこか遠くを見はじめ、シークヴァルトは低く呻いた。

「おい……ナギ」

「はい。なんでしょう？」

軽く眉間を揉むようにしながら、シークヴァルトが言う。

「あー……その、なんだ。おまえ、自分が聖女だって自覚はあるのか？」

「自覚はありません。ただ、わたしを斬り刻んだ白い魔導士が、わたしのことを愚かな聖女と呼んでいたので、少なくともそう考えている人はいるのだと思います。なんだか、複数の男性から強姦される前に殺してやることを感謝しろ、とか言っていましたね」

シークヴァルトとアイザックが、同時に目の前のローテーブルを拳で叩いた。バキゴッ！　という鈍い音とともに、ローテーブルがローテーブルだったものになる。……ぶ厚い木材というのは、人間の力で破壊されていいものではないと思う。

「わあ、すごい」

人間、あまりにどん引きすると、ありふれた感嘆しか出てこないらしい。凪が目を丸くしてローテーブルだったものを眺めていると、ぐぐぐ、とシークヴァルトが顔を上げた。

「……いいか？　今後、おまえに不埒《ふらち》な目を向けるゲス野郎がいたら、必ずオレに報告しろ。全力で、そいつの性根をたたき直してやる」

「いや、ですからシークヴァルトさん。わたし、無一文の孤児なんですってば。聖女のお仕事で、どれだけ国からお給料がもらえるのかは知らないですけど。みなさんみたいな立派な騎士さんたちを護衛に雇うとか、出世払いでも勘弁してください。絶対、貯金とかできないやつじゃないですか」

ものすごく複雑そうな表情を浮かべたシークヴァルトが、給料、と呟く。そして、何やら頭を抱えているアイザックを見て問いかける。

「団長。聖女って、どれだけ給料が出るもんなんだ？」

「……聖女は通常、王族に準じた扱いとなる。だが、聖女に対する報酬……いや、手当？　というのは……。王宮で記録を調べればわかるかもしれんが、その……」

アイザックらしくもない、もにょもにょした言いようである。凪は、なんだか不安になった。

「タダ働きとか、絶対イヤですよ？　わたし。聖女のお仕事って、結構危険なんでしょう？」

「た、タダ働きというかだね……。聖女というのは、大抵その国の王族に嫁ぐのが慣例になっているのだよ。そのため、聖女としてというよりも、王族に輿入れする女性としての予算が組まれていたのではなかったかな」

嫁ぐ。つまり、お嫁さんになる。……王族の？

その言葉の意味を理解した瞬間、凪は全身に鳥肌を立てた。

「……絶っっっ対、イヤですっっ」

両手を固く握りしめ、立ち上がった凪は全身全霊で拒絶する。

「知ってるんですからね、わたし！　庶民が王族やら皇族やらに嫁ぐと、ロクなことがないんです！　マスコミにあることないことないことないこと書き立てられて、プライベートとか完全皆無！　旦那さまの周りにいる、お血筋の正しいお姫さまやらお嬢さま方にいじめられて、ストレスのあまりぶっ倒れたり、声が出なくなったり、人前に出られなくなったりするんです！　お気の毒！　そんなことになるくらいなら、わたしは聖女のお仕事なんか出来なくたって結構です！」

彼のシンデレラだって、継母がやってくるまでは、普通に裕福な貴族のひとり娘だったのだ。幼

い頃からそれなりの教育はされていただろうし、舞踏会に飛び入り参加して、婚活中の王子さまと踊れるくらいの度胸やスキルは持っていた。あの物語がめでたしめでたしで終わっているのは、主題となっているのが身分違いの恋などではなく、スカッとざまぁをスパイスとした玉の輿だったからだ。

元の世界でシンデレラストーリーに乗っかった庶民出の女性たちだって、そもそもが王族の男性と出会えるような富裕層や、素晴らしい美貌と教養の持ち主ばかり。そんな彼女たちでさえ、とんでもない苦労と努力をしているのだ。

なのに、混じりっけなし純度百パーセント天然果汁の庶民である凪が、聖女であるという一事のみをもって王族に嫁いだりしたら、いったいどんな恐ろしいストレス地獄が待ち受けていることか。

想像するだけで、胃が『あ、それ無理ッス』と白旗をあげている。

「おおおおお落ち着いてくれたまえ、ナギ嬢！　慣例は慣例であって、断じて義務ではないのだ！　そう、たしか歴代の聖女の中には、王族との婚姻を結ばなかった方もいらしたはずだ！」

「そそそそうだぞ、ナギ！　この大陸に、聖女に無理強いできる人間なんていないんだから、おまえがイヤだと言えばそれまでだ！」

つられたように立ち上がったアイザックとシークヴァルトが、真っ青になって言い募ってきた。

彼らの言葉に少し安心したものの、やたらと上背のあるふたりに見下ろされた挙げ句ににじり寄られると、プレッシャーがハンパではない。

むぅ、と顔をしかめた凪は、ひとまず再びソファーに腰を下ろした。

「それなら、いいですけど。……って、あれ？」

王族との婚姻、というフレーズで、何かが凪の意識に引っかかる。なんだろうな、としばし考え、ふと小さな可能性を思いついた。その疑問を、大きく息を吐いて席についた男性陣に向ける。

「あの、さっき聞いたユリアーネ・フロックハートさんの捨て台詞の中に、自分を愛さなかった王子さまともどもみんな死んでしまえー、みたいな、お花畑な脳みそが根腐れしてるんじゃないか疑惑が甚だしいフレーズがありましたよね？」

アイザックが顔を引きつらせ、シークヴァルトが半笑いでうなずく。

「ああ、そうだったな。それがどうかしたか？」

「ひょっとしてユリアーネ・フロックハートさんって、聖女なら王子さまのお嫁さんになれるからって、本物の聖女だったわたしを隠して、自分が聖女のフリをしちゃったんですか？」

――沈黙。

ややしばらく重苦しいそれが続いたあと、アイザックが口を開く。

「詳しい事情聴取は、これからだが……。いくらなんでも、そのようなばかばかしい理由で聖女を騙るなど……」

「ユリアーネ・フロックハートさんはおバカさんだから、聖女でもないのに聖女のフリをしていたんですよね。だったら、彼女がそんなことをした理由がどれだけばかばかしくても、不思議はないと思います」

証明終了、Q・E・D。

「なんと……っ」

アイザックが、ものすごく衝撃を受けている。きっと、根がものすごく真面目な人なのだろう。

「まあ、ぶっちゃけ理由とかはどうでもいいんですけどね。少なくとも、わたしはユリアーネ・フロックハートさんに協力してた、白い魔導士に殺されかけてるんです。それから、わたしの記憶にある、泣きぼくろのある金髪美人さんがユリアーネ・フロックハートさんなら、彼女には顔を殴られてるんですよ」

凪は、にこりとアイザックに笑いかけた。

「暴行傷害、殺人未遂。今思い出せるだけでも相当ですけど、まだまだ余罪はありそうですよねぇ」

少なくとも、未成年者略取誘拐、脅迫、監禁辺りは普通にされていそうだ。これからその当時のことを思い出したとき、またケロケロ吐くようなことにならなければいいのだが――まあ、それでリオを傷つけた連中の情報がわかるのなら、安いものだ。

今の凪にとって最優先なのは、あくまでもリオを殺した者たちへの報復である。まずは、そのために必要な最強のカードを、確実に自分のものにしなければならない。

「アイザックさん。わたしは、喧嘩を売られて泣き寝入りするなんて、まっぴらごめんなんですよ。わたしは、わたしを殺そうとした連中を許しません。なので、わたしが聖女だって証明できるところに、連れていってもらえませんか？」

「……ナギ嬢？」

今の凪が聖女であるのは、世界の管理者とやらのお墨付きである。これでそうではなかったら、凪が生まれ育った世界のすべてを奪われた意味がなくなってしまう。それこそ、絶対に許せないことだ。世界の管理者とやらに、鼻フックを決めてもいいレベルである。

とはいえ、この国の聖女判定システムは、一度ユリアーネ・フロックハートというニセモノを本物と認定しているため、信用性がいまひとつだ。これは万が一ということもあるかもしれないな、と思いつつ凪は続ける。

「もしわたしが本当に聖女だったら、王族に準拠する扱いになるんですよね。だったら、捕まったユリアーネ・フロックハートさんたちにも、面会できるんじゃないでしょうか。彼女に殴られたぶん、きっちり殴り返した上で、慰謝料を請求したいです」

「それはやめておきたまえ。きみの手が傷んでしまう」

アイザックに、真顔で返された。一瞬、そんなきれいごとは結構です！　と言い返しかけたけれど、彼が真面目に凪を気遣って言っているのがわかってしまうのだ。未熟な若者には、どうにも反抗しにくい御仁である。

そこで、片手を上げたシークヴァルトが口を開いた。

「あのな、ナギ。おまえは、本当に聖女だよ」

「……どうして、そう言い切れるんですか？」

思わず、胡散臭いものを見る目をしてしまう。シークヴァルトは小さく苦笑し、おもむろに袖をまくりあげた腕を差し出してきた。

「オレもたった今確認して、わかったんだけどな。――見ろ」

そう言って彼が示したのは、しなやかに引き締まった彼の腕だ。大変眼福ではあるけれど、それだけである。

「……素敵に鍛えられた腕ですね」

「そりゃどうも。ただこの腕は、ついさっきまでは団長みたいな感じだったんだ」

団長みたいな、というところで視線で促され、アイザックのほうを見た凪は息を呑んで硬直した。

シークヴァルトと同じく制服の袖をまくりあげ、剥き出しになった彼の腕。そのびっくりするほど太く立派な腕には、大小の鱗のようにも、ひび割れのようにも見える黒いシミが、禍々しく巻き付くように広がっていた。

アイザックが、生真面目な顔をして軽く頭を下げる。

「見苦しいものを申し訳ない、ナギ嬢。この黒いまだらは汚染痕《ポリュシオン》といって、凶暴化した魔獣との接触が多い魔導士の皮膚に浮かび上がるものなのだ。我々魔導騎士団は設立以来、常に魔獣の討伐に従事しているものでね。こうして、その影響を強く受けてしまう」

「い……痛く、ないんですか？」

あまりの痛ましさに、声が震えた。

「痛みは、特にないのだがね。あまりにこの汚染痕が広がると、魔力のコントロールがひどく難しくなってしまう。そのため、魔獣の討伐に従事する魔導士たちは、聖女に汚染痕を消してもらう機会がなければ、最終的に魔力が暴走して自壊するか、その前に処分されることになるのだよ」

「自壊……？　処分……って……」

青ざめた凪の手を、シークヴァルトが軽く掴んだ。驚く間もなく、その手をひょい、とアイザックの手にのせられる。相手の体温が伝わるのと同時に、彼の腕に広がっていた黒いシミが、まるで幻だったかのように消え失せた。

「なん、と……」

（……ぇぇー）

たった今まで感じていた、足下から崩れていくような恐怖は、いったいなんだったのだろうか。なんだか、ものすごく盛大な肩すかしを食らった気分だ。

アイザックの腕を見たまま固まった凪を、シークヴァルトが抱きしめる。

「すっっげえな、ナギ！　こんなにすぐ消えるモンなのかよ！　団長！　体の具合はどうだ⁉　魔力の調子は⁉」

「……どちらも、すこぶる快調だ」

自分の腕から指先までをまじまじと眺めていたアイザックが、突然ぶん！　とその腕を振り上げた。シークヴァルトの顎を下から狙った拳が、空を切る。

瞬時に凪から離れ、のけぞることでその凶器レベルの拳を躱したシークヴァルトが、青ざめた顔でくわっと喚く。

「いきなり何すんだ、団長⁉」

「年頃の女性に気安く抱きつくな、大バカ者！　――大変申し訳ない、ナギ嬢。のちほど厳しく言い含めておくので、部下の非礼を許していただけるだろうか？」

「……ハイ。大丈夫デス」

前触れなく超絶イケメンに抱きしめられ、それまでとは違う意味で固まっていた凪は、どうにかカクカクとうなずいた。黙っていると寡黙そうに見えるシークヴァルトは、意外とテンションが上がりやすいタイプなのかもしれない。

「あー……。悪かったな、ナギ。すまん。まさか、こんなに一瞬で汚染痕が消えるとは思っていなかったもんだから、つい嬉しくてな」

「……今後ハ、ゼヒ気ヲツケテクダサイ」

イケメンという人種は、まったく悪気なく、かつ大変軽やかに乙女の心臓を止めにくるので、あまり護衛には向いていないと思う。

何はともあれ、凪が聖女であるということは、無事に証明できたようだ。

(あのひび割れみたいな黒いシミ――汚染痕？　って、魔獣に接触する魔導士だけがかかる病気みたいなものなのかな。……よくわかんないけど、とりあえず最優先事項は一時変更を余儀なくされました！　ごめんねリオ！　リオに酷いことをした連中は、近いうちに絶対ぶん殴って身ぐるみ剥ぎ取ってやるからね！)

ひとつ深呼吸をしてから、凪は気合いを入れてアイザックを見た。

「はい！　ぼーっとしている場合じゃないですよ、アイザックさん！　魔導騎士団のみなさん、今すぐ全員集合です！」

「ナ、ナギ嬢？」

「ナギ嬢？　じゃないです！　全員、わたしと握手してご挨拶！　自壊だの暴走だの処分だの、そんな物騒なことは、絶対にごめんですからね！」

凪は、まだ十五歳なのだ。

R18指定は、エロだろうとグロだろうと、断固として遠慮したいのである。ビシッと宣言した彼女に、アイザックが穏やかにほほえんで言う。

「お気持ちは大変ありがたいが、そう慌てることはない。ナギ嬢。汚染痕が出始めてから、完全に魔力のコントロールが利かなくなるまで、早くとも数年はかかる。私とシークヴァルトは、団の中でも魔獣との接触が多いほうだったので、すでに汚染痕が出てしまっていたがね。ほかの団員の中で、汚染痕が出ているのはあとひとりだけなのだ。まずは、その者だけきみと挨拶させてもらっていいだろうか？　先ほどもこの部屋にいた、ライニールという者だ」

「……そういうことなら、それでいいですけど」

現状予測されるグロ展開が、少なくとも数年後だというのなら、たしかに今すぐ全員と握手する必要はなさそうだ。実際、初対面の相手と握手をしまくるなど、想像するだけで疲れてしまう。まだ汚染痕の出ていない団員たちについては、おいおい少しずつクリアしていくことにする。

だが、すでに汚染痕が出ている人物がいるとなると、たとえ暴走の危険がそう高くないとはいえ、早急にクリアしたいところだ。あの見た目は、放っておくには痛ましすぎる。

「お呼びですか、団長」

そうしてアイザックに呼び出されてやってきたライニールは、改めてじっくりと見てみると、ものすごくキラキラしていた。むしろ、金ぴかである。高級感がすごい。

（うーん、グレイトゴージャス）

同時に感じるのは、少しの親近感。癖のない華やかな金髪といい、宝石のような緑がかった碧眼といい、なんだか色合いと髪質だけ見ると、今の凪に大変通じるものがある。

彼の中性的、というわけではないけれど、男くささがまるで感じられない美麗な顔立ちは、美術の教科書で見た宗教画を思い出させた。彼が幼い頃には、それこそ『天使のような』と言われていたのではないだろうか。

「ああ、こちらに来てくれ。――ナギ嬢、こちらが我が魔導騎士団副団長、ライニール・シェリンガムだ。ライニール、ナギ嬢にご挨拶を」

「はい。ナギ嬢、ただいまご紹介にあずかりました、ライニール・シェリンガムと申します。どうぞお見知りおきを」

「はい、ライニールさん。こちらこそ、よろしくお願いいたします」

突然の呼び出しにもかかわらず、ライニールは特に驚いた様子を見せることなく、実にスマートに、かつまったく目が笑っていないほほえみで挨拶をしてくれた。どうやら、森で拾った凪に対し、いまだ警戒を解いていないらしい。

凪は、間近で見ても麗しさの変わらないライニールの美貌に、しみじみと感心した。実に目の保養である。

（うーん。生きる芸術品みたいなこの人が、魔獣をガンガン討伐する騎士さんなのか。アイザックさんやシークヴァルトさんはいかにもって感じだけど、なんか意外。……なるほど、この国の魔導騎士団は、ギャップ萌えを推奨中ということなんだね！）

黒髪で、黙っていれば大人の男の色気がにじみ出ているようなシークヴァルトと並べれば、とても絵になりそうだ。そんなことを密かに妄想していると、アイザックがふと首を傾げた。

「……よく、似ているな」

それは、ライニールと凪を見比べての言葉らしい。凪は、笑って応じた。

「ライニールさんとわたし、髪も目も同じような感じですもんね」

「いや……それもそうだが、何より魔力の質がよく似ている。今後、きみが魔力のコントロールを学ぶ際には、ライニールに指導を担当させることにしよう」

その発言を聞いて、異議を唱えたのはソファーに腰掛けたままだったシークヴァルトだ。

「なんだよ、団長。ナギには、オレがいろいろ教えてやろうと思ってたのに」

「それは駄目だ。おまえの魔力の扱いは、感覚に頼っている部分が大きすぎる」

あっさりと不可を出され、不満げな顔をしたシークヴァルトに、ライニールが訝しげな視線を向ける。

「どういう風の吹き回しだ？　シークヴァルト。それに、団長も。まさか、彼女を魔導騎士団に入団させるつもりですか？　いくら高度な治癒魔術の使い手といっても、彼女はなんの訓練も受けていない子どもでしょう。何も、こんな危険なところで預からずとも――」

「ああ、いや。そうではない。ライニール、ナギ嬢は我が国の聖女だ。すぐに王宮へ報告しなければならないが、その前にまずはおまえに信じてもらわねば、と思ってね」

は、と目を丸くしたライニールに、凪はにこりとほほえんだ。

「どうも、聖女のニセモノさんに、がっつり慰謝料を請求する予定のホンモノです。今、この魔導騎士団の中で、汚染痕が出ているのがライニールさんだけだというので、それを消すために来ていただきました。わたしと、握手してもらえますか？」

「え？　いや……汚染痕でしたら、団長やシークヴァルトのほうが――」

言いかけたライニールが言葉を失ったのは、いたずらっ子のような顔をしたシークヴァルトが、腕を剥き出しにして軽く手を振ったからだろうか。一瞬、大きく目を見開いたライニールが、勢いよくアイザックを振り返る。

「ああ。この通りだ。我々の汚染痕は、すでにナギ嬢に消していただいた」

そう言って、アイザックが袖を引き上げる。あらわになった彼の腕には、もはやなんの障りもない。ただ逞しく力強いだけの腕が、そこにあった。

これ以上ないほど大きく目を見開いたライニールが、ぎこちなく凪を見る。そんな彼に右手を差し出す。

「みなさんは、わたしを拾ってくださった恩人です。どうぞ、手を」

ライニールは何度か迷う仕草をしたあと、ゆっくりと右手を持ち上げた。その指先が、凪のそれに触れる。

（……へ？）

その瞬間、リィン、と高く澄んだ鈴のような音が、幾重にも重なり合って響いた。凪とライニールの金髪が、風もないのにふわりと舞う。

はじめての現象に驚いて見上げると、凪以上の驚愕に染まった瞳があった。

「魔力が、共鳴した……？」

小さく呟いたライニールが、信じられないものを見る目で凝視してくる。その視線の強さに居心地の悪さを覚えるけれど、いつの間にかしっかりと握られていた手が離れない。

「あの、ライニールさん？　もう、汚染痕はきれいになっていると思うんですけど……」

「……ちょっと、待ってくれ」

凪の右手を握ったまま、ライニールが自分の腕をあらわにする。そこに、あの黒いひび割れのようなシミは、ひとつもなかった。

（あ、よかった。ちゃんと消えてる）

大丈夫だとは思っていたけれど、凪が意識的に汚染痕を消しているわけではないので、結果が目に見えるまではどうにも不安なのだ。対象に触るだけでいいというのは楽だけれど、なんというかこう、もう少しお仕事をした実感が欲しい。

とはいえ、ライニールの汚染痕は無事に消せたのだ。そろそろ手を離してくれないだろうか、と思うのだが、彼は繋いだ凪の手を見つめたまま、微動だにせず固まっている。

「ライニールさん？　どうかしましたか？」

「……した」

まさかの肯定に、意表を突かれた。何やらひどく混乱している様子のライニールが、ぐしゃりと自分の前髪をつかんでぼそぼそと言う。

「孤児……ノルダールの？　十五歳ってことは……あぁあああ絶対ぶっ殺す、あんっの無能で低劣で惰弱で救いようがないほど性根の腐りきったクソハゲオヤジがあぁあぁーっっ!!」

「ひょわぁ!?」

芸術品のような金髪碧眼の王子さまが、突然ガラの悪いヤンキーになった。かっと見開いた目が、完全にイッている。怖い。

涙目になった凪がビクビクしていると、シークヴァルトが無言でライニールの頭を殴りつけた。ようやく繋いでいた手が離れ、凪は彼からささっと距離を取る。

「落ち着け、バカ野郎。ナギが怯えているだろう」

「う……すまない」

素直に詫びたライニールが、ゆっくりと息を吐く。そして顔を上げた彼は、アイザックとシークヴァルトを順に見た。

「おれから、説明させてください」

どこか硬い表情のふたりが、黙ってうなずく。

いったい何事、と腰の引けた凪に、ライニールが改めて向き直る。

「突然騒いで、すまなかった。……ナギ、と呼んでもいいだろうか？」

「えっと……はい。あの、ライニールさんと握手した瞬間に、鈴の音みたいなものが聞こえました

けど、あれが何かいけなかったんですか？」

恐る恐る問いかけると、彼は小さく笑って首を横に振った。

「あれは、おれときみの魔力が共鳴したことで起こった現象だ。何も悪いことじゃない。ただ、少々珍しいことではある。——魔力の共鳴は、相当に似通った波長の魔力が、はじめて接触したときでなければ起こらないんだ」

「……はあ」

そういうものなのか、と納得はするけれど、凪はつい先ほどまで自分が魔力を持っていることも知らなかったのだ。いまいち実感が湧かないまま、ライニールの話の続きを待つ。

「そして、魔力の波長というのは、血縁関係が近ければ近いほど似たものになる。ただ、共鳴が起こるほど似た波長の魔力となると、二親等内でなければあり得ないんだ。中でも、兄弟姉妹に関しては、両親が同じでなければ、互いの魔力が共鳴することはない」

「二親等内、というと……両親と、祖父母と、きょうだい。子どもがいれば、孫まで——って、え？」

指折り確認していた凪には、当然ながらそういった身内は皆無である。何しろ、身よりがない孤児なのだ。

しかし今、ライニールとの間に、魔力の共鳴が起きた。それはつまり——。

「ナギ。おれは元々、マクファーレン公爵家の人間だった。今はあの家と絶縁しているが、マクファーレンの現当主が、おれの父だ」

ライニールが心底嫌そうに顔をしかめる。よほど、父親との折り合いが悪いらしい。

「おれの母は十六年前、おれが七歳のときに不義の疑いをかけられ、その咎で離縁された。元々体が弱く、ろくに屋敷から出ることもままならない女性だったのにな」

ぐっと眉根を寄せて、ライニールが続ける。

「不義の汚名を着せられた母は、生家の子爵家からも絶縁され、修道院へ送られた。その翌年に女児を産み、すぐに儚くなったそうだ」

「……そのとき生まれた女の子が、わたしだと？」

ライニールは、うなずいた。

「きみが十五歳だというのなら、計算は合う。同じ髪、同じ瞳、そして魔力の共鳴。これだけ揃って、赤の他人だというほうが無理がある。きみは……おれと両親を同じくする、妹だ」

「はあ……」

この世界の常識は、まだよくわからない。しかし、アイザックもシークヴァルトも、ライニールの言うことに異を唱える様子はなかった。彼ら三人が揃って同じ判断をしているということは、少なくともそう的外れな話ではないのだろう。

「父は、もしきみが男児として生まれていれば、自分の胤《たね》かどうかを必ず確認しただろう。だが、跡目争いに関係のない女児だったために、きみはマクファーレンの誰からも顧みられることがなかった。……おれも、その中のひとりだ。本当に、すまなく思う」

「え？　いや、そんなろくでもない父親とか、本気でいらないです。それに、そのとき子どもだったライニールさんが謝る必要なんて、全然ないですよ」

思わず片手を挙げて反論すると、ライニールの目が丸くなる。

――南の海を思わせる、少しだけ緑がかった澄んだ青。今の凪が、鏡を見たときに目にする瞳と、そっくり同じ青色だ。

十六年前に七歳だったということは、今の彼は二十三歳ということか。

(お兄ちゃんと、同い年かあ……)

生まれたときから一緒だった彼女の兄――緒方健吾は、こんなキラキラしたイケメンではないけれど、少なくとも凪にとっては、とてもいい『お兄ちゃん』だった。もう二度と会えない、大切な家族。本当に、大好きだった。

(リオってとことん、家族に恵まれてないんだなー。お父さんは、お母さんに冤罪をかけて殺したみたいなものなのか。股間から腐り落ちて死ねばいいのに。そのお母さんは、リオを産んだときに死んじゃった、と。よーし、リオのお父さんとかいうクソ野郎は、いつか絶対ぶん殴るリストに追加決定でござる。……でも、そっか。リオにもお兄ちゃんは、いたんだね)

ライニールのことを、凪はまだ何も知らない。

けれど、彼はこうして魔導騎士団に入って、命がけで誰かのために戦っている。きっと、立派な人なのだろうな、と思う。

(別に、立派じゃなくてもいいんだけどさ。……ただこの世界で、わたしのことを、少しでも身内だと思ってくれる人がいたら……うん。ちょっと、ほっとする……かな)

どうしようかな、いいのかな、と悶々と悩んだ凪は、なんだか考えすぎて頭が痛くなってきた。

最終的に、怒られたら謝ればいいや、という若干投げやりな気持ちで、じっとこちらを見ているライニールを見上げる。

「えっと……ライニールさんは、わたしのお兄ちゃん、なんですよね？」

返事がない。

血の繋がりがあるのは間違いなさそうだとしても、孤児院育ちの小娘に兄呼ばわりされるのは、やはりいやだったのだろうか。しょんぼりした凪が前言を撤回しようとしたとき、がしっと両肩を掴まれた。

「はい。おれが、きみのお兄ちゃんです。――団長、養子縁組の申請って、領内の役場でできましたよね。さくっと手続き諸々済ませてくるので、王宮への報告は一時間ほど待ってください」

「……うむ。落ち着きたまえ、ライニール。そういったことは、本人の同意を得てからするものだぞ」

一拍置いて、ライニールが凪の顔をじっとのぞきこんでくる。ゴージャスイケメンの圧が酷い。

「ナギ。きみは今のままでもおれの可愛い妹ではあるが、何かあったときにきみを堂々と守れる権利が、おれは欲しい。今まで兄として何もできなかったぶん、これからはきみの幸せのために生きる権利が欲しいんだ。……頼む、ナギ。おれの家族に、どうかなってくれないか？」

至近距離で見つめてくる、真剣な面持ちをしたイケメンからの誠実な要望に、ノーを返せる乙女がいるだろうか。いや、いまい。

（……わあー。なんだか、プロポーズみたーい。うふふー）

正しく年頃の乙女である凪は、若干現実逃避をしながらうなずいた。とても、『ゴージャスイケメンなお兄ちゃん、ゲットだぜ！』と言える雰囲気ではなかったのである。

それからライニールは、凪との養子縁組の申請をするべく、ここレディントン・コートから一番近い役場に飛んでいった。この部屋の窓から、風避けの魔導具であるマントとゴーグルを装備するなり、文字通り身ひとつで飛んでいったのだ。凪は改めて、ここは不思議な世界なんだなあ、と実感する。

この国では、魔力のある人間はその波長で個人登録をするそうだ。魔力の波長を記録する魔導具だという、キャッシュカードサイズの透明なカードに触れると、淡く光って反応したのが面白かった。ライニールがそのカードを持っていくことで、まず孤児である凪の個人登録をして、その上で彼との養子縁組を申請するらしい。

本来ならば、それらの手続きのためには凪自身も役所へ直接赴く必要があるのだが、未成年の孤児の場合は、社会的に信頼できる者のサインがあれば問題なく通るのだとか。ちなみに、今回そのサインをしてくれたのは、伯爵さまであるアイザックである。

「まあ、ナギ嬢が孤児である以上、聖女であることを公表すれば、どこかの貴族家との養子縁組を望まれるのは、避けられない事態だったからね。ライニールならば、身分は男爵位とはいえ、我が魔導騎士団の副団長。面と向かって彼に文句を言える者など、公爵家の中にもそうそういないから安心したまえ」

（……どうしよう。公爵とか男爵とか、そういうシャクシャクしているのが貴族なんだろうなーっていうのはわかるんだけど、ぶっちゃけそれしかわかりません）

凪は男爵いもで作った肉じゃがが好物なので、なんとなく男爵という響きには親しみがある。だが、話の流れからして、きっと男爵より公爵のほうがエラいのだろう。じゃがいもよりエラいシャクシャクしている野菜となると、何になるのか――。

「ナギ嬢？　どうかしたかね？」

「じゃがいもは、野菜界の最強王者だと思います」

シークヴァルトが、真顔で凪の額に触れてきた。

「熱は、ないな」

「すみません、間違えました」

ひとつ、深呼吸。

「まさか、いきなりお兄ちゃんができるとは思わなかったもので……」

「……まあ、そうだろうな」

ものすごく複雑な表情を浮かべているのは、アイザックとシークヴァルトだけでなく、きっと凪自身もなのだろう。

再びソファーに戻った凪は、少し考えてからふたりに問いかける。

「ライニールさんとわたしが養子縁組をするんだったら、あの人のことはお父さんと呼んだほうがいいんでしょうか？」

素朴な疑問だったのだが、ふたりはますます複雑怪奇な表情になった。アイザックが、ライニールが飛んでいった窓のほうを見る。

「まあ……そうだね。対外的には、お父さん……いや、お父さま、と呼んだほうがいいのだろうが……」

「……それはそれでアリ、なのかもしれんが……。あいつ、ナギからのお兄ちゃん呼びで、完全に新しい扉を開いてたからなあ……」

シークヴァルトが、なんだか怖いことを言い出した。その新しい扉というのは、いったいどこへ繋がっている扉なのか――。

（あ。そういえば今のわたし、金髪碧眼の超絶美少女じゃん。こんな天使の羽がめっちゃ似合うプリティーフェイスで『お兄ちゃん』なんて呼ばれたら、そりゃあシスコン街道への扉が地響き立てる勢いで開きますわ。むしろ、扉が吹っ飛ぶやつだわ）

思い切り納得したところで、少し気になっていたことを聞いてみることにする。

「ライニールさんのお父さんって、ハゲているんですか？」

先ほどシャウトした際、ライニールは父親のことをクソハゲオヤジと言っていた。父親がハゲているのなら、ライニールの将来も少々不安になってくる。場合によっては、凪の持つ不思議パワーで、彼の毛根を死守せねばなるまい。

そんな悲壮な決意とともに尋ねたというのに、アイザックもシークヴァルトも、笑いと呆れが混じり合ったような顔で見返してきた。ひとつ咳払いをして、アイザックが口を開く。

「……いや、当代マクファーレン公爵閣下は、四十代となってもいまだに社交界の女性たちから熱狂的な支持を集めている、素晴らしい美貌の持ち主だ。二十年後のライニールはきっとああなるに違いない、という御仁だよ」

「そうなんですか。ライニールさんが将来ハゲそうになったら、わたしの聖女パワーで毛根を守って差し上げようと思っていたのですが……。ハゲオヤジというのは、ただの暴言だったんですね。よかったです」

ほっと胸をなで下ろしていると、何やら室内の空気に緊張が走った。いったい何事、と姿勢を正すと、シークヴァルトがひどく真剣な面持ちで見つめてくる。

「ナギ。その……聖女ってのは、ハゲた男の頭皮まで救済できるものなのか？」

「え？　だってわたしって、致命傷を負っても復活できるくらいの、不思議パワーが……あれ、それって聖女かどうかとは関係ないんでしたっけ？」

我が事ながら、ちょっと頭が混乱してきた。アイザックが、ぼそぼそと言う。

「……きみが、自身が負った致命傷から回復できたのは、きみが聖女でありながら高度な治癒魔術も使えるという、非常に希有な存在だからだ。先ほども言ったが、聖女というのは通常、その固有魔術しか使うことはできないのだよ」

「あ、そうか。そうでしたね。でも、心臓をざっくり刺された状態から完全回復できるくらいの治癒魔術？　を使えるんだったら、しょんぼりした毛根くらいは元気に復活させられるんじゃないですかね」

心臓に比べたら、毛根など小さなものだ。多少数があっても、元気がなくなってきた毛根を復活させるくらいのことは可能だと思う。言葉では説明しにくいのだが、感覚的に『それはできることだ』という確信が凪にはあった。

野を駆ける獣たちが誰に教わらずとも走り出すように、あるいは空を飛ぶ鳥たちが自ら翼を広げるように。

凪の中にある膨大な力は、彼女が求めるときをただ静かに待っている。

もちろん、その力を上手く使いこなすためには、それなりの訓練は必要だろう。だが、今の自分にできること、できないことというのは、生き物としての本能的な部分で、凪はすでに理解していた。

そして、『なんらかの要因で損なわれた人体を、本来あるべき状態に戻すこと』は、彼女にとってすでに経験した『できること』に分類されている。

「わたし、自分のお兄ちゃんがハゲているのは、ちょっとイヤですし。いえ、ライニールさんはきっとハゲても格好いいと思いますし、ご本人がそれをよしとするなら、もちろん余計な手出しをするつもりはないんです。でも将来的に、もしライニールさんがお望みになるのであれば、わたしは全力であの人の毛根を守ります！」

なんといっても、ライニールは凪にとって、この世界で唯一の身内なのだ。身勝手な話かもしれないけれど、元の世界の家族に何も恩返しできなかったぶん、彼には家族としてできる限りのことをしてあげたい。

ふん！　と両手の拳に気合いを入れた凪は、そこで目の前にいる自分の恩人たちのことを思い出した。

「アイザックさんと、シークヴァルトさんは、どうですか？　もし将来ハゲになるのがいやでしたら、いつでも言ってくださいね。わたし、受けたご恩は倍返しする派なので、いつでも対処させてもらいます」

「……そ、そうか。感謝する、ナギ嬢」

「……ああ。万が一のときは、よろしく頼む」

その微妙な反応に、凪は不安になって首を傾げる。

「あの、ひょっとしてこの国にはもう、ハゲの特効薬ってあったりします？　わたし、余計なお世話な感じでしたか？」

元の世界では、ハゲに確実に効く特効薬なるものは、まだ開発されていなかったと思う。いや、もしかしたら凪が知らないだけで存在していたのかもしれないけれど、少なくともカツラや植毛の宣伝があれだけされていたということは、まだまだ一般的なものではなかったのだろう。

しかし、ここは魔力がものを言う不思議な世界だ。もしかしたら、すでにこの世界の人類は、ハゲの恐怖から解放されていたのかもしれない。だとしたら、凪の決意はまったくもって無駄だったということになる。

しかし、アイザックとシークヴァルトは、ひどく慌てた様子で凪の懸念を否定した。

「いや！　そんなものは、存在しない。ナギ嬢の心遣いには、本当に感謝しているとも！」

「そうだぞ、ナギ！　ただちょっと、治癒魔術でそんなことができるとは思っていなくて、驚いただけだ！」

「そうなんですね。よかったです」

自分が見当違いのことを言っていなかったとわかって、凪はほっと息を吐く。そして、慌てて付け加えた。

「ああでも、すみません。加齢による抜け毛には、さすがに対処ができませんので……。えっと、年齢制限は七十歳まででお願いします」

ハゲは病気ではないとはいえ、大切な頭部を保護する毛髪というのは、人間が安全に生きていく上で、ぜひとも維持しなければならないものであるはずだ。

毛髪が老化以外の原因で失われるというのは、生き物として非常に喜ばしくないことに違いない。その喜ばしくない状態を是正する、ということであれば、ハゲは治癒や回復の対象になると凪は思う。

逆に言えば、凪の力でも生命としての当たり前の変化である、老化によるハゲには対処できないのだ。さすがにその辺りは、仕方がないことだと諦めてもらうしかあるまい。

そう言うと、六十代まではハゲの恐怖とは無縁になることが決まったふたりは、揃って小さく苦笑する。

「なるほど、承知した」

「了解だ、ナギ」

このときの凪は、知るべくもなかった。

のちに、彼女が三人と交わした約束を知った魔導騎士団の面々が、心の底から羨ましがりつつも、「ナギちゃんに、そろそろハゲそうで怖いから、ちょっと自分の毛根を助けてくださいとか……。団長たちが、そんなことを言えると思うか？」「シークヴァルトとライニールは、ナギちゃんの前で格好付けられなくなるくらいなら、死んだほうがマシってヤツらだろ。団長だって、聖女の慈悲を、そんな個人的な問題で受けられるものか、ってタイプだし。俺、全員無理なほうに全財産賭けられるわ」「それな」と、真顔でうなずき合うことを。

その後、凪が彼らに「え？　魔導騎士団のみなさんでしたら、毛根の救済くらい、いつでもタダで受け付けますよ」と宣言し、即座に手を挙げた団員の頭髪が見事に復活したことで、騎士団の士気が天元突破の勢いで上昇することを。

——ハゲの恐怖からの解放。

それは、ルジェンダ王国魔導騎士団が聖女ナギに捧げる忠誠の、最大の柱のひとつとなったのだが——その事実が外部の者たちに知られることは、終《つい》ぞなかったのである。

「ところで、結局わたしはライニールさんのことを、お兄ちゃんとお父さんとお父さまの、どれで呼べばいいんでしょう？」

「む……。やはり、公の場ではお父さま、だろうね。実際の血縁関係はどうあれ、ライニールはきみの養父となるのだから」

「普段は、ライニールが呼ばれたいように呼んでやったらどうだ？」

なるほど、と凪はうなずいた。

「そうですね。ライニールさんが戻ったら、聞いてみることに——」

「ただいま戻りました。団長、こちらがナギと自分の養子縁組証明書類の控えです。ただいま、ナギ。今日からおれは法律上きみの養父になったけれど、普段は『兄さん』、公の場では『お父さま』、ふたりきりのときは『お兄ちゃん』と呼んでくれると嬉しいな」

開け放っていた窓からふわりと室内に舞い降りたライニールは、アイザックに書類を差し出すなり凪を抱き上げ、ものすごくゴージャスなキラキラしい笑みを浮かべてそう言った。一時間どころか三十分もせず帰ってきた彼は、どうやら家族としての呼称について、ひとつに絞ることができなかったらしい。

役場でどれだけ無茶ぶりをしてきたんだろう、と若干引きつつ、凪は新たに家族となった『兄』に答えた。

「お……お帰りなさい。えっと……兄さん？」

一瞬の沈黙。

「……っおれの！　妹が！　こんなに可愛いぃいいいいっっ!!」

「落ち着け、バカ野郎。ナギがどん引きしているだろう」

ものすごく既視感を感じるツッコミとともに、シークヴァルトがライニールの頭を再び殴る。しかし、ライニールは凪を離すことなく、シークヴァルトを睨みつけた。

「シークヴァルト。おまえがナギの護衛を務めることについては、仕方がないから一応、非常に不本意だが認めてやる。だが、今後ナギに不要な接触をしたとおれが判断した場合、おまえの恥ずかしい秘密をナギに事細かに教えてやるから、そのつもりでいろ」

「団長！　ライニールが本当にバカになったぞ!?」

残念ながら、ここはシークヴァルトの言う通りだと思う。アイザックが書類を確認しつつ、小さな苦笑を浮かべる。

「しばらくの間は許してやれ、シークヴァルト。ライニールは成人してからというもの、ナギ嬢を――彼の母君がお産みになった『胤違いの妹』を、ずっと捜していたのだからな」

「……団長」

ライニールが、思い切り顔をしかめてアイザックを見た。そんな部下の様子をまったく意に介した様子もなく、魔導騎士団の団長は続けて言う。

「だが、こうして見つかってみれば、ナギ嬢は紛れもなく、まったく同じ血を分けた妹だったのだ。ライニールの情緒が多少不安定になっても、仕方があるまい」

「団長っ」

情緒不安定呼ばわりされたライニールの頬が、赤くなる。彼はどうやら、十六年前に離縁された母親が産んだのは、彼女の不貞相手との子だと思っていたようだ。その当時幼い子どもだった彼が、周囲の大人たちからそう教えられていたのでは、仕方があるまい。むしろ、よく彼自身が母親に捨てられたと誤解し、恨まなかったものである。

「たとえ父親が違っても、母君が産んだ娘であるなら間違いなく自分の妹なのだから、どうにかして見つけて助けてやりたい、と言ってね。……妹君が見つかって、本当によかった。おめでとう、ライニール」

「……ありがとう、ございます」

ライニールの声と腕が、震えている。

（あ……そっか。きっとライニールさんは、お母さんのことが大好きだったんだ）

母親が不貞を犯し、その結果離縁され、自分のそばからいなくなったと教えられてもなお、遺された『妹』を助けたいと望むほどに。

（お父さんのことは、クソハゲオヤジ呼ばわりだもんねえ。なんか、めちゃくちゃ仲が悪そう。ていうか、わたしが、なんだっけ……マクファーレン公爵？　の娘だったってことは、お母さんの不貞疑惑は本当に冤罪だった、って証明されたわけだよね。……うわあ、そりゃライニールさんも荒れるはずだよ）

この件については、凪とて他人事ではないのだ。素朴な疑問を、同じく当事者であるライニールに向ける。

「あの、兄さん。マクファーレン公爵は、なんでそんなひどい嘘を吐いてまで、お母さんと離縁したがったんですか？」

ライニールの顔から、すっと表情が落ちた。怖い。

「マクファーレン公爵は、母と離縁したあと、すぐに今の公爵夫人と結婚している」

「……ほほう」

それは、あれか。愛人を正妻の座につけるために、邪魔になった妻に冤罪を着せて追い出した、ということか。

「その公爵夫人は、嫁いでから三ヶ月後に男児を産んだ」

「……は？」

目を見開いた凪に、ライニールはため息交じりに低く告げた。

「きみが生まれる、二ヶ月ほど前のことだ。きみにとっては、腹違いの兄になるな。そいつが、今のマクファーレン公爵家の後継だ」

「……なるほど。マクファーレン公爵の愛人さんに子どもができちゃったから、その子どもが生まれる前に急いでお母さんと離縁したけど、そのときお母さんのお腹の中にはわたしがいた、と。なるほど、なるほど」

うんうんとうなずき、凪はにこりとほほえんだ。

「兄さん。わたしは、マクファーレン公爵が大嫌いになりました」

「そうか、奇遇だな。おれも、あの節操なしで浅はかでいい加減で、顔以外に取り柄のないゲス野郎が、世界で一番大嫌いだ。あいつがあの女の産んだ能なしを自分の後継にすると言うから、喜んであの家から除籍されたんだが、本当によかったよ。そのお陰で、おれの家族は可愛い可愛い妹のきみだけだ」

「わあ、嬉しい。わたしの家族も、こんなに格好よくて優しい兄さんだけってことですね！」

アハハウフフと笑い合う兄妹に、シークヴァルトが胡乱な目を向ける。

「おい、ライニール。妹との親睦を深めるのは結構だが、まさかナギがこの国の聖女だってことを、忘れているわけじゃないよな？」

「……あ」

ライニールが、固まった。

「忘れてたのかよ！」

「いや、忘れていたわけじゃない。ただちょっと、おれの天使が聖女だったという事実が尊すぎて、うっかり気絶しないように意識の外へ追いやっていただけだ」

（……うわぁ）

どうしよう。ライニールの発言が、ちょっと気持ち悪い。

ひとつ咳払いをしたアイザックが口を開く。

「ライニール、そろそろナギ嬢を下ろしたまえ。これから王宮に聖女発見の報を入れる。すぐに騒がしくなるだろうから、今のうちに体を休めておくように」

「……はい」

いかにも渋々、という様子で、ライニールが凪をソファーへ下ろす。いくら凪が細身の少女とはいえ、人ひとりを抱えたままずっと立っていたというのに、まったく苦にしていないようだ。もしや、身体強化の魔術を使っていたのだろうか。ソレイユに抱えられたときも驚いたけれど、いつかぜひその便利な技を教えていただきたいものである。

それぞれが席に着くと、通信魔導具で王宮に連絡を入れたアイザックが、ひとつうなずいて口を開いた。

「さて。聖女であるナギ嬢が見つかったとなれば、すぐに王宮と神殿から、確認の使者が来るだろう。通常ならば、王宮からは王位継承権第五位以内のどなたかが、神殿からは特別に選ばれた神官がやってくるはずなのだが……。彼らは一度、偽物の聖女を認定してしまったという汚名を抱えている。次の使者に名乗りを上げるとなれば、相当の胆力の持ち主になるだろうね」

シークヴァルトがアイザックに問う。

「オレたちの汚染痕が消えていることで、ナギの力の証明にはならないのか？」

「理屈では可能だろうが……。私は今まで自分の汚染痕を、団員以外の者に見せたことがない。おまえたちはどうだ？」

問われたふたりが、揃って眉根を寄せ、首を横に振った。アイザックが、少し困った顔をしてうなずく。

「王宮や神殿の方々も、汚染痕がどのようなものであるかは、知識としては知っていらっしゃるだろう。だが、実際に目にしたことがないものを『聖女の力で消した』と申告しても、今の方々はそう簡単に信じられないのではないかな」

一度失敗した身となれば、以前よりもより慎重な判断になるのは当然だ。

（うーん……。神殿はともかく、王宮にはわたしが聖女だってことを認めてもらわないと、困るんです。タダ働きは、いやでござるいやでござるー）

「だから、ナギ嬢にはやはり通例通り、地脈の乱れに影響されて濁った魔導鉱石を、『聖歌』で正常化してもらうことになるのだと思う。実際のところ、それ以外に確認の術はないのだしね。何、ナギ嬢の力は本物なのだ。先方の見る目は少々厳しくなっているかもしれないが、何も不安に思うことはないよ」

「……え？」

凪は、固まった。

『聖歌』というと、たしか聖女のみが使える固有魔術で、歌の届く範囲内すべての魔力の乱れを整えてしまうという、必殺技。

今まで聞き流していたけれど、歌、である。それは、つまり――。

「わたし……使者さんたちの前で、歌うんですか？　ひとりで？」

「ああ。何か、問題があったかね？」

ありまくりである。

凪は、真顔で答えた。

「無理です。初対面のエラい人たちにじろじろ見られている状態で、ひとりで歌を歌うとか、緊張するどころの話じゃありません。想像するだけで、胃がキュッてなります。無理です。大事なことなので三回言いますが、本当に、無理です」

学校の授業でのクラス合唱や、友人たちと楽しむカラオケとはわけが違う。

凪の感覚で言うなら、いきなり総理大臣や皇族方の前でひとりで歌え、と言われているようなものである。普通に、無理だ。心が折れる。歌うどころか、まともに声が出るかどうかすら甚だ疑問だ。

死んだ目をした彼女の主張に、アイザックが顔を引きつらせる。

「な……なるほど。ナギ嬢は、人前で歌う訓練はしたことがなかったのだな」

「普通は、ないと思います」

凪が無邪気にアイドルを夢見ていたのは、ほんの幼い頃のことなのだ。

本気でアイドルを志す少女であれば、そのための専門学校などで、歌の訓練を受けているかもしれない。だが、たとえそうだとしても、国を代表するＶＩＰを観客とした単独ライブの練習など、しようとも思わないのが普通だろう。

アイザックが何やら沈痛な面持ちで口を開いた。

「いや……貴族の家に生まれた魔力持ちの女子は、聖女に選ばれたときに備え、幼い頃から歌の訓練を積んでいるのが普通なのだよ。そもそも聖女は、魔力の強い女子の中からしか現れないのでね。だが……そうか。何も訓練を受けていない少女には、たしかに無理な話か……」

ライニールが、ぐっと両手で拳を作る。その目つきが、据わっていた。

「ふ……ふふ……。あのクソオヤジが、ナギを身ごもった母上を追い出したりしていなければ……。よし、もごう」

(何を⁉)

最後の一言だけ、やけに爽やかな笑顔で言うライニールに、彼の本気を感じる。

シークヴァルトがそんな彼を見て、淡々と言う。

「その件については、手を貸すこともやぶさかではないけどな。ライニール。今は昔のことより、これからのことを考えるべきだろう」

手は貸してくれるんだ、と思いつつ、凪はシークヴァルトに問いかけた。

「それなんですけど、シークヴァルトさん。わたしは握手するだけで、みなさんの汚染痕を消せたじゃないですか。その認定の儀に使われるっていう濁った魔導鉱石も、手で触ったらキレイになったりしませんか?」

シークヴァルトが、考える顔になって腕組みをする。

「これぱかりは、実際にやってみなければわからんが……。たぶん、大丈夫なんじゃないか? 過去の記録では、聖女の命令だけで、凶暴化した魔獣が正気を取り戻したって話もあるしな。『聖歌』に限らなくても、聖女の声そのものに力が宿っているんだから、別に歌わなくてもいいと思うぞ」

「へ? 歌じゃなくてもいいなら、なんでわざわざ歌うんですか?」

先ほどの緊張と胃痛を返せ! と文句を言いたくなった凪の疑問に、シークヴァルトは何やら困った表情を浮かべてライニールを見た。

「オレは、魔術学の理論方面はあまり得意じゃないんだ。ライニール、交代」

「……まったく、これだから実践ありきの感覚重視タイプは。いいかい? ナギ。少し長くなるから、途中でわからなくなったら、そう言うんだよ」

ライニールはわざとらしくため息をつくと、凪にも理解しやすいようにと、丁寧に易しい言葉を選んで説明してくれる。

そもそも聖女というのは、凪がそうして見せたように、ただ対象に触れるだけ、あるいは声を届けるだけで、その力を伝えることができる存在なのだ。魔術の行使、というよりも、むしろそういう体質である、と言ったほうが自然なくらいに、聖女というのはなんの苦もなく、ごく自然にその力を顕現させる。

「ただ、どれほど力ある聖女の声でも、一度途切れてしまえば、その先まで効果が広がっていくことはないそうなんだ」

もちろん、短い言葉の連なりであっても、全体で意味が繋がってさえいれば、その声が届く範囲には力が通じる。これを『聖呪』というが、実際のところ、あまり使われることは多くない。数秒で効果が途切れる『聖呪』では、広範囲に強い影響を及ぼすことは叶わないからだ。

「その点、歌というのは、意味ある言葉と旋律の連なりだろう？　たとえ途中で何度ブレスをしようと、それが旋律の要素のひとつとして成立していれば、問題ない。旋律が長く続けば続くほど、聖女の力はその周囲に響き合い、重なり合って、より高い効果を発揮する。だから、聖女がその力をより広範囲に、より強く伝えようとするときには『聖歌』を歌う、ということになるんだよ」

「……なるほど。了解しました」

なんだか頭が痛くなってきたけれど、どうにか理解はした——と、思う。たぶん。

「つまり、これから王宮と神殿から来る方々の前では、別に歌わなくても問題はないってことですよね？　彼らが持ってくる、駄目になった魔導鉱石に手で触るか、至近距離で『キレイになーれ』って声を掛ければ大丈夫ってことですよね？」

「そうだね。聖女認定の儀に使われる魔導鉱石は、さほど大きなものではないはずだし、あまり心配することはないと思うよ」

にこりと、ライニールが大変麗しい笑みを浮かべる。

ひとまず、お偉いさま方を前にした単独ライブのプレッシャーから解放され、凪は深々とため息を吐いた。

「とりあえず、よかったです。神殿はともかく、王宮の方々にはちゃんと認めてもらわないと、聖女業のお給料がもらえませんもんね」

「……給料？」

訝しげに首を傾げたライニールは、そう言えばそのくだりを話していたときには、この場にいなかったのだった。凪は、キリッと宣言する。

「あの、兄さん。わたしはこの国の聖女と認められても、王族のお嫁さんになるのは、絶対に絶対に絶対に、本当の本気でイヤなので。今後、もし王宮側からそんなお話があったとしても、必ずお断りしてくださいね」

「ああ。きみが望まないのであれば、そういった申し出をしてくる身のほど知らずは、もちろん全力で潰すつもりだけれど……」

ふむ、とライニールが顎先に触れ、少し考えるようにしたあと、優雅に笑った。

「いいかい、ナギ。これから先、きみに何か無理強いしようとする愚か者がいた場合、まずはそこに生ゴミが落ちていると思うんだよ」

「生ゴミ」

凪が真顔で復唱すると、ライニールが満足げに目を細める。

「そう。そして、すぐにその生ゴミの容姿と名前と所属をおれに報告すること。その生ゴミが堆肥として利用できるものなのか、捨てるしかないものなのかを分別した上で、おれがきちんと処理するからね。わかったかい？」

「わかりました、兄さん」

これまでの短い時間の中でも、ライニールが相当に頭の回転が速い人であることは、凪にもなんとなくわかっていた。どうやら彼は、ゴミの分別も得意なようだ。ここは、素直にうなずいておけば問題あるまい。

「それから、きみの聖女としての働きに、相応の報酬が支払われるのは当然だ。王宮側と交渉して、必ずきみが満足できる金額を約束させるから、何も心配することはないんだよ」

なんという心強いお言葉だろうか。感動した凪は、両手を組み合わせてライニールを見上げた。

「ありがとうございます、兄さん！　わたし、将来は庭付きの小さなおうちで、大きくてかっこいい犬を飼うのが夢なんです！」

「そうか。それは、素敵な夢だね」

――目指せ、庭付き一戸建てで過ごす、安定した老後生活。

だがその前に、何よりも優先しなければならないことが、凪にはある。

（よしよし。ライニールさんのお陰で、将来の不安がなくなってきたぞーう。これはもう、リオを殺した連中を、なんの憂いもなく全力でフルボッコにしていいってことだよね？　うふふふふふ）

こうなると、凪の力を見極めに来るという王宮と神殿の使者たちには、さっさとこちらに来てほしいものだ。捕縛されたユリアーネ・フロックハートたちに慰謝料請求をするにしても、やはり単なる孤児よりも、聖女の看板を背負ってからのほうが、いろいろと強気でいける気がする。

その辺りの手続きについても、ライニールに相談してもいいだろうか、と考えたときだ。

「本物の聖女を保護したというのは、本当かい⁉　アイザック！」

なんの前触れもなく、壊れるのではないかという勢いで扉が開いた瞬間、凪はライニールに抱えられ、扉から最も離れた壁のそばにいた。目の前には、シークヴァルトとアイザックの背中が並んでいる。本当に、瞬きひとつの間の出来事。

「……まさか、こちらへ連絡もなしにお越しとは。少々驚いてしまいましたよ、オスワルド王太子殿下」

低く平坦な声で、構えていた剣を鞘に収めながらアイザックが言う。それに従い、シークヴァルトも剣を収める。

（王太子殿下。……次の王さま？　が、わたしの確認に来たのかな？）

先ほどアイザックは、王位継承権五位以内の誰かが来ると言っていたから、きっとそうなのだろう。神殿からの使者はまだのようだが、どうせなら一緒に来ればいいのに、と思う。二度手間は、ちょっと面倒くさい。

しかし、王太子ということは、この国でおそらくトップスリーに入るエラい人であるはずなのだが――なぜだろう。凪を抱えるライニールの腕は緩まないし、目の前に立っているふたりも、そこからどく様子がない。あまり、仲がよくないのだろうか。

なんとなく不安になっていると、アイザックが更に声を低めた。

「殿下。どうやらこたびは、護衛のひとりもおつけにならずに、このような所までいらしたようですね。まったく、いつまでそのように短慮で軽挙な振る舞いをなさるおつもりなのですか。国王陛下も王妃殿下も、今のあなたさまをご覧になったなら、さぞお嘆きになりましょう。あなたさまの、その気さくで大らかなお人柄は、たしかに得がたく素晴らしい資質でございます。ですが、それは時と場合によっては、考えなしで大雑把に過ぎるという、非常に残念極まりない評価になるのですよ。さて、殿下。私は殿下が立太子なされた日に、あなたさま御自ら、立派な国王になると誓っていただきました。あの折には本当に心からの感動を覚え、将来あなたさまにお仕えできる己の幸運を、天空の神々に感謝したものです。だというのに……ああ、先にご無礼をお詫びさせていただきます」

――怒っている。アイザックが、ものすごく怒っている。怖い。

まだ顔も見えていない王太子に、凪は心から同情した。アイザックの怒りに満ちた背中に、『ゴゴゴゴゴ』とおどろおどろしいフォントの効果音が浮いていそうだ。

シークヴァルトが、おもむろに一歩下がって振り返る。彼は、無言で凪の耳を両手で塞いだ。

「……っいい加減に、少しは自分の立場を自覚しないか！　この、大バカ者がーっっ!!」

耳をしっかりと塞がれていてさえ全身がびりびりするような、特大の怒号が落ちた。無防備にそれを聞く羽目になったシークヴァルトが、思い切り顔をしかめている。おそらく、凪を抱えたままのライニールも同じだろう。

アイザックの背後にいた自分たちでさえ、この有様なのだ。正面から直撃を食らった王太子は、さぞ大きなダメージを食らったに違いない、と思ったのだが――。

「やあ、ごめんごめん。あの頭のおかしな女のせいで、この国は当代の聖女を失ってしまったとばかり思っていたからねえ。そこにきみからの聖女保護の報告を受けて、今王宮は上を下への大騒ぎさ。僕が自ら確かめに行くと言っても、誰にも止められなかったくらいだよ。だから、そんなに怒らないでくれないかい？　アイザック」

なんだか、やけにのほほんとした口調である。アイザックのお怒りマックスな叱責を受けてこれとは、どうやらこの国の王太子は、信じがたいほどマイペースな御仁であるようだ。

「殿下……」

「うん。おまえたちの心配は、わかってる。置いてきた護衛たちにも、悪いことをしたと思っているよ。ただ、これ以上聖女絡みで王宮が失態を重ねれば、我が国の威信は地に落ちる。それだけは、絶対に許されないことだからねえ」

王太子の声が、近づいてくる。

「あれ？　ひょっとして、そこにいるのは兄上かな？」

（兄上？）

誰のことだ、と不思議に思っていると、ライニールが冷ややかな声で口を開いた。

「お久しゅうございます、王太子殿下。ですが、私はとうの昔にマクファーレン公爵家から廃嫡された身。そのように親しげな呼び方は、今後一切ご遠慮くださいますよう、お願い申し上げます」

「えぇー。きみがいなくなってから、僕と母上はものすごく苦労しているんだよ？　いっそのこと、きみがあの家を乗っ取ってくれれば助かるのにさ」

なんだか、よくわからない会話である。ライニールと王太子は、幼馴染みか何かだったりするのだろうか。体の大きな面々が盾になっていて、いまだに凪から王太子の姿は見えていない。

「まあ、その話はあとでいいや。……それで？　本物の聖女さまは、僕に見せてくれないの？」

声が、近い。柔らかな響きの、けれどとても強い声。

ライニールの腕に、ぐっと力がこもる。

「殿下。私の娘は、繊細なのです。なんの心の準備もなく、王族にご挨拶などできませんよ」

「……娘？　へぇー……そう。ちょっと、意外だねえ。きみが、聖女の後見を買って出るなんて。いつから、そんな野心家になったんだい？　兄上」

野心家、という王太子の言葉に、嘲るような、失望したような響きを感じ、凪はむっとした。ライニールは、ただ血の繋がった家族として、凪を守ろうとしてくれているだけだ。ゲスの勘ぐりで、失礼なことを言わないでいただきたい。ライニールが拒否しているにもかかわらず、兄上呼びを続ける傲慢さもいかがなものか。

……というわけで、凪は失礼な王太子に対し、きっちりもの申すことにした。

「お父さま。わたしは大丈夫ですから、下ろしてください」

「ナギ？」

気遣わしげな目をする彼に、にこりと笑ってうなずいて見せる。小さく息を吐いたライニールが、そっと床に立たせてくれる。……ここの面々は、ひょいひょい人を抱き上げ過ぎだと思う。身体強化魔術か。身体強化魔術のせいなのか。それともただの力自慢か、羨ましい。

こちらの意をくんでくれたらしいシークヴァルトとアイザックが、一歩ずつ左右にずれた。

最初に目に入ったのは、艶やかな銀の髪。淡いペリドットの瞳。そして――。

「兄さんと同じ顔っ⁉」

「……えぇー。ちょっと、待ってよ。何この子、マクファーレン公爵の隠し子なの？」

素っ頓狂な声を上げた凪を、眉根を寄せた王太子がまじまじと見つめてくる。

（あ、しまった。つい、兄さん呼びをしちゃったでござる。……だって、めっちゃ驚いたんだもん！　まさか、いきなり目の前に銀髪バージョンのライニールさんが出てくるとか、そんなの普通思うわけないじゃん！　目の保養が過ぎて、それこそ「目が！　目がー！」案件だよ！）

凪はひとまず、ごまかすことにした。

「すみません、間違えました。ライニールさんは、お父さまです」

「ごまかすの下手すぎか！」

すかさず、シークヴァルトがツッコんでくる。こんなときだというのに、凪は嬉しくてほっこりした。キレのいいツッコミは、いつでもヘイカモンのウェルカムだ。

ひとつため息をついて、ライニールが口を開いた。

「話がややこしくなるので、殿下との面会はもう少し先にしてほしかったのですがね。――ナギ、こちらは我が国の王太子、オスワルド・フレイ・ユーグ・ルジェンダ殿下。彼の母君である王妃殿下は、マクファーレン公爵の双子の姉なんだ」

「……あ、なるほど。お父さんと、王太子殿下のお母さんが双子のごきょうだいだから、おふたりがこんなにそっくりさんなんですね。びっくりしました」

それにしても、本当によく似ている。髪と目の色が同じであれば、シャッフルしてもきっと気づかれないレベルだ。

ライニールが、凪からオスワルドに視線を移す。

「殿下。こちらが我が国の聖女、ナギ・シェリンガム男爵令嬢です。先ほど、彼女の同意を得た上で、私の養女として迎えました」

「……兄上？」

ひどく困惑した表情を浮かべたオスワルドに、ライニールは淡々と告げた。

「ナギは、十六年前に無実の罪で離縁された私の母が、追放先の修道院で産み落とした、マクファーレン公爵の娘です。つまり、あなたの従妹ということになりますね」

従妹、という言葉に、凪は思わずオスワルドを見た。

（あ、そうか。ライニールさんのお父さんと、王太子殿下のお母さんが双子のきょうだいなら、ふたりはイトコ同士になるもんね。つまり、ライニールさんの妹であるわたしも、王太子殿下のイトコです、と。……王族とか貴族って、美形しかいないのかなあ）

「……うん。よし。とりあえず、一番大事なところから確認しようか。この子――ナギ嬢は、本当に聖女の力を持っているんだね？」

眉間を指先で揉むオスワルドの疑問に、アイザックが答える。

「ナギ嬢は、我々三人を蝕みはじめていた汚染痕を、軽く握手するだけで消してしまいました。殿下の訪問が正式なものであれば、聖女認定の儀に使用される魔導鉱石のひとつやふたつ、きちんとお持ちいただけたはずなのですがね」

さらっと嫌みを練りこんだアイザックだったが、残念ながらオスワルドには通じなかったようだ。

「うん。きみたち三人がそう言うのなら、僕はナギ嬢の力を信じるよ。――ご挨拶が遅れまして、申し訳ありません。聖女ナギ。先ほどご紹介にあずかりました、ルジェンダ王国王太子、オスワルド・フレイ・ユーグ・ルジェンダと申します。どうぞ、お見知りおきを」

(『せいじょなぎ』て)

そのとき凪は、チベットスナギツネになりたくなった。今の彼女は、聖女としての実績はゼロなのだから、できればそういったこっぱずかしい呼称は勘弁していただきたい。聖女業をはじめたあとのことについては、一応諦めてはいるけれど、何事にも順序というものがあるはずだ。準備運動もせずにいきなりプールに飛びこんでは、足をつってしまうではないか。

しかし、凪が『イヤなことは先送りにしようの術』を発動し、どうにかして聖女呼びを回避しようとするより先に、オスワルドが真剣な面持ちでライニールを見た。

「兄上。失礼を承知で、もう一度聞くけれど……。本当に、聖女ナギはあなたの妹君なんだね?」

「私とナギの魔力が共鳴した瞬間を、我が魔導騎士団団長アイザック・リヴィングストン並びにシークヴァルト・ハウエルが確認しています」

(『せいじょなぎ』呼びは、イヤでござるー。るー。るー)

同じ顔をしたふたりの間にある空気が重すぎて、口を挟む余裕がない。しくしく泣きたくなった凪とライニールを見比べたオスワルドが、そうか、と呟く。

「すまない、兄上。十六年前に何があったのか、僕は何も知らないんだ。きみがわかる範囲で構わないから、聞かせてくれないか？」

「殿下はそのとき、たった五歳だったのですから、何もご存じでないのは当然ですよ」

オスワルドは、現在二十一歳であるらしい。

それからライニールは、先ほど凪に聞かせてくれた過去の出来事を、端的にオスワルドに語って聞かせた。

「……私は、殿下もご存じの通り、五年前に成人すると同時にマクファーレン公爵家から廃嫡、絶縁されました。そのときからずっと、母の産んだ妹を捜していたのですが、情けないことに今日までそれを成せずにいたのです」

「兄上が、五年かけても見つけ出せなかった？　なぜだい？」

オスワルドの疑問に、ライニールが答える。

「ナギが育ったのは、ノルダールの孤児院でした」

「な……っ⁉」

突然振り返ったオスワルドに凝視され、凪は驚いた。

（……んんー？　そう言えば、森で保護してもらったときにも、なんだかやたらと問題がある感じで言われてたような？　あのときは、この状況がまだ夢だと思ってたから、つるっと聞き流しちゃっていましたよ。ゴメンナサイ）

自分のことなのにこれはマズイ、と凪は片手を挙げる。

「お話の途中で、すみません。わたしが育った孤児院って、何かいけないことをしていたんですか？」

一拍おいて、ライニールが口を開く。

「ナギ。きみがいた孤児院は、魔力持ちの子どもたちを密かに集めていた。そして、子どもたちの素性と魔力適性検査の結果を隠匿し、特殊な教育を施していたんだ。……それぞれの『買い手』の要望に合わせてね」

買い手、というと――。

「え？　この国の孤児って、お金で買ったり売ったりしていいものなんですか？　わたしたち、まさかの商品？」

この世界に、基本的人権は存在しないのか。

思い切りドン引きした凪の言葉に被せて、オスワルドが「そんなことはない！」と叫ぶ。

「我が国ではもちろん、大陸国際条約でも人身売買は固く禁じられているとも！　……ああそうか、彼女はマクファーレン公爵家の娘だ。幼い頃から、さぞ豊かな魔力の片鱗が見えていたんだろうね。だから、ノルダールの連中に目を付けられ、元いた修道院から拐かされた、ということか」

「はい。おそらくは、そういうことかと。わたしが件の修道院に問い合わせたときには、母と妹がそこにいたという記録は、すべて破棄されていました。そこの墓所に母の名が刻まれていなければ、何も信じられなくなっていたところです」

ライニールが、目を伏せる。

「ユリアーネ・フロックハートが、どこでナギの存在を知ったのかはわかりません。ですが、フロックハート侯爵家とノルダールの関係は、改めて洗い直したほうがよろしいでしょうね」

「……わかってるよ」

ぐっと唇を噛みしめたオスワルドが、ひどく悔しげだ。この国の次期国王として、子どもたちの人身売買がいまだに行われている可能性があるなど、断じて許せないのかもしれない。

（そういえば、孤児院で出される食事って、人によって結構違ってたかも？　男の子たちとか、普通にお肉の塊を出されたりしてたし。体の大きな子たちは、毎日元気に外遊びをしまくって、美味しそうなご飯をお腹いっぱい食べては、爆睡してる感じだったもんなあ。……あの家畜の餌みたいなゴハン組は、毎日机でお勉強だったのに。いや、普通に外遊びもしてたけどさ）

孤児院時代の貧しすぎる食事風景を思い出すと、普通以上に美味しい食事が存在すると知った今、ますます腹立たしくなってしまう。

「あの、たびたびすみません。わたしがいた孤児院って、今はどうなっているんでしょう？　一緒に育てられていた子たちは、無事なんですか？」

ひとまずこれだけは聞いておかなければ、と向けた問いかけに、オスワルドが低く答える。

「ノルダールの孤児院は、半年ほど前に焼失したよ。孤児の売買に関する証拠ごとね。当時養育されていた子どもたちは、今はほかの孤児院に移っているから、安心していい。ただ……すでに売られてしまっていた子どもたちについては、現在も行方を捜索中なんだ。手がかりがすべて焼けてしまっているため、どうにも難航しているらしい」

「そうなんですか……」

リオがこの世界で生きてきた間の記憶は、まだほんの少ししか戻っていない。これからすべてを『思い出した』とき、凪の心は平穏を保っていられるだろうか。

（あの人でなしは、十日くらいで全部思い出せるとか言ってたけど……なんか、怖いな）

幼い頃から、時折垣間見ていたリオの日常。

単調で平和なものだとばかり思っていたそれが、本当はこんなにも複雑で殺伐としたものだっただなんて、知りたくなかった。

それにしても、と凪は首を傾げる。

「つまりわたしって、マクファーレン公爵が妊娠した愛人を奥さんにするために、お母さんともども捨てた子なんですよね。わたしを産んですぐにお母さんが亡くなって、赤ん坊の頃に人身売買組織に誘拐されたあとは、まともなご飯も食べられない孤児院育ち。で、詐欺師のユリアーネ・フロックハートさんに聖女の力を利用された挙げ句、最後は白い魔導士さんに殺されかけたわけですか」

指折り確認していくと、我が事ながら悲惨過ぎて笑えてきた。

「まあ、わたしが直接恨みがあるのは、わたしを殴ったニセモノ聖女さんと、殺そうとした白い魔導士さんだけなので。そのふたりを全力でぶん殴って、ついでにがっつり慰謝料をもらえれば、もうそれでいいんですけどね」

凪は、なんだか空気が重いな、と思いながら、誰にともなく問いかける。

「わたしが、というか、この国の聖女がそういう生まれ育ちだったっていうのって、全部公表しちやって大丈夫なものなんです？　殿下は最初に、この国の威信がどうとか言ってましたけど、これってちょっと、公表するには恥ずかしくないですか？」

「〜〜っ、ちょっとどころじゃないよねぇぇぇぇぇぇぇー っっ!?」

オスワルドが、しゃがみこみながら頭を抱え、絶叫した。

そんな彼に、ライニールがにこりと笑って声を掛ける。

「殿下。私はすでに、この国の重鎮であるマクファーレン公爵家から絶縁された身です。あの家に絡んだ醜聞をお嫌いになるのでしたら、愛娘ともども他国に移住させていただいても構いませんよ？　聖女の威光を利用した王宮での立身出世という野心など、私はまったく持ち合わせておりませんのでね」

「すみませんごめんなさい、よけいなことを言った僕が悪かった！」

一国の王太子ともあろう者が、土下座でもしそうな勢いだ。

それまで黙っていたシークヴァルトが、さほど考えた様子もなくライニールを見る。

「オレは、ナギの護衛だからな。おまえたちが国外へ出るというなら、一緒に行く」

「ん？　それは助かるが……本当にいいのか？」

シークヴァルトは、あっさりとうなずいた。

「オレは元々この国の人間じゃないし、問題ない。ただ、移住するなら帝国以外の国にしてほしい。あそこは、いろいろと面倒だ」

「そうだな。レングラー帝国にはすでに聖女がいるし、あえて移住先に選ぶほどの利点もない。どうせならば、聖女のいない国にしておいたほうが、先方も喜んでナギを迎えてくれるだろう」

なんだか、ものすごく気軽に国外移住計画が語られている。そんな彼らに、アイザックが苦笑しながら声を掛けた。

「ライニールもシークヴァルトも、あまり殿下をいじめてやるな。おまえたちに揃って団から抜けられてしまうと、私が困る」

「いじめたわけではありません。しかし、団長がそうおっしゃるのなら、これからも魔導騎士団の一員として、誠心誠意働かせていただきます」

ライニールが、あっさりと手のひらを返す。そして、しゃがみこんだままのオスワルドをじろりと睨んだ。

「いつまでそのように情けない格好をしていらっしゃるのですか、殿下。私と同じ顔をしているのですから、あまり恥ずかしい真似はなさらないでくださいね」

「それって、怒濤の言葉責めをしてから言うことかなあ⁉」

半泣きになったオスワルドが、それでもどうにか立ち上がる。彼はしばしの間、目を伏せて考える素振りをしたあと、よし、とうなずき顔を上げた。ライニールと凪を、順に見つめて口を開く。

「一応、確認しておきたいんだけど……。きみたちは、近い将来マクファーレン公爵家が途方もない醜聞にまみれて没落したなら、どう思うのかな？　正直な気持ちを聞かせてほしい」

「ざまあみろ」

「おめでとうございます」

真顔で即答したふたりに、オスワルドは苦笑した。

「なるほど。きみたちは、本当に血の繋がった兄妹なんだねえ。ものすごく納得したよ。――アイザック。我が国の聖女が見つかった件については、当面箝口令を敷くことにする。おまえの部下たちにも、その旨徹底しておくように」

「了解しました。……マクファーレン公爵家を、切るのですね？」

ああ、とオスワルドがうなずく。

「僕がすでに立太子して、世界一可愛くて魅力的で素晴らしい婚約者もいる以上、もうマクファーレン公爵家の後ろ盾は必要ないからね」

なんだか、唐突にノロケられた。

（へー。二十一歳で、もう婚約者がいるんだ。すごいなー。……って、あれ？　ちょっと待てや。まさかユリアーネ・フロックハートさんって、婚約者がいる殿下に横恋慕して、略奪するために聖女を騙ったってこと？）

この国の聖女は、王族の人間に嫁ぐのが慣例だという。そして、ユリアーネ・フロックハートが捕縛された際の捨て台詞からして、彼女は王太子に好意を抱いていた。

もし、彼女が王太子と結婚するためには聖女になるしかない、と思い詰めた結果が、今回の騒動なのだとしたら――。

（……こっわ。うわ、こっわー。もしホントにそういうことなら、マジで引くわー。婚約者のいる相手に、ガチで略奪仕掛けにいくとか、普通に気持ち悪いわー。モラルとか良識とか常識とかって、人間がまっとうに生きていく上ですごく大事だと思います。……うん、これ以上は想像するだけで怖すぎるから、わたしは何も気づかなかったことにしよう）

初恋もどきの「お兄ちゃん、だーい好きっ」「悪いな、凪。おれは、年上のキレイなお姉さまが好きなんだ」「がーんっ」以来、さほど異性と縁のなかった凪にとって、略奪愛だの横恋慕だのといったドロドロ系は、少々濃すぎて胃がもたれてしまうのだ。

それに比べて、これほどナチュラルにノロケられるのなら、オスワルドと婚約者の関係はきっとさぞ良好なのだろう。なんだか、ほほえましい気分になってくる。

（殿下とその婚約者ってことは、リアル王子さまとお姫さまってことだよね！　よし、メルヘン！いつか、素敵な仲よしカップルを眺めてニヨニヨしたいね！）

ひとまず凪は、キュートでリリカルな想像をして、気持ちを和ませることにした。ただでさえ、今の自分を取り巻く家族関係は複雑過ぎるのだ。少しくらい、ふわふわキラキラの幸せカップルの妄想をしたって、バチは当たらないと思う。

そのキラキラ妄想の片割れであるオスワルドが、にこりと笑って凪を見る。ライニールとよく似た笑顔に、思わずへらっと笑い返してしまった。

途端に、オスワルドが真顔になる。

「え、何この聖女さま。可愛い」

「可愛いでしょう。私の妹なんですよ？」

同じ顔をしたふたりが、空気を読まないことを言い出した。スンッと半目になった凪に、オスワルドがわざとらしく咳払いをして向き直る。

「失礼。あー……えぇと、きみにひとつお願いがあるんだ。これからしばらくの間、きみのことを『ニセモノ聖女に殺されかけて、魔導騎士団に保護された孤児の少女を、実の妹だと気づいた兄上が引き取った』という体で扱ってもいいだろうか？　その、聖女ナギ、ではなく、ナギ・シェリンガム男爵令嬢と呼んでも構わないかな？　ってことなんだけど……」

「ハイ、喜んでー！」

思わず、食い気味に答えてしまった。令嬢呼ばわりも正直遠慮したいところだけれど、聖女呼びよりは遙かにマシだ。

一瞬、呆気にとられた顔をしたオスワルドが、くすくすと笑い出す。

「え、何？　聖女って呼ばれるのは、そんなにイヤだったのかい？」

「イヤというか、恥ずかしすぎていたたまれません。わたし、そんなキヨラカな心なんて持ってませんもん。無償で世のため人のため、なんて絶対無理です。それから、今のうちに言っておきますけど、わたし王族のお嫁さんには絶対になりません。そこのところ、くれぐれもよろしくお願いします」

キリッと真顔で答えたというのに、なぜだかオスワルドがますます楽しげに笑み崩れる。

「おや。ナギ嬢は聖女なのに、王族の一員にはなりたくないんだ？」

「庶民育ちの孤児にとっては、王族との結婚なんて、なんの拷問か罰ゲームって感じですよ。絶対に、御免被ります。あと、タダ働きも断固拒否しますので、これからわたしが聖女のお仕事をしたら、そのぶんきっちりお給料を支払ってくださいね」

何事も、最初が肝心だ。せっかく、王太子という王室のエラい人と会えたのだから、主張するべき点はきちんと主張しておかねばなるまい。

なのに、呆気にとられた顔をしたオスワルドは、無言のままライニールを見た。

「殿下。ナギの聖女業に対する報酬に関しては、私が彼女の代理人として、のちほど書面できちんと契約を交わしたいと思っています」

「聖女業って……」

にこやかな笑顔のライニールから、オスワルドはアイザックに視線を移す。

「ナギ嬢が王族に嫁ぐことを拒否している以上、彼女の聖女としての働きには、正当な対価をお支払いするのが道理だと思いますよ」

「それは、その通りだろうけど……いや、うん。了解した。……それじゃあ財務のほうには、僕から話を通しておくよ」

（いいいよっしゃあっ!!）

凪は内心、両手の拳をぐっと頭上に突き上げた。完全勝利のポーズである。

王族との婚姻拒否と、聖女業に対する報酬の確保。

このふたつを、この国の王太子殿下が約束してくれたとなれば、凪の今後の人生における懸念は、ほぼ払拭されたと言っていい。

なんだか話が上手く進み過ぎて、ちょっと怖いなと思っていると、やたらときらびやかな笑みを浮かべたオスワルドが、なんでもないことのように問うてきた。

「ところで、ナギ嬢。きみ、学校って行ってみたくないかな？」

「学校……ですか？」

そうそう、とオスワルドがうなずく。

「王立魔導学園っていう、魔力を持った子どもが通う四年制の学校があるんだよ。さすがに、ちゃんと卒業させてあげるのは、難しいと思うけど……。今のところ、この国で起きている地脈の乱れは、そう多くないからね。差し迫った危機があるわけでもないのに、なんの心構えもできていない女の子をいきなり現場に放りこむほど、僕らは極悪非道じゃないよ。だから、まずはきみの実践的な訓練が先かなあ、とも思ったんだけど」

顎先に軽く触れたオスワルドが、軽く首を傾げる。

「なんていうか……うん。きみは、たしかに聖女なんだろう。でもその前に、この国で生まれたひとりの子どもでもあるわけだよね。だから僕は、きみに普通の子どもとしての生活も、少しくらいは経験させてあげたいんだ。基礎的な勉強と訓練なら、学校でちゃんとした教師に教えてもらったほうがいいだろうし。どうかな？」

「……ありがとうございます。学校、できれば行ってみたいです……けど」

「けど？」

凪は、小さくため息をつく。

「学費がないです。聖女業をはじめて、学費ぶんくらいを問題なく稼げるようになったら、改めて検討してみたいと思います」

「……うん、兄上ちょっと待って。そのいくら入っているかわからないカードの中身を、軽率にナギ嬢のカードに移そうとするの、ちょっと待って。それ、絶対贈与税がかかる額でしょう。――ナギ嬢、王立魔導学園は、魔力適性のある子どもであれば、学費はすべて無償なんだよ。入学が認められるのは十五歳からだし、今年度の入学式はちょうど来月なんだ。よかったら休みの間に、兄上と一緒に見学だけでも行ってみないかい？」

無償、という言葉に、凪は思い切りときめいた。ぱっとライニールを振り返ると、当然のようにうなずいてくれるのが嬉しい。

「きみが、普通の子どもとしての生活を経験するのは、おれも賛成だよ。いずれ正式に聖女と認められれば、いやでも周りがそう扱ってくるだろうしね」

「はい！　学校側のご迷惑にならないのでしたら、ぜひ行ってみたいです」

何しろ、リオは人身売買組織の一角だったという、ちょっぴり――いや、かなりアレな孤児院育ちなのだ。はっきり言って、これからリオの記憶がすべて戻ったとしても、この国の一般常識については、めちゃくちゃ欠けている自信しかない。

十五歳以上が通う学校だというなら、一年生は凪と同い年。まだまだやんちゃな子どもの集団だろう。多少おかしなことをしても大目に見てもらえるだろうし、いずれ社会に出る前に、せめて普通の大人になれるだけの常識は身につけておきたい。

と、それまで話の流れを聞いていたシークヴァルトが、アイザックに向けて口を開いた。

「団長。オレは、ナギの従者とクラスメートの、どちらで学園に行けばいい？」

「ナギ嬢の身に、万が一にも何かあってはいけないからな。負担をかけてすまないが、クラスメートとして必ずナギ嬢のそばについているように」

「了解した」

あまりにあっさりとした会話に、凪は驚く。

シークヴァルトは、おそらくライニールやオスワルドと同年代の、すでに大人の色気すらまとったイケメンだ。いくらなんでも、凪と同級生の十五歳に見えるわけがない。悪目立ちするだけだから、ぜひとも無謀なコスプレは遠慮していただきたい、と凪が言いかけたときだ。

（…………へ？）

「ふむ。五年前のオレは、こんなに視界が低かったんだな。慣れるまで、少し時間が掛かりそうだ」

シークヴァルトの姿が揺らいだ、と思った次の瞬間、まるで別の生き物がそこにいた。

凪が見上げるほどだった上背は、ほんの少し視線を上げれば目が合う高さに。シャープなラインを描いていた頬はかすかに丸みを帯びて、柔らかな印象になっている。全体的にかなりコンパクトになった体躯は、力強さよりも俊敏さを感じるしなやかさで、細い手足が少しアンバランスなほど長く見えた。

驚きのあまり、目と口をあんぐりと開いた凪に、シークヴァルトと同じ目と髪をした少年が明るく笑う。

「驚いたか？　ナギ。十五歳のオレは少し頼りなく見えるかもしれないが、身につけたスキルは二十歳の今と変わらないから、安心しろ」

「え……その、十五歳の体になるのって、それも魔術なんですか？」

ぶかぶかになった上着の袖を折り返していたシークヴァルトが、あっさりうなずく。

「魔導士の中には、後天的に身につける一般的な魔術のほかに、生まれつき使用可能な固有魔術ってのを持っているやつがいてな。オレも、そのひとりだ。で、オレの固有魔術は、『巻き戻し』。自分自身と直接触れた対象の時間を、任意に巻き戻した時点で固定することができる。持続時間は、自分自身なら最長で一週間、自分以外なら一時間ってところだ」

「まさかの不老不死ですか⁉」

ファンタジックにもほどがある、と声をひっくり返した凪に、シークヴァルトは楽しげに笑った。

同年代の少年そのものの無邪気な笑顔に、凪の心臓がクリーンヒットの衝撃を受ける。

（と……年上のお兄さんじゃない、同い年の超絶美少年なシークヴァルトさんの素敵な笑顔ッ！どこかに課金ボタンはありませんかー⁉）

「それこそ、まさかな。『巻き戻し』の固有魔術はかなり珍しいほうだが、過去に何人かいた所有者は、みな普通に死んでるよ。持って生まれた魔力がどれだけ大きくても、体力と同じで年を取れば徐々に減っていくからな。『巻き戻し』は、発動するのに結構な量の魔力を消費するし、正直あんまり使いどころもないんだ」

ひょいと肩を竦めたシークヴァルトが、ふと笑みを消すと満足げにうなずく。

「でもまあ、今回ばかりは大当たりだったたな。この『巻き戻し』のお陰で、おまえをちゃんとそば

で守れる」

（ふわわわわ、ひょわ、はわわわわわ）

凪の語彙力は、無事に殉職した。

シークヴァルト、ライニール、アイザック、オスワルド。

みな、大変キラキラしいイケメンばかりではあるが、彼らはあくまでも凪にとって『とっても素敵な年上のお兄さん』であった。その麗しい姿は見ているだけでキュンキュンときめくし、これほどカッコいい彼らに可愛らしい仕草をされると「なんと素晴らしきギャップ萌え、ひゃっふうぅぅうー!!」と、テンションが爆上がりもする。

しかし、そのトキメキは常に年齢の壁の向こうにあるもので、イケメンを見た年頃の乙女としてはごく当たり前の反応だと思う。

なのにシークヴァルトは、その年齢の壁をあっさりとぶち壊してしまった。元々凪の好みにどストライクだった彼の外見は、同い年の少年の姿だとまだまだ未完成で、なのに大人の姿よりもずっと魅力的に見える。

大人のときは、その西洋風の雰囲気に対する馴染みのなさもあって「きゃー！　カッコいいー！イイネイイネ！」だった萌えが、見た目が同い年だと「はわわわわ、カッコいいしゅてき……」という、すべてを超越したまったく別の概念になってしまったのだ。

その上で、中身が大人の気配りができるツッコミ上手だとわかっている相手から、とどめに「おまえを守る」という、乙女の心臓を瞬殺するキラーワードを食らったのである。

（か……っこいいー……）

――その瞬間、凪が恋する乙女に変貌したところで、一体誰に責められようか。

世界の色合いが鮮やかさを増し、すべてのものが美しく輝いて見える。

この半年間、凪は元の世界で寝る間も惜しんでがんばって、ようやく憧れの高校に通えるはずだった。新しい友人、新しい制服、新しい環境での新しい出会い。そんなすべてを突然奪われて、少しも自暴自棄になっていなかったと言えば、嘘になる。

心のどこかに、いつも小さな虚しさが巣くっていて――きっとこれからも、ふとした瞬間にその虚しさを思い出すのだろうな、という確信があった。誰かとともに生きる将来など想像することもできなくて、どうやってひとりで生きていくかばかりを、頑なに、必死に考えていたのだ。

けれど今、そんな虚しさも丸ごとすべて、きれいに吹き飛んでしまった心地がする。

恋って、すごい。

ほんのりと頬を染め、それまでにはない熱を持った瞳でシークヴァルトをガン見していた凪だったが、唐突に視界を塞がれた。頭のすぐ上で、ライニールの冷ややかな声がする。

「シークヴァルト。元の姿に戻れ。今すぐだ」

「お……おう」

（えぇぇええぇーっっ）

どうやら、凪の目を塞いでいたのはライニールの手だったようだ。その手が外れたときには、凪の恋心を持っていった少年の姿はすでになく、元通りのストイックな大人の色気漂うイケメンがそこにいた。

（はうっ）

しかし、一度奪われた恋心は、それを持っていった相手の姿が多少変わろうとも、返品されることはないらしい。どこか戸惑ったようなシークヴァルトと目が合った途端、凪の顔は一瞬でゆでダコになった。

カッコいい。恥ずかしい。なのに、見ていたい。……自分のことを、見てほしい。なのに、やっぱり見られるのも恥ずかしい。

生まれてはじめての感覚に、心臓がばくばく音を立てて全力疾走をはじめる。

どうしていいかわからなくなった凪の後ろで、オスワルドの声がした。

「あー……うん。兄上。ご愁傷さま？」

「やかましい。おれは今、ものすごく心が狭くなっているんだ。八つ当たりされたくなかったら、その無駄に危機管理が発達しているはずの脳みそで、これからのことでもくるくるコマネズミのように考えていろ。つまり、無駄口を叩かずにすっこんでいろということだよ。我が親愛なる王太子殿下」

（ひょっ⁉）

背後で響いた重低音の冷たい声に、ほかほかに茹で上がっていた凪は即座に震え上がった。

おそるおそる振り返ると、まるで何事もなかったかのようにほほえむライニールと視線が合う。

「それじゃあ、ナギ。今日はいろいろあって、疲れただろう？　これからのことについて、少し込み入った話を殿下たちとするから、きみは部屋に戻って休んでいるといい。ああ、部屋まではまたソレイユに案内させるけど、きみが聖女であることを公表するのはもう少し先になるからね。彼女にも、もちろんほかの誰にも教えてはいけないよ」

――ソレイユにも、ダメなのか。

凪に対してとてもよくしてくれる彼女に、隠し事をするのは気が引ける。しかし、秘密にしておくべきことを話してしまって『ナイショだよ！』と言うほうが、不親切な話なのかもしれない。

彼女には騎士団の見習いとして、守秘義務というものがあるだろう。秘密を守らなければならないストレスを提供してしまうよりは、黙っていたほうがきっとお互い気が楽だ。

素直にうなずくと、すぐにソレイユが呼び出された。何かの訓練中だったのだろうか。先ほどのカッチリとした制服から、いかにも動きやすそうな飾り気のない、ハイネックの運動服のようなものに着替えている。

ソレイユは、王太子のオスワルドがこちらに来ていることは、まだ知らされていなかったようだ。入室を許可された瞬間、彼の存在に気づくとその場で跳び上がり、すぐに気合いの入った敬礼をした。

「魔導騎士団見習いソレイユ・バレル！　お呼びと伺い参上いたしました！」

「ああ、きみが噂の体力お化けだっていう見習いさんか。一度、どんな子なのか見てみたいと思っていたんだけど、こんなに小さな女の子だったんだねえ。驚いたよ」

見るからに緊張したソレイユの口上に、のほほんと答えたのはオスワルドだ。まさか彼から声を掛けられるとは思っていなかったのか、ソレイユがますますビシッと固まる。

（体力お化け……？）

オスワルドの言いようが少々気になったけれど、彼はにこにこと続けて言った。

「うん、うん。いやー、アイザック。ナギ嬢と同い年の女の子がいて、本当によかったね。きみが目を掛けているのなら、きっと間違いのない子なんだろう？」

「彼女は、とても優秀な人材ですよ。人柄もよいですし、度胸もあります。少々無鉄砲なところが玉に瑕《きず》と言えますが、そこはこれからの経験で勉強していってもらうしかありませんね」

アイザックに褒められたことが、よほど嬉しかったのだろう。彼が何か言うたび、ソレイユの瞳がキラキラと輝く。可愛い。

そうか、とうなずいたオスワルドが、ソレイユに向けてにこりと笑う。ソレイユが、再び緊張にビビッと固まった。なんだか、危険を感じたときの子猫のようだ。彼女の背後に、ぶわっと膨らんだ尻尾の幻影が見えた気がする。

「あのね、ソレイユ嬢。魔導騎士団が保護した、こちらのナギ嬢なんだけど。実は、兄上――ここの副団長どのの、実の妹さんだったんだよ」

「…………はぃい？」

ソレイユの声が、ひっくり返った。ぽかんと目を丸くした彼女が、ぎこちなくこちらを見つめてくる。そんな彼女に、オスワルドが告げる。

「本当にすごい偶然のようだけれど、ナギ嬢は赤ん坊の頃に、その魔力適性の高さのせいでノルダールの連中に狙われ、攫われていた。副団長は、そんな妹君を五年間ずっと捜し続けていた。僕は、このふたりが今こうして出会えたことは、ある意味必然だと思っているよ」

（ちょっと殿下、何をドラマチックな感じに語っちゃってるんですか。ああホラ、素直なソレイユさんが、感動して目をうるうるさせちゃってるじゃないですか！　ひょっとして、詐欺師に騙されやすいタイプですか⁉）

なんだか、ものすごくいたたまれない。

「ただ、ふたりが生き別れていた理由というのが、ちょっとややこしくてね。これから少し、厄介なことになりそうなんだ。ナギ嬢が、副団長と同じ血を分けた妹君だとわかると、とても都合の悪い人間がいるんだよ」

だから、とオスワルドが真剣な眼差しでソレイユを見る。

「ソレイユ嬢。きみには状況が落ち着くまで、ナギ嬢のそばで彼女を守ってあげてほしい。いくらシークヴァルトが規格外と言っても、彼は男だからね。外での守りはともかく、内向きでは難しいこともあるだろう。そこのフォローを、ナギ嬢の護衛補佐として、ぜひきみにお願いしたいんだ。どうだろう？」

「自分が……ですか……？」

声を掠れさせたソレイユに、アイザックが言う。

「ソレイユ。私からも同じことを命じたいところだが、この件を受けるかどうかについては、できればおまえ自身の意思で決めてもらいたい。ナギ嬢は、ライニールの大切な妹君だ。ノルダールで育てられた彼女には、これから外の世界で生きていくに当たって、何かと難しいこともあるだろう。

おまえにはナギ嬢の友人として、そして我が国の一騎士を志す者として、彼女を守り導いてほしいのだよ」

（あ……アイザックさんまで……っ。そんな、外堀をガンガン埋め立てるようなことを言わなくても……！）

限りなく国のトップに近いオスワルドと、敬愛するマッチョな上官であるアイザックにここまで言われて、見習いのソレイユが「イヤです」と言えるわけがないではないか。

（お友達って……上司にお願いされてなるもんじゃないよね……）

ソレイユとは本当に仲よくなりたかっただけに、なんだか悲しくなってきた。凪がしょんぼりしていると、ため息を吐いたシークヴァルトが口を開いた。

「ソレイユ。ナギの護衛は、オレだけでも問題はない。オレは、人ひとり守りきれないほど無能じゃないからな」

シークヴァルトは、淡々と告げる。

「そもそも、見習いのおまえにこんな話が出ること自体がおかしいんだ。いやなら、いやだと言っていい。都合がいいからといって、見習いの分を超えた責任を負わせようとする、殿下と団長が間違ってる」

そうだな、とライニールがうなずく。

「殿下と団長のお気遣いは、ありがたいと思っています。ですが、この件に関してはシークヴァルトが正しい。私はナギがこの世界の誰よりも大切ですが、だからといって、未来ある子どもの人生をねじ曲げたくはありませんよ」

アイザックが、しょんぼりと眉を下げる。

「私は、ソレイユに命じてはいないのだが……」

「あのなあ。団長に憧れて魔導騎士団に入ってきたソレイユが、あんたからの『お願い』を拒否できるわけがないだろう。少しは、自分の影響力の強さを考えろ」

上官の言い分を、シークヴァルトが即座にぶった切った。カッコいい。

オスワルドが、わざとらしく首を傾げる。

「僕だって、ソレイユ嬢にはお願いしただけだよ？」

「あなたの場合は、自分の立場をわかった上でやっているから、タチが悪いというんですよ。うちは基本的に、頭で考えるより筋肉で感じろというタイプばかりなんです。お上品な王宮の腹黒タヌキたちと同じだと思っていると、いずれ痛い目を見ますよ」

スッパリとライニールに切り捨てられたオスワルドが、「筋肉……」と呟く。

（あー……。そう言えば、ソレイユさんもアイザックさんの筋肉について、めっちゃテンション高めで語ってたなー……）

凪はそのとき、魔導騎士団の面々よりも、彼らの生態に引き気味になっているオスワルドのほうに、ちょっぴり共感したくなってしまった。

鍛えた筋肉は、たしかにその持ち主を裏切らないのかもしれない。けれど、その域まで極められない人間のほうが、世の中にはずっと多いと思うのだ。

若干微妙な沈黙の中、子猫を思わせる大きな目を伏せていたソレイユが、ひとつうなずいて顔を上げる。

「王太子殿下。団長。ナギ嬢の護衛補佐、喜んで務めさせていただきます。――副団長、シークヴァルトさんも、お気遣いありがとうございます。でも、自分は無理などしていませんし、むしろ見習いの身分でありながら光栄なことだと、嬉しく思っております」

キリッと言い切ったソレイユに、なんだか凪は不安になった。

「あの……ソレイユさん。わたしが言うのもなんですけど、本当にいいんですか？　騎士団の見習いさんということは、いろいろと勉強したいこともあるんでしょう？　わたしの護衛なんてしていたら、それに割いた時間のぶんだけ、したいことができなくなっちゃうんですよ」

「え？　えっと……？」

ソレイユが、何やら困ったようにアイザックを見る。その視線を受け、魔導騎士団団長が鷹揚にうなずく。

「普段通りの話し方で構わない。この件に関しては、我々の都合でおまえに無理を言っているからね。ナギ嬢との関わり方については、すべておまえに一任しよう」

柔らかな口調での許諾に、ソレイユはほっとしたようだった。

「ありがとうございます、団長。――あのね、ナギちゃん。あたし、ナギちゃんの護衛補佐が本当にイヤだったら、ちゃんとイヤだって言ってるよ」

（おおう……）

ぱっと開いた大輪の花のような、あるいは太陽のような明るい笑顔が、とても眩しい。

「それに、いつか地脈の乱れが落ち着いて大陸中が平和になったら、女性騎士のお仕事は身分の高い女性の護衛がメインになると思うんだよね。だから、ナギちゃんの護衛補佐は、すごーくありがたい経験なの。あたしの将来のためにも、ぜひ任せてもらえたら嬉しいな！」

いつか、平和になったら。

当たり前のようにそんな未来を語れる彼女は、本当に眩しく見えた。

「あと、本当は護衛対象には敬語を使うべきなんだろうけど……。なんか、ここであたしが敬語になったら、ナギちゃんが困るような気がしたんだよね。違った？」

「ち、違わない、です！」

心の内を見透かされたようで慌てた凪に、ソレイユは「よかった」と笑って言う。

「あたしもね、ナギちゃんには普通に喋ってほしい。ダメかな？　それから、さん付けもやめてくれると、もっと嬉しい。ただ、あたしの中でナギちゃんはもうナギちゃんなので、呼び捨てはちょっと勘弁して？」

「……ううん。ダメじゃない。わたしも、嬉しい」

ソレイユのコミュニケーション能力の高さに、凪は心から感嘆した。無闇にぐいぐいと距離を詰めてくるでなく、相手への気遣いもきちんと滲ませながら、いつの間にかするりと心を寄せてくる。これはきっと、『友達百人できるかな』が当たり前にできるタイプだ。

（ソレイユさん――じゃない、ソレイユって、可愛くて強いにゃんこ系女子で、将来をちゃんと考えている騎士見習いさんで……。え、何このハイスペック。凄すぎない？　こんな素敵な女の子と仲よくできる上に、護衛までしてもらえるとか、ちょっと聖女特典が豪華すぎやしませんか？）

ものすごく嬉しくなった凪は、大変ほこほこした気分になった。胸の前で、そっと両手を組み合わせる。

「ソレイユがわたしの護衛になってくれるなら、そのうち身体強化魔術なんかも教えてもらえるかな？」

「…………んんー？」

ソレイユが、こてんと小首を傾げた。可愛い。少し考えるようにしたあと、彼女はゆっくりと口を開いた。

「えっと、護衛補佐っていうのは、シークヴァルトさんがメインでするナギちゃんの護衛を、できる範囲でサポートするお役目なのね？」

「うん、わかってる。基本的にはシークヴァルトさんが、外の危ないことからわたしを守ってくれるんだよね。で、ソレイユがそれ以外のことをしてくれるんでしょ？　だったら、いざというときにわたしがお荷物にならないように、いろいろ教えてくれると嬉しいんだけど……」

これから何かあったときに、凪がただ守られるだけでなく、せめて自分の足で逃げることができれば――そうでなくとも、単純にパワーアップできるだけでも、だいぶ護衛する側が気楽になるのではないかと思うのだ。

自分はすでに、致命傷から即蘇生できるレベルの治癒魔術は使えるようだし、叶うことならほかにもいろいろな魔術を覚えてみたい。せっかくファンタジックな世界で生きることになったのだから、楽しめるところは楽しまなければ損ではないか。

凪は、何やら微妙な顔をしているソレイユに、ぐっと親指を立てて言う。

「大丈夫！　わたしは致命傷だって治せる治癒魔術を使えちゃう、ちょっと非常識な護衛対象だから！　万が一のときには、わたしの護衛なんてどうでもいいから、ちゃんと逃げてね！　あ、シークヴァルトさんも、ぜひそんな感じでお願いします！」

いまだ見習い身分のソレイユに、あまり無茶をさせるわけにはいかない。

そして、現在進行形で恋する乙女としては、お相手であるシークヴァルトが凪を庇って怪我をするなど、断じて許容できなかった。想像するだけで、自分が景気よくぶちギレる未来しか見えない。

そう思った凪なりの、精一杯の気遣いだったのだが――。

「どうでもいいわけが、あるかーっっ!!」

「護衛役が、護衛対象をほっぽって逃げられるわけがないでしょぉおーっっ!?」

シークヴァルトとソレイユに、食い気味に絶叫されてしまった。その勢いに押されてのけぞると、片手で凪の背中を支えてくれたライニールが、沈痛な面持ちで額を押さえていた。

「これは……いったい、どうしたら……」

「兄さん!?　どうかしましたか、どこか痛いですか!?」

初めて見るライニールの弱り切った様子に、凪は慌てて彼の顔をのぞきこむ。

目が、合った。

「おれの妹が可愛い！」

「きゅっ」

突然ものすごい力で抱きしめられ、一瞬で肺を圧迫される。

その直後、鈍い衝撃とともに、肺に勢いよく酸素が流れこんできた。

「バッカ野郎！　ナギを絞め落とす気か!?」

シークヴァルトの怒鳴り声に、彼にどつかれたらしいライニールが頭を下げる。

「すまない、ナギ。きみの攻撃力の高さを、少々甘く見ていたみたいだ」

「それは……わたしのセリフだと、思います……」

この世界で目覚めてから最初に感じた命の危機が、唯一の家族であり、保護者であるライニールから与えられたものとは、これいかに。

肩で息をしていると、ソレイユが深々とため息をついた。

「詳しい事情は知りませんが、とりあえず副団長が、うざいくらいのナギちゃんラブを発症していることはわかりました。今後のナギちゃん護衛計画には、副団長も警戒対象に加えておきます」

「……うざい？」

ライニールが、あからさまにショックを受けた顔になる。一瞬、フォローしようかと思ったけれど、たった今彼に絞め落とされかけたばかりの身としては、黙して語らずが正解だろう。今後、ライニールには不用意に近づかないようにしておこう、と決意する。

そこで、一連の騒ぎを黙って見ていたオスワルドが口を開いた。

「ナギ嬢。きみは、治癒魔術を使えるのかい？」

「え？　あ、はい。なんていうか……上手く説明はできないんですけど、こうすれば傷が消えるんだろうな、っていうのは、感覚的にわかっている感じがします」

触れるだけで、シークヴァルトたちの汚染痕を消したときとは、少し違う。正常な状態ではなくなった肉体を前にしたときの、集中の仕方。何より、自分の中にある膨大な力を少しずつ集めて、それをゆっくりふんわりと温めていくような感覚。それらはもう、この体が覚えている。

ソレイユが、ひどく複雑な顔で言う。

「ナギちゃんをお風呂に入れたとき、もしかしたら――っていうか、たぶんそうなんだろうな、とは思ってたけど。やっぱり、ナギちゃん自身の治癒魔術だったんだね。あのときナギちゃんが着てた服、すっごく悲惨な状態だったもの」

「んー。わたしもあのときは、いろいろ忘れていたんだけどね。一眠りさせてもらったあとに、森の中で刺されたときのことを思い出したんだ。で、わたしを刺したのが、ユリアーネ・フロックハートさんと一緒にいた白い魔導士だったんだけど……。これがもう、ホンットに気持ち悪いやつでねー」

凪は、思い切り顔をしかめた。

――下賤の者どもに、その身を暴かれるよりはマシだろう。愚かな聖女。無垢な体のまま殺してやったことを、感謝するがいい。

「わたしの心臓に剣をぶっ刺しながら、下賤の者どもに強姦されるよりはマシだろう、とか真顔で言ってたんだよ？　大体、十五歳の女の子に無理矢理そういうことをしようって時点で、下賤どころか救いようのない、未成年趣味のゲス野郎だと――」

思う、と最後の言葉を言い終える前に、アイザックがライニールを背後から羽交い締めにしていた。同時に、シークヴァルトが片手でライニールの顔を掴み、そのまま力尽くで押さえこんでいる。

呼吸がしにくくなるほどの圧迫感の中、バチバチと激しい静電気のような音を立てながら、彼らの周囲で無数の小さな光が弾けていた。

凪は目を丸くしたあと、何度か瞬く。

とても美しいが、同じくらいに危うい光。

（えぇっと……。ひょっとしてこの光って、ライニールさんの魔力、なのかな？）

もしかしなくても、これは非常に危険な状態なのではなかろうか。

アイザックとシークヴァルトの青ざめた額に滲む汗を見た凪は、くりっとソレイユを振り返って首を傾げた。

「ごめん。兄さんが、キレた」

えへ、と笑う。

「だろうね⁉　ていうかむしろ、なんでキレないと思ったかなあ⁉」

ちょっと、うっかりしただけである。悪気はない。

第四章　素敵な魔人の物語

とりあえず、先にアイザックとシークヴァルトに事情が伝わっていたことは、不幸中の幸いだったのだということにしておこう。ふたりには、面倒をかけて申し訳ない。

それからライニールが落ち着きを取り戻すまで、少し時間が必要だった。最終的には、凪が彼の両手を握って『鎮まりたまえ、鎮まりたまえー』と念じることで、暴走寸前の魔力がどうにか元に戻ったのである。タ◯リ神か。

それでもなお、瞳孔をかっ開いたライニールが、「ふ……ふふ……。あの女と魔導士は、おれがこの手で念入りに地獄へ落としてやる。いや、簡単に殺してやるわけにはいかないな。やつらには、この世に生まれてきたことを、全力で後悔させてやろうじゃないか」とぶつぶつ言っているのが、ちょっと怖い。

どうやら彼は、凪が実の妹であったという事実に驚きすぎていたせいで、森で彼女を発見したときの惨状については、きれいに頭からすっぽ抜けていたようだ。ユリアーネ・フロックハートたちへの恨み節が、徐々に自己嫌悪にまみれた言葉になっていく。

「本当におれは、今まで何を薄ぼんやりとしていたんだろうな。もっと早くナギを見つけていれば……」

「兄さん……。兄さんのほうが、少し休んだほうがいいんじゃないですか？」

凪の気遣いに、悩んでもしょうがないことで悩んでいたライニールが、真顔で振り返る。

「ソレイユにだけ、ナギが敬語をやめているのはズルいと思う」

「言葉のキャッチボールは、ちゃんとしましょう？」

そこで、暴走しかけのライニールをどうにか押さえこみ、疲労困憊の様子だったシークヴァルトが、こちらを見た。彼はひとつうなずくと、すちゃっと片手を挙げて言う。

「それは、オレもズルいと思ってる」

「シークヴァルトさんまで⁉」

凪は基本的に、年長の相手には敬語を使う派なのだ。

しかし、いい年をしたふたりがまったく大人げなく「ズルい、ズルい」と繰り返すものだから、結局凪のほうが折れる形になった。

(別に、いいんだけどさ。敬語、いちいち考えるの面倒くさいし。……大人って、なんだっけ)

この国の成人年齢は十八歳であるようだが、肉体年齢が成人したからといって、精神年齢まで成熟するとは限らないらしい。ソレイユが冷め切った目をして「あたしはやっぱり、団長の筋肉以外は認められそうにない」と呟いていたが、ちょっと意味がわからなかった。大人げのなさと筋肉のなさは、あまり比例しないはずである。

オスワルドが、ひとつ咳払いをしてから口を開く。

「仲がいいのは、結構なことだ。……そうか、ナギ嬢は治癒魔術の適性があるんだね。少し驚いてしまったよ」

それから、魔導学園への入学について、大人たちでいろいろと話し合いをするということで、ひとまず凪はソレイユとともに退室することになった。

ここレディントン・コートは、魔導騎士団の本拠地であるだけあって、広大な敷地ごと王宮並の防御システムによって守られているらしい。三重の防御シールドが常に展開しており、許可のない者は中の様子を窺うことさえ叶わないそうだ。

ひとまず、凪は誘拐事件の被害者兼、魔力持ちの子どもを対象とした人身売買事件の重要参考人兼、魔導騎士団副団長の妹として保護されることになった。とはいえ、事情を知らない騎士団の面々には、いまだその旨は通達されていない。いずれ団長であるアイザックから団全体に通達されるそうだが、その前に顔を合わせた団員には、別段隠す必要もないと言われている。

「ナギちゃん、ナギちゃん！　あたしの同期に、先にナギちゃんを紹介していい⁉」

それまで居た部屋――アイザックの執務室から出るなり、やたらとテンション高くソレイユが言う。

凪は、首を傾げた。

「同期って……背の高い、ソレイユと同じ制服を着ていた男の子のこと？」

「そう、そいつ。あ、めっちゃ目つきが悪くて無愛想だけど、悪いヤツじゃないから！」

ぐっと親指を立てた彼女がそうしたいと言うなら、凪には特段拒否する理由もない。うなずくと、ソレイユは嬉しそうに笑って歩き出した。

「セイアッド・ジェンクスっていうんだけど、昔からすっごく手先が器用でねー。あいつが趣味で編んだレースとか刺繍とか、本当に売り物になるレベルでキレイだから、そのうち見せてもらうといいよ！」

「……へえー。それは、楽しみだねえ」

あの笑いの沸点がやたらと高そうな、表情筋がちょいちょい仕事をさぼりがちに見えた少年の特技が、レース編みと刺繍仕事。やはりこの国の魔導騎士団では、ギャップ萌えが蔓延しているようだ。素晴らしい。

「あと、すっごく可愛いモノ好きでファッションセンスもいいから、これからナギちゃんがおしゃれ関係で何か困ることがあったら、セイアッドに相談しておけば間違いないよ。あたしも、しょっちゅうお世話になってる！」

「……そうなんだー」

セイアッド少年は、まさかのおしゃれ番長でもあるという。

凪は、彼との初対面のときに『何このフケツなイキモノ』という冷たい目で見られたことを思い出し、とりあえず曖昧な笑みで返しておいた。たとえ今はこの世界の聖女であろうと、極力周囲と波風を立てたくないニッポンジンの心は、彼女の中から決して失われることはないのである。

（まあ……可愛いモノ好きできれい好きな子なら、そりゃあのときのわたしは全力で『コッチクンナ』案件だよね。不可抗力だし、今はしっかりお風呂に入れてもらってきれいになったから、勘弁してもらえるといいなあ）

そうしてやってきたのは、凪が通っていた中学校の体育館よりも更に大きな、真新しい印象の屋内訓練施設だった。アイザックから呼び出しが来るまで、ソレイユはセイアッドとともにここで鍛錬をしていたらしい。

堅牢な石造りの要塞じみた建造物が、いかにも貴族のお屋敷然とした建物の裏手にあるというのは、なかなかシュールな眺めである。しかも、その巨大な屋内訓練施設は、全部で四棟もあった。これだけの施設群を個人で所有しているというアイザックのお財布事情が、ちょっぴり気になってしまう。

それらの威容に圧倒されていた凪だったが、ソレイユは軽やかな足取りでその中のひとつに向かい、入り口の扉横に嵌められた四角い石版に手のひらを当てた。直後、一瞬石版が光ったかと思うと、音もなく分厚い扉が消えてしまう。

（ひょっ⁉）

扉が左右に開くでもなく、上下に引っ込むでもなく、本当に消えたようにしか見えなくて、凪はその場で固まってしまった。そんな彼女に、振り返ったソレイユが笑って言う。

「ここの訓練関係の建物は、基本的に魔力認証方式になってるんだ。入るのには今みたいに許可された人間の魔力認証が必要だけど、出るのは普通に扉を押せば出られるよ」

「すごいねえ、びっくりした。えっと……ここって、わたしも入っていいの？」

アイザックからは、レディントン・コート内であれば、どこを見て回っても構わないと言われている。けれど、訓練施設というのは、さすがに部外者が安易に足を踏み入れていい場所ではないと思うのだ。

しかし、ソレイユはあっさりとうなずいた。

「ここは仮想空間魔導陣を設置した、シチュエーション対応型戦闘シミュレーション棟なんだ。どれだけ内部でやらかしまくっても、ギャラリーには影響がないから大丈夫だよ」

「うん。さっぱりわかんない」

真顔で応じると、ソレイユは悪戯っぽい笑みを浮かべる。

「見ればわかるよ。さ、入って入って！　――今はねえ、状況が雨の夕刻、中型種の凶暴化した魔獣が単独出現。クリア条件は、魔獣の殲滅もしくは安全地帯への退避完了、だね。セイアッドは単騎で索敵任務中だから、魔獣の攻撃を回避して安全地帯に入れれば状況終了だよ」

ソレイユに手を引かれ、建物の中に入った途端、視界が暗くなった。建物の中心で、巨大な立方体が淡く輝いている。よく見ると、その中に薄暗い森の映像が浮かび上がっていた。

（うわ、あ……）

もし、完全３Ｄの超高精細映画館があるなら、こんな感じになるのだろうか。

雨が降りしきる森の中を、暗色のマントを頭から被った人影が、信じがたいスピードで疾走している。そして、その人影を背後から猛追しているのは、驚くほど大きな異形の獣。

巨大な蝙蝠《こうもり》の翼と赤く輝く瞳を持つ、漆黒の虎とも黒豹ともつかない筋骨隆々としたその獣は、サーベルタイガーのような牙を持つ口を大きく開いた。そこから、バチバチと音を立てながら炎の塊が連続して飛び出してくる。

（……映画？　じゃ、ないよね？）

マントの人影は、次々に叩きつけられる炎の塊を素早く避けながら、背後の獣に向けて体を捻るなり左の手のひらを向けた。躍動していた獣の動きが、不自然に止まる。一体何が、と思えば、獣の後足が氷の塊によって地面に固定されていた。

「セイアッドは、水と炎の魔術が得意なんだ。魔獣の足下に大気中の水分を集めて、同時に炎の逆転魔術で急速に温度を下げれば、あんな感じに足止めができるの。――あ、安全地帯に入ったから、これで終わりだよー」

ごく普通の口調でソレイユが言うけれど、生まれてはじめてファンタジーなガチンコバトルを目の当たりにした凪は、驚くばかりで言葉も出ない。ひたすら目の前の映像に見入っていると、突然周囲が明るくなった。同時に巨大な立方体も消失し、何もなくなった空間にはソレイユと揃いの運動服を着た少年がぽつんと立っている。

獣に向けた左手を、軽く握って広げる動作を繰り返していた少年が、こちらに気づいて一瞬動きを止めた。驚いているのかいないのか、表情がまるで動かないので判断できない。

しかし、無表情というのはなんとなく怒っているように見えるものだ。それが、涼やかな美貌の少年とくれば、尚更である。

腰の引けた凪が意味もなく謝りたい気分になっていると、ソレイユがあっさりと少年に向けて声を掛けた。

「お疲れー、セイアッド。聞いて聞いて！　ナギちゃんね、ライニール副団長の実の妹さんだったんだって！　団長が珍しく緊張してる感じだったから、ホント何事かと思ってたけど、まさかのまさかだよねー！」

輝く笑顔で、いきなり凪の素性をぶちまける。さすがに驚いたのか、セイアッドがわずかに目を見開いてこちらを見た。

（おうふ……。クール系美少年にガン見されてるぅ……）

ものすごく、居心地が悪い。

凪がすでに恋する乙女でなければ、ここはもしかしたらキュンキュンときめく場面だったのかもしれない。しかし、彼女の中の対美少年ときめき成分は、すでにシークヴァルトに対して最後の一滴まで完売済みである。よって、ひたすら脂汗が滲むようないたたまれなさを感じていると、セイアッドが小さくうなずいた。

「よかった」

（……んん？）

何がよかった、なのだろうか。想定外の反応に戸惑う凪に、セイアッドが無表情のまま続けて言った。

「ライニール副団長は、ずっとあんたを捜していた。おれは、あの人を尊敬している。ので、今後あの人が気分よく馬車馬のように働くためにも、あんたのことはおれが全力で可愛くしよう」

「…………なんて？」

前半は、よしとしよう。ライニールが生き別れの妹を捜していたことを、同じ魔導騎士団に所属しているセイアッドが知っていても不思議はない。

しかし、後半は何がどうしてそうなった。思い切り首を傾げた凪を見て、ソレイユがセイアッドに文句を言う。

「ちょっとぉー、セイアッドー。ナギちゃんが戸惑っちゃってるでしょー?」

なんだかソレイユが、いきなり学級会の女子のノリになった。しかし、セイアッドはそんな女子の攻撃でタジタジになる男子ではなかったようだ。

「おれは基本的に、男女差別はしない方針で生きている。ただし、女の顔にわざと傷をつけるような男は救いようのないクソだと思っているし、そんなヤツは急所を蹴り潰されても文句を言う権利はない。なのに、嘘泣きの涙を武器にする女は、見ているだけで顔面に蹴りを入れてやりたくなるから、できればやめてもらいたいところだ」

「お、おう……?」

ソレイユのほうが、引き気味になった。女性の顔を傷つけることはタブーだと思っていても、泣き落とし系女子の顔は蹴れるらしいセイアッドは、淡々と続ける。

「ただ、そういったおれ個人の感覚とは別に、単なる厳然たる事実として、可愛い女子が可愛い格好をしていると、それだけでテンションが上がるのが若い男というものだ。それについては、もう男という存在自体がそういうものなので、仕方がないと思ってくれ」

「なんだかグダグダ語ってるけど、要はあんたが可愛いモノ好きってだけだよね?」

半目になったソレイユが、真顔でツッコむ。セイアッドは、あっさりとうなずいた。

「そうとも言う」

「素直かよ」

同期というだけあって、このふたりは随分仲がよさそうだ。凪がぽんぽんとリズムのいいふたりの会話に感心していると、セイアッドが静かな眼差しで彼女を見る。

「おれは、ライニール副団長の過去については、元々マクファーレン公爵家の人間だったということしか知らない。だが、あんたがあの人の妹だというのなら、今後あの家絡みでものすごく面倒なことになることくらいは、想像がつく」

「わあ。物知りで話が早い」

凪は驚いた。マクファーレン公爵家というのは、もしや彼女が思っているよりも有名なおうちだったりするのだろうか。

（今の王妃さまの実家だから？　それでも、これくらいの年の男の子が普通に知ってるって、なんかすごいな。……今のニッポンの皇后さまのご実家って、何さまだっけ）

残念ながら、凪は自分の生まれた国の象徴たるご一族について、まったく詳しくなかった。何しろ、学校のテストには出ないので。現在の政治家の名前だって、首相くらいは辛うじて覚えているけれど、それ以外は地元のポスターで見る名前が、なんとなく頭の片隅に引っかかっているだけだ。

セイアッドの物知り具合に感心しつつ、凪はひとまず彼に挨拶をすることにした。

「えっと……。今更ですけど、ついさっきライニールさんの養子になった、あの人の妹のナギ・シエリンガムです」

「セイアッド・ジェンクスだ。あんたはおれと同い年だと聞いている。セイアッド、と呼んでくれて構わない。敬語も不要だ」

セイアッドも、十五歳だということか。

「わかった。わたしのことも、ナギでいいよ。それにしても、ソレイユもセイアッドも十五歳で魔導騎士団の見習いって、なんかすごいね。魔力持ちの子どもは、十五歳になったら魔導学園に入学するって聞いたけど、例外もあるんだ？」

ああ、とセイアッドがあっさりうなずく。

「おれとソレイユは、どうも魔力適性が高すぎたらしくてな。子どもの頃は魔力のコントロールがまるで利かなくて、癇癪を起こして魔力を暴走させては、周囲を破壊しまくっていたんだ。結局、ふたりとも生まれた家では育てるのが難しいということで、先代のリヴィングストン伯爵がおれたちを引き取って育ててくれた」

そうそう、とソレイユが笑って続ける。

「だからあたしたち、アイザック兄さま――じゃない、団長とは義きょうだいみたいなものなんだよね。で、十二歳から特例で騎士養成学校の魔導騎士科に入学したんだけど、ホラ、地脈の乱れが発生しちゃったじゃない？　そしたら、魔導騎士科の学生は、所定の単位数さえクリアしていれば、卒業資格を取得した上で、魔導騎士団に見習いとして配属してもらえるって話になってさー。もう、即行で願書を提出したよね！」

「何事もなく卒業していれば、どこの騎士団に配属されるかわかったものじゃなかったからな。そういう意味では、間違いなく敬愛できる団長のいる団を選べたおれたちは、運がよかった」

このふたり、やけに息がぴったりだと思えば、まさか同じ家できょうだいのように育った間柄だったとは。アイザック兄さま、と言いかけた様子からして、彼ともきょうだい同然の親しい関係なのだろう。

（十五歳のソレイユが、なんで魔導騎士団団長のアイザックさんに憧れるっていう話になるのか、ちょっと不思議に思ってたんだよね。なるほど、なるほど。……ふたりとも、苦労してきたんだなあ）

どうやらここにいる十五歳組は、揃って家族との縁が薄いらしい。

ついしんみりとしていると、セイアッドが小さくため息をついた。そして、何やらいやそうな顔をして言う。

「おれの生家の長兄は、実力はまあそれなりにあるんだろうが、どうにも気合いの熱量が高過ぎてうっとうしいんだ。正直なところ、よくあれで騎士団長を務めていると思う」

「……ん？　セイアッドの血の繋がったお兄さんも、どこかの騎士団長なの？」

首を傾げた凪に、ソレイユが笑って答える。

「そうだよー！　東の砦を守ってる、第三騎士団の団長さん。ちなみに、南西の砦を守ってる第八騎士団の団長は、あたしのお父さん！　あたしたちが生まれた頃は、ちょうどあちこちの国境が騒がしい時期だったみたいでねー。ジェンクス侯爵家もうちのバレル伯爵家も、乳幼児の魔力暴走を抑えこめる人間が、揃って出払ってたんだって。お父さんなんて、あたしの顔を見るたび『自分で育てたかったー！』って号泣しちゃうんだよ」

「へえ。だからおまえは昔から、第八への入団だけは断固拒否していたのか」

ソレイユが、途端に真顔になった。

「当たり前じゃん。あの人、絶対あたしを甘やかすに決まってるもん」

「娘からの信用がなさ過ぎで笑えるな、あのおっさん」

「そういうことは、ちょっとでも笑いながら言うべきだと思う」

前言撤回。

この中で家族との縁が薄いのは、凪だけだったようだ。

そして、セイアッドの実家もソレイユの実家もシャクシャクしているということは、ふたりとも貴族のお坊ちゃまお嬢さまだったということか。ふたりとも口調がそれっぽくないから、少し意外だ。

(ふーん。それじゃあこのふたりにとっては、自分の生まれたおうちと、アイザックさんのおうちが、両方自分のうちみたいなものなのかー。……いや、わたしにはライニールさんという、ゴージャス過ぎる立派なお兄さんがいるし。別に、このふたりが羨ましいとか思ってないし。……ただちょびっとだけ、お父さんとお母さんとお兄ちゃんにもう会えないのが、寂しいだけだもん)

ふと胸を掠めたやるせなさは、曖昧なニッポンジンのほほえみでごまかしつつ、凪は気になっていたことをふたりに問うた。

「でも、魔導騎士団ってすごく危険なお仕事をするところなんでしょう? いくらアイザックさんが団長だからって、そういうのが怖いとかイヤだとかはなかったの?」

どれほど生まれ持った素質が高かろうと、何かを怖いと思う気持ちは誰だって変わらないはずだ。凪だって、いくら自力で治せる自信があるといっても、怪我をするのも傷つけられるのも、怖いしイヤだ。

しかし、一瞬顔を見合わせたふたりは、まるで当然のことのように言う。

「魔力適性ってさ、あんまり高すぎると、周りから怖がられるのが普通なんだよね。けど、魔導騎士団のメンツって、みんなそういう『怖がられる側』の連中ばっかりなんだ」

「正直、『普通の連中』の集団にまざっているより、ここにいたほうが気楽に過ごせる」

凪は、目を瞠った。

「周りの人たちから怖がられるよりは、仕事で怖い思いをするほうがマシってこと？」

「いやー、ぶっちゃけあたしたちって見習いだし。十八才になるまでは、実戦投入されることもまずないしねえ。魔導騎士団だからって、特に怖いとかもないんだなーこれが」

ぽりぽりと頬を掻きながら、ソレイユが苦笑する。

「もちろん、大好きな団長の力になりたい、っていうのはあったけどね。あたしはただ、ちゃんと大人になれるまでは、少しでも自分らしくいられる場所にいたかっただけだよ」

「おれは、自分の力を一番活かせるのは、ここだと思った。それに、この国の最大戦力として魔導騎士団が結成された以上、聖女が出現すればその護衛はここの仕事になるからな」

（ひょっ）

聖女、という単語が突然出てきて、凪は危うくおかしな声を出しそうになった。

「聖女の実物を見られる機会など、普通の騎士団にいてもあるかどうかわからない。見習い身分でも、魔導騎士団にいればその可能性は上がると思った」

「えー。あんた、そんなに聖女さまを見てみたかったの？」

ソレイユの意外そうな問いかけに、セイアッドが淡々と応じる。

「数十年に一度しか出てこない珍しいイキモノは、できればナマで見てみたいと思わないか？」

「まさかの珍獣扱い」

真顔になったソレイユのツッコミに、凪は思わず笑ってしまった。

「それじゃあ、ユリアーネ・フロックハートがニセモノ聖女で、セイアッドは残念だった感じ？」

「多少は。ただあの女は、自分の家から連れてきた魔導士以外の戦闘要員は、野蛮だなんだと言って、ほとんど自分に近づけさせなかった。護衛の任に就いていた第一部隊のメンバーすら、ベールを被った姿を遠目に見るのがせいぜいだったと言っていた。やはり魔導騎士団に入ったからといって、必ずしも聖女を間近で見られるわけじゃないらしい」

第一部隊、というと、凪が森で拾われたときに、アイザックとともにいた人々のことだろうか。だとしたら、シークヴァルトとライニール以外の面々とも、そのうちご挨拶することもあるのだろう。何しろ凪は、本物の聖女なのだから。

（つーか、魔導騎士団の人たちを野蛮だとか、何サマだよユリアーネ・フロックハート。みなさん、あまりの眩さにうっかり目が潰れそうなほどのイケメン揃いぞ？　……あ、もしかして、知らない人たちにずっと近くにいられると、ニセモノなのがバレそうでイヤだったのかな）

その辺の事情はわからないが、凪にとって大切なのはそこではない。

「ニセモノ聖女って、捕まったあとはどうなるのかな？　わたし、あの人たちにはめちゃくちゃ恨みがあるからさ。何しろ、ガッツリ殺されかけてるし。できれば、ふたりとも全力でぶん殴ってやりたいんだよね」

慰謝料云々については、ひとまず置いておくことにする。それに関して、詳しい話を聞くとすれば、凪の保護者であるライニールだ。

両手の拳を固め、むん、と気合いを入れる凪に、騎士養成学校でいろいろと学んでいるらしい少年少女が、揃って難しい顔になる。

「聖女を騙ったっていうのは、国を相手にした前代未聞の詐欺事件だからねえ。普通に考えるなら、めちゃくちゃ気合いの入った裁判が開かれるはずだけど……」

「国中どころか、大陸中の注目が集まる事件だからな。王宮側も、中途半端なことはしないだろう。おそらく、ニセモノ聖女とその仲間たちは、これから厳重な監視下に置かれた上で、裁判を待つ身になる」

セイアッドが淡々と凪に言う。

「この国の司法は、私刑も個人の報復も認めていない。いくらあんたがあいつらに殺されかけた被害者でも、直接ぶん殴って復讐をするのは不可能だ」

「何それ理不尽！」

それでは、リオの殺され損ではないか。

（やだやだ、絶対ぶん殴る！　リオの仇は絶対許さん！）

憤る凪に、ソレイユがなだめるように口を開く。

「ナギちゃんが殴らなくても、連中のやったことはもれなく絶対に死罪になる案件だから。人を殴るのって、慣れてないと逆に怪我したりするし、ね？」

「少しくらい怪我したって、気にしないもん！　わたしは殺されかけたんだから、殴り返すくらいしたっていいと思う！　それで、ライニールさんに家畜の血をおねだりして、連中の頭からぶちまけてやらなきゃ気が済まないぃいぃいーっっ‼」

全力で被害者の主張をする凪に、セイアッドがわずかに顔を強張らせた。

「あんたからのはじめてのおねだりが、家畜の血液というのは……。副団長が可哀相だから、やめてやってくれ」

「……だったら、がんばって働いてお金貯めてから、ライニールさんに家畜の食肉処理場に連れていってもらって、自分で買う」

ソレイユが、引きつった声で言う。

「ナギちゃんとのお出かけ先が、家畜の食肉処理場っていうのも、さすがにちょっと……」

「もぉおおお！　ダメダメばっかりじゃん！　わたしはただ、自分を殴ったり殺そうとした連中を、自分の手でぶん殴り返してやりたいだけなのにーっっ‼」

癇癪を起こしてその場にしゃがみこみ、凪は握った拳で床を叩いた。手が痛い。その痛みで、少し頭の芯がクリアになる。

ふふふ、と凪は不気味に笑った。

「……そうか。だったら、合法的に連中をぶちのめせる立場になればいい、というわけだね？　つまりわたしはこれから一生懸命勉強して、死刑執行官を目指せばいいと――」

「なんでそうなる」

「殺意が重すぎるよ！」

だって、殺されたのは凪じゃない。自分のことじゃないから、簡単に諦められない。

けれど、少なくとも今の状況では、ユリアーネ・フロックハートとその仲間の魔導士まで、この手が届かないことは理解した。

（あの連中が捕まったのなら、すぐにでもリオの仇を討てるのかと思ってたのに）

ここは、夢の世界じゃない。ただの現実。そう何もかも上手くいくわけがない。

だったら、どうする。

（……やっぱり、学校かな）

今の凪に一番必要なのは、この世界で生きていくために必要な知識と常識だ。自分にできることとできないことを見極めるためにも、その基準となるものをきちんと身につけなくてはならない。

知識は、力だ。まずは、その力を手に入れる。幸い、そのために必要な環境は、たった今この国の親切な王太子殿下が用意してくれているところだ。

（よし。このお礼は、のちのち聖女業でしっかりお支払いしますので、ありがたくお勉強させていただきます。オスワルド殿下）

いじいじとしゃがみこみながら、そんなことを考えていた凪に、セイアッドが声を掛けてくる。

「ユリアーネ・フロックハートとその仲間たちは、あんたが手を下さなくても勝手に死ぬ。それでは、だめなのか？」

「セイアッドって、なんにも悪いことをしていないのに心臓を剣でぶっ刺されて、そのまま森にポイ捨てされても、犯人の後始末を黙って他人に任せられるわけ？　すごーい、心広ーい」

しばしの沈黙のあと、セイアッドがぼそりと言う。

「あんた……なんで生きてるんだ？」

「そこかよ！　いや、気持ちはわかるけど！」

くわっと顔を上げると、中途半端に両手を上げたソレイユが、困り切った顔で口を開いた。

「いや……うん。ナギちゃんの、犯人をぶん殴りたい気持ちは、ちょっとわかるよ。あたしだって、そんな目に遭ったら――まあ、あたしは治癒魔術の適性がないから、心臓を刺されたら普通に即死するけどさ。……そうだね。もしそんなことになったなら、相手を生きたまま腐り殺せる素敵な魔人に、あたしはなりたい」

途中で真顔になった同僚の宣言に、セイアッドの顔色が若干悪くなる。

「おい、ナギ。ソレイユまで怖いことを言い出したぞ」

「え？　ここの人たちって、恨みを残して死んだら魔人になるの？　魔人って何？」

凪の疑問に、セイアッドは真面目に答えてくれた。

「いたずらをした子どもに言い聞かせる、おとぎ話に出てくる化け物のひとつだ。その昔、とても強い力を持った魔導士が仲間に裏切られ、非業の最期を遂げた。その際、あまりに強い恨みを抱えていたせいで死にきれず、徐々に腐っていく体のまま、今も己を裏切った者たちへの復讐を狙っているという。それが、魔人だ。ソレイユが言っているのは、その体に触れた者は、同じく生きたまま体が腐っていくとされているやつだな」

なるほど、ゾンビか。

納得した凪はうなずき、ソレイユに満面の笑顔を向ける。

「ソレイユ。魔人になっても、仲よくしようね！」

「うむ。しかし、炎を統べる魔人や、落雷を統べる魔人も捨てがたい」

どうやら魔人というのは、感染ゾンビタイプだけではないらしい。ちょっと、わくわくする。

「ほかの魔人も、体が腐ってるの？」

「基本はねー。魔人は死人返りみたいなものだから。ただ、魔人になるのってすごい魔力の持ち主ばっかりだから、普段は幻覚魔術で生前の姿をしてるんだって。それで、レッツ復讐！ってときだけ、相手にドロドロになった本当の姿を見せるんだよ」

おお、と凪は両手を打ち合わせた。

「それは、カッコいいね！　復讐は決して諦めない強い心を保ちつつ、無関係な人たちに迷惑をかけない心意気が素晴らしい！」

「だよね！　目指せ、イケてる魔人の心意気！　と言うわけで、ナギちゃんが今すぐユリアーネ・フロックハートたちを殴りに行こうとすると、ライニール副団長を筆頭に、ものすごーく胃を痛めそうな人たちがたくさんいるから、何か上手い方法を考えつくまでは先送りにしておこうねー」

打ち合わせた両手を、ソレイユの両手にがっしと掴まれる。凪は、思わず半目になった。

「……ソレイユって、演技が上手だって言われない？」

「ない。むしろ、かなり下手なほう。とりあえずあたしは今、団長たちから全力で褒められてもいい仕事をしたと自負している」

真顔で言う彼女の頭を、セイアッドがぽんぽんと撫でる。

「安心しろ、ソレイユ。おまえが魔人になったら、おれがちゃんと首を刎ねてやる」

「人を勝手に腐らせるな！」

ソレイユが、べしっとセイアッドの手を払いのけた。猫パンチか。

非常に不本意ながら、ユリアーネ・フロックハートたちをぶん殴ろう計画は、ひとまず暗礁に乗り上げる形になったようだ。凪は、ぐぬぬ、と唸った。

（ええい、畜生め。こうなったら、本懐を遂げるそのときまで、この恨みをじっくりねっとりコッテリ熟成してやる。わたしはお母さんから、ご恩は倍返し、恨みは三倍返しが基本だと教わっているんじゃい。わたしから逃げられると思うなよ、ユリアーネ・フロックハート！）

元々凪は、大切にとっておいたお菓子を兄に食べられた恨みを、いつまでもねちっこく覚えているタイプなのだ。リオが――『自分』が殺される瞬間のことを思い出し、胃の中身をすべて戻すレベルで追体験している以上、その恨みは市販のお菓子の比ではない。何しろあのときケロケロしてしまったのは、ここの騎士さまたちが凪のために、手ずから作ってくれた思いやりの塊なのだ。

殺されてしまったリオの恨み、無駄にしてしまった料理の恨み。そして、今までの幸福をすべて奪われた凪自身の恨み。これだけ揃って、忘れられるわけがないではないか。

とはいえ、現状凪にできることはない。慰謝料だなんだと喚いたところで、どんな手続きをすればいいのかもわからないのである。しょせんは、浅はかな子どもの思いつきだ。

（……勉強、しないと）

しみじみとため息をついた凪は、ふとこれからのことを考える。

「ねえ、ソレイユ。わたしはこれから魔導学園に入学するんだけど、わたしの護衛補佐ってことは、ソレイユも一緒に入学するのかな？」

ソレイユが、ああ、と目を見開く。

「そう言えば、そんなことを言ってたね？　うん、たぶんそうなるんじゃないかな。……うわー、あたしが魔導学園に通う日が来るとは！」

何やら楽しげな様子の彼女に、セイアッドが問う。

「どういうことだ？　おまえが、ナギの護衛補佐？」

「あ、言ってなかったっけ？　うん、さっきそういうことになったんだー。ホラ、あんたも言ってたけど、これからマクファーレン公爵家絡みでいろいろ面倒ごとが起こりそうだからさ。ナギちゃんに何かあったら、ライニール副団長が普通に病みそうだし。ちなみに、シークヴァルトさんが護衛のメインで、あたしが補佐ね」

先ほどの数分で、すでにライニールが重度のシスコンを患っていることを、ソレイユは見抜いてしまったらしい。なんだか、申し訳ない気分になるのはなぜだろう。

凪は、ぽりぽりと頬を掻く。

「わたしに何かあっても、それこそ死ななきゃ自分の治癒魔術ですぐ治せるんだけどねえ。むしろ、シークヴァルトさんとソレイユが怪我なんてしたら、わたし普通にキレるから。その辺ホント、安全第一でお願いします」

「〜〜っだーかーらー！　あたし、魔導騎士団見習い！　ナギちゃん一般人！　ナギちゃんの護衛担当になった以上、あたしにとってはナギちゃんの安全が最優先！　これは絶対、譲れません！」

ええー、と凪は眉根を寄せる。

「剣で心臓を刺されても、即セルフで復活するようなヤバい人間は、あんまり一般的とは言い難いと思う」

「い……一般的じゃなくても、カテゴリー的に一般人なの！　保護対象！」

そこで、ひとつため息を吐いたセイアッドが口を挟んできた。

「ナギ。あんたは少し、守られることに慣れたほうがいい」

「？　どういうこと？」

首を傾げる凪に、セイアッドは続けて言う。

「あんたは、ライニール副団長の実の妹なんだろう。マクファーレン公爵家が、なんの落ち度もないあの人を、言い掛かりに近い理由で追い出したことは、貴族階級の人間なら誰でも知ってる。あんたの存在についても、いずれ公表されれば相当の騒ぎになるはずだ」

「え？　セイアッドって、わたしがマクファーレン公爵家から捨てられた経緯、知ってるの？」

随分な物知りさんだと思っていたが、これは想像以上だ。

しかし、セイアッドは首を横に振った。

「それは、知らない。ただ、愉快な話ではないことくらいは想像がつく」

「あ、そうなんだ。じゃあ、一応教えておくね。わたしもライニールさんから聞いた話だけど、わたしがお母さんのお腹の中にいるときに、マクファーレン公爵の愛人さんも妊娠してたんだって。で、公爵がその愛人さんを奥さんにするために、わたしのお母さんに浮気の濡れ衣を着せて、修道院に追い出したらしいよ」

この際だから、ふたりに全部説明してしまえ、と凪は続ける。

「わたしを修道院で産んだお母さんは、そのあとすぐに死んじゃって。去年の秋まではノルダールの孤児院にいたんだけど、あそこって人身売買組織の商品管理施設だったらしいし、状況的にユリアーネ・フロックハートに売られたのかな？　この辺はちょっと記憶が曖昧なんだけど、最後には森でざっくり刺されて殺されかけて。それで、どうにか自力の治癒魔術で復活したあと、運よく魔導騎士団に拾われて、今はライニールさんの妹兼養女になりました、と。……うん、こうやって改めて並べると、本当に意味がわからないねえ」

もっとも、ユリアーネ・フロックハートたちに殺された直後に、リオと凪の魂が入れ替わってしまったというのが、一番意味がわからないのだが。その辺については誰にも言えないことであるし、どうしようもないことなので、スルーしておくことにする。

（……んん？）

なんだか妙に静かだな、と思えば、何やらソレイユとセイアッドが揃って顔を強張らせていた。

「ふたりとも、どうかした？」

「……どちらかと言えば、どうかしているのはマクファーレン公爵家だと思う」

セイアッドの答えに、ソレイユがうなずく。

「……だよね。普通、いくら愛人に子どもができたからって、正妻を追い出したりしないよね。しかも、そこまでして後継者にしたのが、ライニール副団長とは比べものにならないほどのあほたんちんとか。それが一番意味わからんわ」

「あほたんちん」

たしかライニールも、自分たちの腹違いの兄弟を指して『能なし』と言っていた。……そんなに、ひどいのだろうか。

（そう言えば、同い年ってことは、その兄弟くんも今年魔導学園に入学するのかな？　まあ、親がどんなにアレで、本人が多少あほたんちんでも、わたしが直接その子に迷惑を掛けられたわけじゃないしねえ）

『腹違いの兄』の顔くらいは、一度見てみたい気はするけれど、それだけだ。深く関わると面倒そうな相手であるし、あまり近づかない方向で行くことにしよう。

そんなことを考えていると、セイアッドがずれた話を戻そうと改めて口を開く。

「まあ……うん。そういうことなら、尚更だ。マクファーレン公爵家があんたの存在を知った場合、最悪暗殺の可能性もある。そもそも、護衛する側の人間にとって、護衛対象を損なうというのは、断じて許しがたい事態だ。屈辱と言ってもいい。あんたは、護衛を付けられることを受け入れた時点で、何があっても無事でいる義務がある」

そうそうそうそう、とソレイユが全力で首を縦に振る。

「ついでに言うなら、ライニール副団長の養子になった以上、ナギちゃんを守るのは保護者である副団長の義務だから。ナギちゃんは、そんな副団長の胃を守るためにも、ちゃんとあたしたちに守られててね、ってことだよ！」

「いや、わたしだって別に好き好んで怪我をしたいわけじゃなくてね？　ただ単に、わたしのせいでシークヴァルトさんやソレイユが怪我をするのはイヤだよ、って言ってるだけなんだけど……」

どうにも、会話が噛みあわない。

最終的に、大きく息を吐いたセイアッドが、眉間に皺を寄せてびしりと言った。

「じゃあ、あんたにもわかりやすいように言ってやる。――なんの訓練も受けていない素人は、黙ってプロに守られていろ。下手に動くな。邪魔だ」

「……ハイ」

第五章　隣国の元皇子さまは、生きる理由を見つけたようです

凪たち十五歳組が、屋内訓練場でわちゃわちゃと交流していた頃。

アイザックの執務室では、この国に生まれた聖女の育て方について、真剣な議論が交わされていた。

「――ひとまず、王宮側の動きはすべて凍結させた。幸い、神殿側にはまだ連絡をしていなかったからね。しばらくは、あちらからの横やりが入ることはないよ」

オスワルドがゆったりとした口調でいい、腰掛けたソファーで足組みをする。

「それにしても、当代の我が国の聖女さまが、まさか治癒魔術の適性まで持っているとはねえ。聖女として生まれた者は、幼い頃は一般魔術を使えても徐々にそれが難しくなって、十五歳になる頃にはまるで使えなくなる、というのが通説なんだけど……」

幼い頃には高かった魔力適性が、成長するにつれて低下する、というケース自体は、さほど珍しいものではない。特に、聖女が生まれる世代の者には、その傾向が高かった。ユリアーネ・フロックハートも、そのひとりである。

逆に、ナギのように聖女の力を持ちながら、一般魔術の中でも特殊な治癒魔術の適性を維持しているというのは、これまでの記録上もなかったことだ。

アイザックが、ちらりとオスワルドを見た。

「ナギ嬢が聖女であることを、まだお疑いなのですか?」

「いや?　きみたちを疑うくらいなら、僕は王太子の位を返上するよ」

さらりとそんなことを言い、オスワルドはうっすらとほほえんだ。

「ただ、実にありがたいと思ってる。治癒魔術を使えるのなら、彼女が聖女であることを伏せておくのが、とても楽になるからね」

通常、聖女が使えるのは、聖女固有の魔術のみ。

その認識が世間に浸透している以上、治癒魔術に高い適性を持つ彼女を見て、聖女だと想像する者はいないだろう。

「ナギ嬢を確実に守れる環境を整えられるまでは、この国で最も安全な魔導学園にいてもらうとして――兄上。一応、聞いておくけれど、マクファーレン公爵家を継ぐ気はないんだよね？」

「殿下。私が騎士養成学校を首席で卒業したのも、領地のインフラ整備に尽力して領民の生活水準を向上させたのも、当代の公爵を早期に引退させ、自分がその座に就くための陰謀の一環なのだそうですよ。どうやらあの家が求めているのは、親の言うことには何ひとつ逆らわない、木偶人形の如き後継者であるようですね。よって私は、謹んで遠慮させていただきます」

さらりと応じたライニールが、口元だけで小さく笑う。

「私の家族は、可愛い可愛い妹のナギだけです」

「うん。知ってた。知ってたけど、一応ね。ホラ、何事も確認って大事だからさ？」

はあ、と大きく息を吐き、オスワルドは面倒くさそうな表情を取り繕いもしていないシークヴァルトに視線を向けた。

「シークヴァルト。ナギ嬢がいなくなったからって、あからさまにやる気がなくなるのはどうかと思うよ？」

「はあ。……いや、今ここにオレがいる必要、ありますか？」

シークヴァルトは過酷な任務が多い魔導騎士団の中でも、群を抜いて多くの実戦経験を積んでいる。だがその反面、このルジェンダ王国の貴族社会で繰り広げられている政争には、ほとんど関わる機会がなかった。

「オレはこの国の貴族でもなければ、なんの後ろ盾もないただの騎士です。ナギのことは、これから何があろうと必ず守りますが、お膳立てをするのはその権限を持つあなた方でしょう」

「おまえねえ。いくら皇位継承権を放棄してうちに亡命してきたからって、おまえがレングラー帝国皇帝の実弟だという事実はなくならないんだよ」

呆れ返った口調で言うオスワルドに、シークヴァルトは心底いやな顔をしてみせる。

「オレはもう、あの国には――」

「今のレングラー皇帝は、とても傲慢で臆病な人間だ。おまえが生きている限り、彼が心から安心することはないだろうね」

当たり前のことを告げる口調でさらりと言われ、シークヴァルトは眉根を寄せた。

今更教えられるまでもない。そんなことは、この世界の誰よりも自分がよく知っている。たったひとりの同腹の兄を、その行動を、幼い頃からずっとそばで見てきたのだ。

そして、だからこそシークヴァルトは祖国を捨てた。

自国の栄光と、それを統べる己こそを、唯一至高のものと考える兄。

その兄が、皇族としても異常なほど高い魔力適性を持って生まれた弟を、危険因子と見なして排除することを決めたから。

それが、八年前のこと。シークヴァルトは、まだ十二歳だった。

なんの野心も持たない子どもを、過剰に恐れる兄に感じたのは、失望だったか。それとも、呆れか。少なくとも、肉親に疎まれることに対する悲しみや嘆きではなかったのはたしかだ。そんな情を感じるほど、シークヴァルトは兄と親しく触れ合ったことがない。

「……オスワルド。兄上の放った刺客に襲われ、死にかけていたオレを、ただガキの頃一緒に遊んだって理由だけで拾ってくれたおまえには、感謝している。だが、オレがあの国に関してできることは、何もない。オレの命が欲しいならいつでもくれてやるが、それ以上は求めるな」

「え？　いらないよ、おまえの命なんて。友達ってのは、生きていなきゃ面白くないんだ」

口調を崩したことを咎めもせず、オスワルドが真顔で言う。

「それに、おまえが死んだらナギ嬢が泣くだろう。いい年をした男が、年下の女の子を泣かせるものじゃないよ」

「泣く……？」

ナギ。

この国に生まれた、当代の聖女。

無意識に、己の右腕を持ち上げる。つい先ほどまで、ぐるりとそこに根を張っていた汚染痕は、微熱が続いているような気怠さとともに、きれいに消えてしまった。

――なぜだろう。

彼女が泣く姿を想像しただけで、胸が痛む。

「それは、困るな」

「だろう？　だからおまえは、この国でもっとしっかり自分の身を守るためにも、名前だけでもいいからさっさと貴族籍に入ろうね」

にこにこと笑って言うオスワルドを、シークヴァルトはじろりと睨んだ。

「オレは、これ以上この国に迷惑を掛けるつもりはない」

「それは間違っているよ、シークヴァルト。どちらかと言えば、これほど魔獣の討伐やら何やらで功績を挙げまくっているおまえに、なんの爵位も与えないままでいるほうが困るんだ。おまえほどではなくても、爵位を与えるに相応しい働きをした者に、正しく報いることができなくなってしまうだろう？」

いかにももっともらしいことを言いつつ、オスワルドがわざとらしくため息を吐く。そして、にやりと人の悪い笑みを浮かべた。

「正直に言うとね。この国に来てから、ずっと死に急いでいるようだったおまえの生き方が、とても不快だったよ。でも今のおまえは、悪くない。せいぜい、無様に足掻いて生きるといいよ」

「なんだそれは？」

顔をしかめたシークヴァルトの胸元に、オスワルドが軽く指先を突きつける。

「死ぬ理由ばかりを探していたおまえが、生きる理由を見つけたって顔をしてる。それが僕との友情じゃないのは、少し残念だけれどね。まさかおまえが、出会ったばかりのナギ嬢を守るために、あっさりこの国から出て行こうとするとは思わなかったなあ」

からかうように言われ、シークヴァルトは目を瞠った。

「なんだ、自覚していなかったのかい？　おまえが女の子に甘い顔をしているところなんて、僕ははじめて見たよ。まさか天変地異の前触れじゃないかと、少し怖くなったくらいさ」

「オレは、ただ――」

あの少女を、守る。

彼女が聖女か否かなど、関係ない。

「あいつが、うちの連中が作ったメシに見とれたときに、これからはオレが守ってやろうと決めただけだ」

アイザックに命令されたから、だけではなく。

自分自身で、守ると決めた。

そう言うと、オスワルドがものすごく複雑な表情になる。

「ええ？　えっと……それってもしかして、ナギ嬢が無意識に魔術を使って、おまえを魅了したってこと？」

精神系魔術の中には、対象の己への好意を増幅させる『魅了』というものがある。あの少女が聖女の固有魔術以外も使えるのなら、それを発動させた可能性はゼロではない。

しかし、そのオスワルドの疑問に答えたのは、シークヴァルトではなかった。

「それはありえません、殿下。我が屋敷の内部では、いかなる精神系魔術もすべて無効化されますから」

アイザックの断言に、ライニールが冷え切った声で続ける。

「殿下。うちの可愛い妹に、何をおかしな疑いを掛けてくださっているんです。そもそも、シークヴァルトが『魅了』などというチンケな精神系魔術に影響されるわけがないでしょう。コイツはたったの十二歳で、レングラー皇帝が放ったありとあらゆる暗殺者を蹴散らしながら、単独で国境越えをしてきた化け物ですよ。そんな可愛げがあったなら、とうの昔に殺されているに決まっているではありませんか」

レングラー帝国とルジェンダ王国との国境は、急峻《きゅうしゅん》な峰が連なる山脈の稜線と、対岸が見えないほどの大河で構成されている。いずれにせよ、越えるには相当の装備と準備が必要な難所だ。

当時のシークヴァルトは、ただ死にたくないという一念で、無我夢中で真冬の山脈を越えてきた。けれど、今もう一度同じことをしろと言われたなら、黙ってその相手に対して転移魔術を発動させるだろう。危険な野生の獣がうろつく山脈のど真ん中は、さぞスリリングで楽しめるに違いない。一度行ったことがある場所ならば、どこへでも対象を転移させられる魔術は、大変便利なものだと思う。

しかし、化け物呼ばわりはさすがに傷つくぞ、と思っていると、オスワルドがへにょりと眉を下げた。

「ええー？　じゃあ本当に、ナギ嬢が食事に見とれてたからってだけで？　それでなんで、守ってあげたいって話になるかなあ？」

「あいつはノルダールの孤児院にいた頃、食事には戦場用の固形携帯食か、それに類したものしか出されたことがないと言っていた」

その話は初耳の三人が、揃って固まる。

「あのときうちの連中が作ったメシは、あいつの体調を考慮してそれなりに手の込んだものだったが、決して豪華すぎる内容じゃなかった。それを、生まれてはじめて虹を見た子どもみたいな顔をして、食いもせずにずっと見とれていたんだぞ」

はあ、とシークヴァルトはため息を吐いた。

「こんなにきれいな食べ物を見たのははじめてだから、つい見とれたそうだ。さすがになんというかこう、不憫になってな。あのときはライニールの妹だなんて知らなかったし、オレくらいは無条件にコイツを守ってやりたいと思った」

「そ……そうか……。ナギ嬢、苦労したんだねえ……っ」

オスワルドが涙目になり、そのときのことを思い出したらしいライニールは完全に表情をなくしている。あのときは、まだナギが彼の妹だとわかっていなかったから、自分とは無関係な孤児の言葉として聞き流していたのかもしれない。眉間の皺が、ひどいことになっている。

「……シークヴァルト」

「なんだ？」

低く押し殺した声で、ライニールが問う。

「おまえは、これからもずっと、ナギを自分の意思で守れるか？」

「ああ」

どれほど状況が変わろうと、一度己に誓ったことを違えるつもりはない。

「オスワルドはいらないらしいから、オレの命はナギにやるよ。あいつが聖女だというなら、オレの命と人生くらい懸けて守って、ちょうどだろう」

「その気持ちには礼を言うが、命はいらん。殿下もさっき言っていただろうが。おまえが死んだら、ナギが泣く。おれの妹を守るというなら、断じてあの子を泣かせるな」

そういうものか。

わかった、とシークヴァルトがうなずくと、オスワルドとアイザックのため息が聞こえた。

「シークヴァルトって、他人の前では普通の人間みたいに振る舞えているし、実際そう見えるから気付かれにくいけどさ。ぶっちゃけ、かなりタチの悪い感じに壊れてるよねぇ」

「はい……。まったく、困ったものです」

なんだか、失礼なことを言われている。別に、シークヴァルトは壊れてなどいない。

ただ、家族の誰からも必要とされず、生きる価値などないはずの自分が、いまだにこうして息をしていることが不思議なだけだ。

第六章　魔導学園の入学式

ルジェンダ王国王立魔導学園。

そこには遠方からの入学生のために、かなり立派な学生寮があるのだという。

魔力を持つ子どもたちは、それぞれの国にとって大変貴重な人的資源だ。その教育施設が、王宮に準ずる警備体制を敷いているというのは、言われてみればごもっともなことである。

どこの国でも、魔導学園や騎士養成学校、またそれに類する教育施設は、常に最新鋭の安全管理を徹底しているらしい。だからこそ、王太子であるオスワルドも、凪の魔導学園入学を勧めたのだろう。

しかし、凪の入学が正式に決定したのは、今年度の入学式の十日前。さすがに寮の準備までは間に合わないということだった。

(……だからって、こうなるかなぁ？)

凪とて、教室に少し座席を増やす程度ならともかく、育ち盛りの子どもが居心地よく生活できる場を用意するというのが、とても大変なことだというのはわかる。

しかし、いくら学園の寮に空きがなかったからとはいえ、学園の近くにある屋敷を丸ごとひとつ買い上げて用意するというのは、さすがに予想外だった。王宮側の指示だというが、だだっ広い庭付きの屋敷というのは、そう簡単に買えていいものなのだろうか。

「さあ、ナギ。今日からここが、おれたちの家だよ」

「……兄さん。まずひとつ聞いてもいい？　なんでお出迎えしてくれてる使用人っぽい格好をした人たちが、第二部隊のみなさんなの？」

ライニールとふたりで、新たに住まうことになったこの屋敷の玄関ホールへ転移するなり、即ツッコミを強制してくるのはひどいと思う。

ずらりと整列し、こちらに敬礼をしているのは、この半月あまりでようやく顔と名前が一致するようになった、魔導騎士団第二部隊のメンバーの中の六名だ。

しかし、いつもはやたらとスタイリッシュな制服を着ている面々が、隙のない執事服だのシンプルなベストタイプの従僕服だのを着ているのは――。

(ヤバい、鼻血でそう)

ものすごく、眼福であった。

懸命に萌えを堪える凪に、ライニールは笑って答える。

「そりゃあ、きみが聖女だということを知っているのは、第二部隊のメンバーだけだからね。きみを護衛するのに、その事実を知っているのといないのとでは、気合いの入り方が違うだろう? いずれすべてが公表されたら、第一部隊と第三部隊もローテーションに入れることになるけれど、それまでは第二部隊がきみの専属という形になったんだ」

「あー……なるほど」

凪は、ものすごく納得した。

魔導騎士団の第二部隊は、ユリアーネ・フロックハートを捕縛した際、『本物の聖女は自分たちが殺してやった』と捨て台詞を吐いたことを確認している。また、オスワルドの命令ですぐに箝口令を敷かれたとはいえ、第二部隊の面々は、凪が――『殺された本物の聖女』の条件に合致する少女が、血塗れの状態で保護されたという情報をすでに共有していた。

これはさすがにごまかしきれるものではなく、アイザックの判断により、第二部隊のメンバーたちも『ライニール副団長の妹は、本物の聖女です』という事実を知ることになったのである。もちろん、その上で彼らは箝口令に従っているわけだが、どうにも凪に対する態度が複雑怪奇なものになっていた。

第一部隊と第三部隊のメンバーたちは、ライニールのシスコンぶりに若干引いた様子を見せつつも、すぐにソレイユに倣って『ナギちゃん』と呼び、可愛がってくれるようになっている。凪のほうも、彼らのあまりにも個性あふれるイケメン祭りに、種の多様性について思いを馳せたりしたものだ。

（思わずソレイユに、魔導騎士団って顔で選ばれてるの？　って聞いちゃったもんなー……。魔力適性が高い人間ほど、容姿が美しくなる傾向があるとかね。そりゃあこの国の最大戦力集団が、イコールイケメンパラダイスになるはずだよ……）

以前ソレイユが、魔力適性の高すぎる人間は、そうでない者たちに怖がられると言っていた。だが、もしかしたらそれは彼ら彼女らの美形の圧に、周囲がビビっているだけなのではあるまいか。中身が元々平凡な日本人であった身としては、その気持ちがとてもよくわかってしまう。

――しかし、だ。

『美人は三日で飽きる』という言い伝えは嘘っぱちではあったけれど、どうやら美形の圧にはそれなりに時間薬が効くらしい。とりあえず、朝目を覚まして顔を洗おうと鏡を見るたび、そこに映る自分の姿に「誰この美少女⁉」とビビることはなくなった。

いまだにシークヴァルトと顔を合わせるたび心臓が跳ねまくるのは、ただ単に凪が彼に恋する乙女だからであって、彼の美形っぷりとは関係あるまい。兄のライニールとは、どれほど不用意に顔を合わせても笑顔で挨拶できるようになったし、アイザックは美形である以前にマッチョな紳士なので大丈夫。

第一部隊と第三部隊のメンバーたちも、みなそれぞれ感心するほどのイケメン揃いだが、彼らは『ラィニール副団長の妹』という存在がよほど興味深いらしい。顔を合わせるたびに、彼らはきれいな飴や、ちょっとしたお菓子をくれる。なんというか、ハイパー過ぎる美形度を除けば、近所の気のいいお兄ちゃんたちに囲まれているような気分になるのだ。そのため、彼らに対してさほど緊張することはなくなった。

だが、第二部隊のメンバーたちは、そうはいかない。

当初彼らは凪の姿を見かけるたびに、直立不動になって敬礼しかけてはそのまま柔軟体操をはじめたり、唐突に手を取り合って踊り出したりと、大変イケメンにあるまじき愉快なことになっていた。呼び方についても、ほかの面々のように『ナギちゃん』と呼ぶのはどうしてもできずにいるようだ。

彼らの様子からして、決して嫌われているわけではないと思う。だが、結果的に彼らは仲間たちから『凪の前で突然奇行に走る第二部隊』という、ものすごく不名誉なレッテルを貼られている。非常に、申し訳ない。いつか事実が公表された暁には、『おれたち第二部隊のメンバーは、最初から知っていたんだぜ！』と、全力でドヤ顔をしていただきたいと思う。

しかし、この屋敷にいるのは、みな秘密を共有する者ばかり。彼らが奇行に走る必要はない。

凪は、ぺこりと彼らに頭を下げた。

「今まで、ご迷惑をおかけして申し訳ありませんでした。いつかわたしのことが公表されたら、第一部隊や第三部隊のみなさんとも普通にお話しできるようになると思うので、それまでどうぞよろしくお願いいたします」

返事がない。もしや、今まで愉快な奇行に走りまくる原因となった凪に、実はみなお怒りだったのだろうか。恐る恐る顔を上げようとしたとき、玄関ホールがどよめいた。

「ぅおおぉおおっス!!」

(ひょわぁ!?)

その轟くようなどよめきが、第二部隊のメンバーたちによる大変気合いの入った返答だと気がついたのは、その圧に押されてよろめいたところを、ライニールに受け止められてからである。

「……ナギ。第二部隊はうちの中でも、特に暑苦し……じゃない、元気のいい連中なんだ。使用人の真似事には少々向いていないかもしれないが、料理の腕前は保証する。なんでも好きなものを作ってもらうといい」

「あ、そうなんだ。すごい、嬉しい」

どうやら凪は、彼ら魔導騎士団に護衛されている限り、必ず美味しいごはんをいただけるらしい。なんとありがたいことだろう。

素晴らしい体育会系のノリに一瞬気圧されてしまったけれど、凪にとって美味しいものを作れる人は、基本的にいい人だ。決して少なくない手間暇と時間と労力をかけて、ちゃんとした料理を作り上げられるというのは、素直に尊敬に値する。料理を食べる相手に対する思いやりや気遣いがなければ、とてもできることではない。

彼らに保護されてからこっち、凪は少しずつ自分の置かれている状況を学んできた。

魔導騎士団はあくまでも王宮からの命令で、聖女である凪を護衛してくれているだけなのだ。よって、彼女自身が彼らの働きに感謝するのは当然としても、ありがたいことにそのお給金は王宮持ちなのである。

(みなさん、いつもありがとうございます。そして、そんなみなさんにお給料を払ってくださっている王宮の方々は……まあ、聖女という最強の生物兵器を維持するためですし、自国を守るための必要経費と思ってがんばってください)

凪はまだまだ世間知らずのお子さまなので、実際に目に見える形で自分を守ってくれる魔導騎士団の面々には、心からの感謝を抱いている。しかし、いまだに王太子以外は顔も見たことのない王族たちは、いまいち存在すらも定かではない『なんか国のエライ人』だった。

凪は改めて、目の前の第二部隊のメンバーたちを見る。

第二部隊の隊長は、エルウィン・フレッカーという名で『ザ・イケオジ!』という感じの、ぱっと見た感じはちょい悪な香りのする男性だ。しかし、垂れ目がちなその瞳はいつも穏やかで、とても逞しい体つきをしているのに威圧感を感じさせない。いつも落ち着いた空気をまとっており、非常に頼りがいのある人物なのだろうな、と思う。

彼らひとりひとりの顔を見て、きちんと全員の名前を思い出せることに安心した凪は、改めて彼らに問うた。

「エルウィン隊長。セレス副隊長。テオバルトさん。カールさん。マティアスさん。ルカさん。大変今更ではあるのですけど、やっぱりみなさんは第一部隊と第三部隊のみなさんのように、わたしをただ兄さんの妹として扱うことは難しいですか？」

別に、彼らから親しげに『ナギちゃん』と呼んでもらいたいわけではない。ただ、イケメン成人男性の集団からあまりにもかしこまった対応をされると、なんだかムズムズしてしまうのだ。

少しの間のあと、代表して隊長のエルウィンが口を開く。

「ご命令とあらば、と申し上げたいところではありますが……。我々は、聖女をお守りする者。主であるあなたさまに、そうとわかった上でご無礼を申し上げるわけには参りません」

「……あるじ？」

凪は、きょとんとした。

「みなさんの主は、王さまでしょう？」

「その国王陛下から直々に、我ら魔導騎士団に命じられております。この国の正しき聖女であるあなたさまを主と定め、我らの命ある限りお守りせよ、と」

なんということだろうか。凪は青ざめ、よろめいた。

「お……お給料が……」

「落ち着け、ナギ。おれたちの給料を支払うのは、王宮だ。聖女の扱いは、王族に準じると言っただろう？　すべての騎士は王家に忠誠を誓うものだが、その中で魔導騎士団はおまえの専属として働くことになった、というだけだ」

ライニールの説明に、凪はそう言われればそうだった、と思い出す。

しかし、そうなると――。

「いくら王さまの命令だからって、立派な騎士のみなさんが、王家の人間じゃないわたしなんかを主と呼ばなければならないなんて……。ものすごい貧乏くじを引かせてしまったようで、申し訳ないです」

「いや、違うからな？　ナギ。聖女の護衛騎士になるっていうのは、王族近衛よりも名誉なことだから。貧乏くじの逆だから。……それから、自分なんか、と言うのはやめなさい。おれはきみの兄として、きみを軽んじる者はたとえきみ自身でも許さない」

ライニールに、はじめて叱られてしまった。怖かったけれど、凪を想っての言葉だとわかるから、ちょっと嬉しい。

叱られてしょんぼりすればいいのか、嬉しいことを言われて喜べばいいのか迷っていると、それまで黙っていた第二部隊のメンバーが口を開いた。

艶やかな栗毛に琥珀の瞳、泣きぼくろがチャームポイントの、カール・メイジャーという名の青年だ。二十歳前後の年頃に見える、ほっそりとしなやかな体躯をした彼は、とても騎士とは思えない繊細な印象の持ち主である。

「ねえ、隊長ー。『ナギちゃん』はたぶん、おれたちに全力で聖女扱いされると落ち着かないから、できれば普通に話してくれないかな、って言ってると思うんだよね。――違った？」

最後の凪への問いかけに、驚きながらも全力でうなずく。

「は、はい。そうです！」

「でしょ？　だったらさー、主が気分よく過ごせるようにするのも、おれらの仕事だと思うんだよね。外ではさすがにヤバいけど、この屋敷の中でだけだったら、ナギちゃんのことを普通の女の子扱いしてもいいんじゃないの」

なんというありがたい提案だろうか。

思わず両手を組み合わせ、『お願いします！』の気持ちをこめてエルウィンを見つめる。再びしばしの沈黙のあと、やがて第二部隊の隊長はその大きな手でがしがしと後頭部を掻きながら、ため息をついた。

「あー……。ライニール副団長。ただいまのカール・メイジャーからの提案を、許可していただけますか？」

「構わないよ。おまえたちだって、堅苦しいのは苦手だといつも言っていただろう。ナギ本人が望むのであれば、好きにすればいい」

（よっしゃああーっっ！　年上イケメン集団からの敬語回避！　ぶっちゃけ、黙っていればこの人たちってイケメンホストの集団なんだもん！　圧がヒドい！　圧が！）

ライニールの言葉に、凪が内心快哉を叫んでいると、長く伸ばしたサラサラの赤い髪を後頭部でひとつに括った副隊長のセレス・タイラーが、肩のこりをほぐすように左腕を回す。

「助かったぜ。いや、聖女サマが通常モードをお望みじゃなけりゃあ、いくらでも品行方正バージョンをキープするけどよぉ」

そう言って、彼はふと表情を改めて凪を見た。

「まあ、アンタは普通の聖女じゃないらしいからな。治癒魔術で、ウチの連中の怪我を片っ端から治してくれたらしいじゃねえか。ありがとな」

赤銅色の瞳でまっすぐに彼女を見つめながら、ニカッと大らかに笑うセレスを見て、凪は改めて戦慄する。

そうだ。

親しみをこめたイケメンの笑顔というのは、すさまじい破壊力を持つものだったのだ――と。

あやうく「ヒェ！　なんてイケメン！」と叫びそうになってしまったけれど、凪はどうにか首を横に振った。

「いいえ。その……アイザックさんから聞いているかと思いますけど、わたしがレディントン・コートにいた怪我人のみなさんを治したのは、わたしの治癒魔術の確認のためです。本来ならば、不必要な治癒魔術の行使は、安易にするべきではないと教わりました」

治癒魔術を受けた人間の体は、それこそ凪が自ら経験したように、傷痕ひとつ残さず完治してしまう。まるで、怪我をした事実すらなくなったかのように。

だが、万が一治癒魔術の行使中に術者の魔力が尽きた場合、被術者の怪我は治るどころか非常に中途半端な状態――すなわち、傷のあった場所が再びぱっくり開いて、大量出血してしまうこともあるそうだ。怖すぎる。

その可能性をきちんと説明された上で、初心者にもほどがある凪の治癒魔術の、言うなれば実験台になってくれた騎士のみなさまには、大変申し訳ないことをした。

幸い、彼らの傷はきちんと治すことができたし、本人たちからはそのことを感謝もされたけれど、治癒魔術の扱いに慣れるまでは本当に怖かった。お陰でその日は、ひとりで自室に戻るなり、また胃の中のものを全部吐く羽目になったものである。極度のストレス、よくない。

もっとも、治癒魔術といっても、凪の場合は本当に気合いのようなものなのだが。怪我人の体を見て、『あ、ここを治さねば』というところに手を当て、治れ〜、治れ〜、と念じると、手のひらがほんわり温かくなる。その熱が引けば、不思議に傷が消えている、という感じだ。

また一般的に、治癒魔術というのはかなり魔力を消費するらしいのだが、当時レディントン・コートにいた怪我人を全員治しても、凪が特に疲れることはなかった。

(……あ。ちょっとヤなこと思い出したぞーう)

治癒魔術の効果確認の『前』に受けた検査の結果、凪の魔力保有量は、王立魔導研究所の職員が驚くほどの高い数値だったそうだ。先にその結果を教えてもらえていれば、治癒魔術を使うときあまり怖い思いをせずに済んだだろう。あの件以来、凪は『王立魔導研究所の職員は、気が利かない』と認定している。

(自分の体なら、完全自己責任だし好きにしてもいいんだけどさー。……緊急事態でもないのに、他人様の体に干渉するっていうのは、やっぱりヤダ)

困った凪は、ライニールを見上げた。

「これからしばらくは安全な学園に通うんだし、治癒魔術の出番ってそうそうないよね？」

「ああ。心配することはないよ、ナギ。そもそも学園の敷地内では、教員の許可なく魔術を行使することは禁じられているんだ。それは、治癒魔術も例外じゃない」

何より、と兄が小さく笑う。

「シークヴァルトがついていて、おまえを治癒魔術が必要な状態にするわけがないからね。もし何かの事故に遭遇して、誰かが怪我をしていたとしても、それが今にも死にそうな重傷じゃない限りは放っておきなさい。自分の不注意で負った怪我は、自分の力で治すのが基本だよ」

「はーい」

凪は、聖女であっても聖人君子などではないのだ。見ず知らずの他人のために、頼まれてもいないお節介をするつもりはなかった。

ライニールとのやり取りを見て、何やら複雑そうな表情を浮かべている第二部隊のメンバーたちに、凪は慌てて片手を挙げる。

「あ、みなさんがお仕事中に怪我をしてしまったときには、いつでも言ってくださいね。わたしの魔力保有量は、歴代の聖女さま方の平均よりもかなり多いそうなので、問題ありません。死にかけの成人千二百人を一気に治す程度なら問題ないと、王立魔導研究所の保証付きです！」

魔導騎士団の仕事が凪の護衛であるなら、凪は彼らへの感謝をきちんと形で示すべきだろう。

血塗れスプラッタは、本当にいやだ。R18Gなど、できることなら一生関わることなく生きていきたい。しかし、自分が彼らに護衛される立場だということを受け入れる以上、ここは腹をくくるべき場面である。

（死んだらそれまで！　生きててナンボ！　大丈夫！　怪我した人たちに協力してもらったおかげで、わたしの治癒魔術のスピードはめちゃくちゃアップしてるから！　どんなにグロい怪我だって、触れれば一瞬のはず！　たぶん！）

ぐっと拳を握りしめ、彼女は言った。

「もちろん、怪我をしないことが一番なんですけど！　わたしがいる限り、みなさんが死ぬことはありません。何があろうと、絶対に治してみせます。なので、お願いですから、わたしが近くにいないときに死なないでください。死んでしまったら、治せませんから」

凪の言葉に、第二部隊のメンバーたちが何か動きかけたのを、隊長のエルウィンが軽く右手を上げる仕草で抑えた。そして、その右手を軽く自分の胸に当て、口を開く。

「……その願い、たしかに承りました。我ら一同、何があろうとナギ嬢の目の届かぬ場所で死なぬことを、己が剣にかけてお約束いたします」

よかった、と凪はほっとする。いくら聖女が換えの効かない貴重な生物兵器でも、自分のために人死にが出るのは、心の底から遠慮したいのだ。

「ありがとうございます。ただあの、わたしは絶対にみなさんを死なせませんけど、だからといって無茶をしたりはしないでくださいね。治癒魔術なんて、使わずに済むならそれに越したことはないんですから」

改めてキリッと言うと、第二部隊のメンバーの視線が、副隊長のセレスに集中した。なるほど、一番やらかしそうなのが彼だということか。

「……セレスさん？」

にこりと笑って名を呼ぶと、赤いロン毛の副隊長が慌てて顔の前で手を振った。

「なんだよ、おまえら⁉　オレはなんにもしてねぇぞ⁉」

「え、まさかの自覚なし？　ウッソだろ？」

第二部隊のメンバーで最初に『ナギちゃん』呼びになったカールが、呆れ返った口調で言う。ほかのメンバーたちも「ぶっちゃけ、僕は魔獣討伐のたびに、なんでこの人死なないんだろ、って思ってる」「まあ、バカな子ほど可愛いとは言うもののな。たまに、背後から膝かっくんをしてやりたくなるぞ」「カッコつけられるのは、無事に生きててこそだと思うよ？　副隊長」と容赦なく続けていく。

最後に、隊長のエルウィンが、ぽんとセレスの肩に手をのせた。

「セレス。あまり、ナギ嬢の手を煩わせることのないようにな」

「～～っわかったよ、畜生ーっっ！」

第二部隊のメンバーは、お互いに仲がよさそうで、大変結構なことである。とりあえず凪は、今後セレスが無茶をやらかしたときには、罰としてフリフリひらひらの乙女系ドレスを着てもらおう、と決意した。

（魔導騎士団の制服を作ったときのサイズデータが、レディントン・コートにあるはずだよね。細マッチョなセレスさんなら、大人っぽいデザインのドレスなら普通に着こなしちゃうかもだし。やっぱりここは、膝丈の乙女系ドレス一択で。……すね毛は、見ないことにしよう）

罰というのは、受けた本人が『こんなことになるなら、二度と絶対するもんか』というくらいの精神的ダメージを与えられなければ、意味がないのだ。

よしよし、とうなずいた凪は、ひとまず荷ほどきをすることにした。

屋敷の南翼二階、寝室と書斎の続き部屋がある、いわゆる2LDKが凪の私室だ。もちろん、バストイレ完備である。

（まあ、荷ほどきって言っても、着替えをクローゼットにしまうだけだから、すぐ終わっちゃうなー。シークヴァルトさんたちは、今頃ひとり暮らしの準備を全部してるんだよね。大変そう）

ここにいないシークヴァルトとソレイユ、そして新たに凪の護衛補佐に加わったセイアッドの三人は、それぞれ別の学生用のアパートでひとり暮らしをすることになっている。何かあったとき、臨時の拠点とできる場所は複数あったほうがいい、という理由らしい。彼らはそちらの準備が整い次第、一度こちらへ合流すると言っていた。

（ソレイユ、ひとり暮らしははじめてだって、めっちゃ浮かれてたもんね。……うん、ちょっと羨ましい）

凪はこの世界に五体しかない生物兵器――もとい、大変貴重な聖女であるので、地脈の乱れが落ち着くまでは、ひとり暮らしなど夢のまた夢だろう。しかし、いずれお役御免になった暁には、家事のすべてを自分でこなさなければならないのだ。将来に備え、お気楽な学生でいられる間に、できるだけたくさんのことを学んでおかねばなるまい。

（お料理上手な騎士さまがいつもそばにいるっていうのは、すごくありがたいことだよね！　よし、

（学園がお休みの日には、お料理を教えてもらえないかお願いしてみよう）

そんなことを考えているうちに、凪のクラスメートとして学園に入学する三人が次々にやってきた。広々とした応接室へ移動し、今後のことを彼らを交えて確認していく。

基本的に、この学園生活は凪が一般常識と基礎学力を身につけることと、同年代の子どもたちとの交流が目的だ。ライニールたちは、ほかにもいろいろと目的があるようだけれど、大人の事情には深入りしなくてもいいと言われている。

つまり、最初に王太子が言ったように、しばらくの間は『普通の子ども』として自由に過ごしていいのだ。きっと、あまり長い期間のことではないのだろうけれど、できるだけ楽しめたらいいと思う。

（そのうち聖女業がはじまるのは、仕方がないとして……。孤児院でリオと一緒に育てられた子たちのことも、やっぱり少し気になるし。どこかで、元気にやってるといいな）

凪は魔導学園の入学にあたり、一般的な学問知識がどれほどあるものなのかを確認するため、学園の運営側から送られてきたテストを受けている。

テスト科目は、言語が自国語と公用語、帝国語の三カ国語。一般教養が世界史、地理、数学、神学。それに、魔導理論。この中で、まったく解答できなかったのは、これから魔導学園で基礎から学ぶことになっている、魔導理論だけだった。

貴族家の子どもたちは、この科目についてもある程度勉強してから入学してくるらしい。けれど、平民出身の子どもたちが魔導理論を学ぶ機会はまずないと聞いて、ほっとした。自分ひとりだけスタートラインから大幅に出遅れているというのは、さすがに心が折れそうだ。

あの日、凪が夢の中で会話をした『世界の管理者』とやらは、十日もあれば凪の魂がリオの肉体と完全に同調し、リオの記憶がすべて甦るだろうと言っていた。そのため、目が覚めてからの十日間は、自分の人格が徐々にリオのそれに侵蝕されたりはしないかと、かなりビクビクしながら過ごしていたのだ。

しかし、実際には十日経ったところで、何も変化があったようには思えなかった。

これはいったいどういうことだ、と密かに首を捻っていたところに、件のテストである。どの科目のどの問題を見ても、『あ、これ知ってる』というノリで解答できている自分に気付いたときには、かなりの衝撃を受けたものだ。今の自分が使っている言葉が、日本語でなかったことにすら気付いていなかったのだから、なんだかんだいって通常モードとはほど遠い状態だったのだろう。もしかしたら、今もまだどこかおかしいのかもしれない。

だがよく考えてみれば、過去の記憶などというのは、普段はまったく意識していないものである。何かのきっかけがなければ――それこそ、テストなどで必要に迫られない限りは、思い出す必要などないのだから。

リオの記憶がすべて戻るというからには、短時間で彼女の人生のすべてを追体験するのではないかと思っていたので、少しばかり拍子抜けした気分だ。

（まあ、魔導理論が零点で、あとは全部満点っていうのは、ライニールさんもびっくりしてたけどさ。リオの脳って、実はかなりハイスペックだったりするのかな？　……うん、わたしのほうは平凡な脳みそでごめんよー、リオ。これからちょっと苦労するかもだけど、あれだけ必死に詰めこんだ受験科目は、さすがにちゃんと覚えてるはずだから、がんばって！）

だがこうなると、リオは少なくとも、貴族階級の子どもが多い魔導学園に、普通に通える程度の学力は身につけさせられていたわけだ。いずれ『商品』として売られるはずだった、孤児のリオ。そして、おそらく同じような教育を受けさせられていた、同年代の少年少女。

あの子どもたちは、いったいどんな目的で、誰に売られるための『商品』だったのか――。

（……あ。わたしが凪って名乗っていたら、あの子たちは『なんでやねん！　おまえの名前はリオだろうが！』ってなるのかな？　まあ、『商品』の持ち主が変わったら、その名前が変わるなんてよくあることだし。もしそのうち、あの子たちに会うことがあってツッコまれたら、そんな感じでごまかすことにしよう）

リオと同じ場所で育った子どもたちに、会いたいわけではなかった。凪自身に、そんな感情はカケラもない。何しろ、まったく関係のない赤の他人だ。

ただ、無事で生きていてほしいとは思う。リオは、彼らのことを友人ともきょうだいとも思い、とても大切にしていたから。

そんなことを考えながら日々を過ごしていくうちに、あっという間に入学式の日となった。

天気は快晴。

凪は今日、ライニールとともに魔導学園の入学式に出席する。彼はこの国の貴族社会で、かなり顔を知られているのだという。

マクファーレン公爵家から絶縁され、手切れ金のように渡されたのは、名ばかりの男爵位。そのほかには小さな領地すら持たない彼は、たった五年で魔導騎士団の副団長にまでなった。彼が行うさまざまな分野への投資は、最初は微々たるものだったその個人資産を、今や小国の国家予算レベルにまで膨らませている。

この五年間、社交界には一度も顔を出していないとはいえ、ずっと本人が拒否し続けている領地も、いずれ国王から与えられるだろう。そうなれば、国内有数の資産家で、若く美しく、おまけに面倒な舅《しゅうと》も姑もいない彼は、未婚の貴族女性にとって格好の獲物――もとい、結婚相手であるらしい。

「そんな兄さんが、五年ぶりに貴族さまがたくさんいる場に出てきたと思ったら、わたしという『いるはずのない妹』の入学式でした、と。なんだか、ものすごくびっくりされそうだねえ」

「ああ。おれが今日の入学式へ出席することは、誰にも知らせていないからね。きっと、マクファーレン公爵家のみなさまも、さぞ驚いてくださると思うよ」

やはりと言うべきなのか、ライニールと凪の腹違いの兄弟である少年も、本日魔導学園の新入生として入学してくる。そして、マクファーレン公爵夫妻も、その保護者として入学式に参加するという。

今、ふたりが乗っているのは、豪奢な箱形の馬車の本体だけが、地面から十センチほど浮きながらオートで目的地まで進んでいく、不思議な中速移動用魔導具だ。はじめて見たときには、『馬がいないのに、勝手に馬車が走ってる……？　ていうか、超低空飛行？　え、馬車、とは？』と困惑したものだが、乗り心地は素晴らしくよかった。何よりこの外観のレトロ感がヨーロッパ風のおしゃれな街並みにマッチしている。馬が引いていないのに呼称が『馬車』というツッコミどころも相俟って、今となっては凪のお気に入りの交通手段だ。

その馬なしの馬車の中で、凪はくすくすと楽しげに笑った。

「わたしのもうひとりのお兄さん、グレゴリー・メルネ・マクファーレン、だっけ？　その子もきっと、すごくびっくりするだろうね。兄さんも五年ぶりに会うなら、顔を見てもわからないんじゃない？」

「そうだね。おれが覚えているのは、十歳の生意気盛りのクソガキだ。オレがあの家を出るときには、栄えあるマクファーレン公爵家の嫡男だった方が、男爵位如きに身を落とすとはお気の毒なことですね、とまったくひねりのないことを言ってきたよ」

「うーん……。まあ、まだ十歳だし。そこは将来に期待……って、今がその将来か」

一応、貴族の階級について、少しは覚えた凪である。

上から公爵・侯爵・伯爵・子爵・男爵。ほかにも辺境伯だの騎士爵だのとあるらしいが、魔導学園のモットーは、学生間の身分を問わない交流による、豊かな可能性を持つ子どもたちの教育、だ。

つまり、建前上は学園内では生徒同士は全員平等。身分が下の者が、上の者におもねる必要はない。そんなことをしている暇があるなら、しっかり勉強をしなさいね、ということである。

そんな魔導学園の制服は、凪が密かに期待していた通り、とてもファンタジーの香り漂う素敵なものだった。女子のそれは、淡いくすみグリーンと白を基調としたワンピースだ。式典の際にだけ肩に掛ける小さなマントと、胸元の大きなリボンが可愛らしい。

そして、あまり華美にならないものであれば、アクセサリーは認められているということなので、凪の両耳と首は揃いのピアスとペンダントで飾られている。小さなドロップ型の青い魔導結晶が揺れているデザインだが、当然ながらただのアクセサリーではなく、ＧＰＳ機能をはじめ、さまざまな防護術式が付与されているらしい。

王立魔導研究所で作られたものだそうだが、ライニール曰く、これだけたくさんの術式を付与していながら、なんの術式も付与していないように見せる隠蔽機能が素晴らしい、とのことだった。凪にはよくわからないけれど、ぱっと見にはただのシンプルなアクセサリーに見えるので、学園に行くときは常に着けているように、と言われている。

「わあ……」

そして、いよいよ学園の敷地内に入れば、そこは制服を着た大勢の子どもたちと、その両親と思しき華やかに着飾った人々でいっぱいだった。

オスワルドには、入学前に見学に行くことを勧められていたのだが、あれからいろいろと忙しくて、結局それは叶わなかったのだ。そのため、見るものすべてが新鮮で、同時に何やらふわっとした既視感がある。

（すごーい……。なんだこれ、どこかで見たぞ？　……あ、あれだ！　千葉にあるネズミの国の素敵パレード！　着ぐるみ！　どこかに可愛い着ぐるみはいませんかー!?）

馬車止まりでライニールにエスコートされて地面に降りるなり、ついキョロキョロと辺りを見回してしまう。そんな凪に、ライニールは柔らかな口調で優しく言った。

「何か、気になるものでもあったかい？　おれの可愛いお姫さま」

「……っなん、でもないです。お父さま」

あやうく「ごふっ」と口から出してはいけないナニカを噴き出しそうになったが、どうにか堪える。

（く……っ、最初から飛ばしてきますね、兄さん……！　ふっ、いいでしょう。受けて立とうじゃありませんか。喧嘩と料理は何よりも下ごしらえが肝心だと、お母さんも言っていました！　お母さんの喧嘩の相手は、主にこちらの都合をまったく考えずに同居を迫るおばあちゃんでしたけど！）

自分でも、何を考えているのかわからなくなってきた。

今の凪の役どころは『注目度バッチリのイケメン若手貴族に優しくエスコートされる、彼と同じ髪と瞳をした謎の美少女』なのである。たとえどれほどライニールの攻撃力が高かろうと、初手から撃沈している場合ではない。

この日のために、鏡の前でソレイユからビシバシに鍛えられた、愛らしく可憐な笑みを浮かべてライニールを見上げる。ここは、公共の場なのだ。迂闊なことをしては、ライニールの恥になってしまう。凪は、リオの記憶からそれらしい振る舞い方を引っ張り出し、そのモードにシフトする。

「素敵なドレスを着た女性がたくさんいらっしゃるものだから、つい見とれてしまいました」

「そうか。ナギは、どんなドレスが好みなのかな？　気になるドレスを見つけたら、あとで教えてくれるかい。それを参考にして、新しいドレスを作ってあげよう」

そう言ってライニールが笑った途端、周囲にざわりとどよめきが広がった気がした。しかし、一瞬のことだったので、気のせいかもしれない。

ライニールに導かれ、入学式の会場である講堂に向かって歩き出しながら、できるだけゆっくりとした口調で話す。

「ありがとうございます、お父さま。でも、わたしはこれからこの学園に入学するのですもの。ドレスを着る機会なんてないのに、もったいないです。お気持ちだけ、受け取らせていただきますね」

「そんなことはないよ、ナギ。実は王太子殿下が、きみを自分の婚約者に紹介したいとしつこくてね。できれば近いうちに、その機会を設けたいとおっしゃっているんだよ」

凪は、驚いた。

「王太子殿下の婚約者さまに？　なぜでしょう？」

「うーん……。あの方は昔から、何を考えているのかわからないところがあるからね。もちろん、きみがいやならお断りしておくよ」

この様子だと、凪がいやだといえば本当にこの話は立ち消えになるのだろう。

しかし、王太子とその婚約者となれば、以前彼女がふわっと妄想した、理想的な王子さまとお姫さまカップルである。正直、見てみたい。

「……お父さまも、ご一緒してくださるのですよね？」

「もちろんだよ。おれがきみを、たったひとりでそんな場に放り出すわけがないだろう？」

それならいいか、と凪はうなずく。

「でしたら、ぜひご挨拶させていただきたいです。王太子殿下の婚約者さまというのは、どんな方なのですか？」

「殿下の婚約者は、エレオノーラ・リンドストレイム侯爵令嬢。おれもご挨拶したことはないけれど、とても聡明でお優しい方だと聞いているよ」

聡明で、優しい。ならば、聖女を騙るようなおバカさんで、リオを平気で殴っていたユリアーネ・フロックハートとは、真逆の人物とみた。

ほっとした凪に、ライニールがにこにこと楽しげに笑って言う。

「そういうわけで、ナギ。きみは、どんなドレスが好みなのかな？　王太子殿下とその婚約者の女性にご挨拶するとなれば、ドレスを用意しないわけにはいかないからね。できるだけ早めに教えてくれると嬉しいなあ」

「……ぜ、善処いたします」

そんなことを話しながら歩くうちに、芸術的な壁画で飾られた講堂に到着した。受付を済ませ、コンサートホールのような構造の会場へ入って、ライニールと並んで席に着く。

どうやら、貴族階級の子どもたちは、着飾った両親とともに出席するのが普通らしい。なんだか、昔何かの映像で見たオペラの観客席みたいだな、と思う。

ライニールももちろん盛装しているけれど、ほかの男性陣に比べると至極シンプルな装いだ。しかし、よその保護者たちの誰よりも人目を引いているようなのは、決して凪の気のせいではないだろう。

（まあ、うちの兄さんは、若くてキラッキラのイケメンでスタイルも抜群でいらっしゃいますから？　よけいな装飾品なんてなくても、超絶目立つのは当然の当たり前なんですけどもね？）

凪がもともと保有していた濃いめのブラコン成分は、ライニールに対しても順調に効果を発揮しつつあるようだ。内心、「うちの兄さん、超カッコいいでしょう！　でしょう、でしょう！」とドヤりつつ、あまり失礼にならないように気をつけながら、凪は周囲の華やかなドレスのチェックをはじめた。

それに気付いたのか、ライニールが低く抑えた声でアドバイスをしてくれる。

「この場にいる女性たちのドレスは、みな落ち着いた淑女向けのものだからね。十代のきみが着るには、ちょっと地味だ。それでも、きみが『素敵だな』と思うドレスであれば、その工房のデザイナーがきみ好みのドレスを作ってくれるかもしれない。そうじゃなくても、好きな色の組み合わせや、レースの使い方だけでもわかれば充分だよ。客の些細な好みの違いを把握して、その相手に一番似合うドレスを作るのはデザイナーの仕事だ」

とりあえず、凪のドレスがオーダーメイドになるのは、完全に確定事項であるらしい。

「じゃあ、まずは色からいこうか。ナギは、何色が好きかな？」

「淡い青と、白が好きです」

そう、とライニールが笑う。続けて、レースの使い方や刺繍の柄の好み、髪飾りの素材やそこにあしらう宝石の色まで、凪が感心するほど細かく尋ねられた。ライニールはこの五年間、社交界にまったく顔を出していなかったというが、こういった女性の装いに関する知識は、いったいどこで手に入れてくるのだろう。

不思議に思った凪が問いかけようとしたとき、ふとライニールが彼女から意識を外した。

「ああ、残念。そろそろおしゃべりはおしまいかな。式がはじまりそうだ」

ざわついていた講堂内に、音響系魔導具の稼働音が響く。口を閉じ、背筋を伸ばして前を見ると、壇上に魔導学園の学園長が姿を現した。

粛々とした雰囲気の中、入学式がはじまる。

（へー。学校の入学式の雰囲気は、どこもあんまり変わらないんだなあ。……リオのほうも、入学式はそろそろかな。ここの制服もすごく可愛いけど、あっちの制服もずっと憧れてたから、着られないのはちょっと悔しいでござるー）

凪が通うはずだった高校に、中学時代に仲のよかった友人は誰も進学していない。それがわかったときは、とても残念だったし寂しかった。

けれど、こうなった今となっては、むしろよかったのかもしれない。凪の中身が、いきなりぴゅあっぴゅあなリオになっても、高校デビューといじられることはないだろう。

（……リオ。同窓会とかは極力避けようね。わたしの友達が、わたしの顔でほわほわ笑うリオに会ったら、笑いすぎて死んじゃうかもしれないからね。女子高生の突然死事件が発生、死因は極度の笑いすぎ……いや、さすがにそれはないか）

そんなばかなことを考えているうちに、無事に入学式は終了した。なんだかエラそうな肩書きのおじさんおばさんがいろいろ話していたけれど、何も覚えていなくて申し訳ない。

だが、そもそも子どもというのは、興味のないことはすぐに忘れてしまうものなのだ。つまり、凪が――ピッカピカの新入生が興味を持つことができない話を、延々としていた彼らに落ち度がある。よって、凪は無罪。脳内裁判終了。

それから一度ライニールと別れ、前もって知らされていたクラスでオリエンテーションを受けることになった。保護者たちは生徒たちが戻ってくるまで、学園の中庭でお茶や軽食、酒類を楽しみながら待っているらしい。

ライニールが、心配そうに声をかけてくる。

「ナギ。ここから先は『はじめて会う人ばかり』だけれど、大丈夫かい？　緊張して気分が悪くなったら、すぐに担任の教師に言うんだよ」

凪は素直にうなずいた。シークヴァルトとソレイユ、セイアッドとは、今日が初対面の設定なのだ。そして、非常に残念なことに、男子組のシークヴァルトとセイアッドは、凪とは少し距離を置いた中距離護衛ということになっている。近距離護衛は、ソレイユの担当だ。やはり、女子同士のほうが常に一緒に行動しても不自然ではない、ということらしい。

正直なところ、シークヴァルトに距離を置かれるのは、少し――否、かなり寂しかった。しかし、四六時中彼にそばにいられては、凪の心臓が過労状態になるのは間違いない。心臓にストライキを起こされては、持ち主である凪も死んでしまうので、ここは我慢しておくことにする。

「はい、大丈夫です。お父さまも、気をつけてくださいね」

保護者たちが楽しむ中庭でのガーデンパーティー。それは、同い年の子どもを持つ保護者たちの、社交場だ。つまり、ライニールが彼の獲物――もとい、当代マクファーレン公爵夫妻と、五年ぶりに顔を合わせることになるのである。

校舎の前で足を止めたライニールが、にやりと笑う。体をかがめ、彼はひどく楽しげに囁いた。

「知っているかい？　きみの『兄』は、実は結構優秀な男だったりするんだ」

――兄。

自らを指してそう言った彼に、凪は柔らかくほほえんだ。同じように、こっそりと囁き返す。

「もちろん、知っています。では、楽しんでいらしてくださいね。……兄さん」

「ああ、行ってくる。愛しているよ、ナギ」

ライニールの指先が、頬を軽く撫でていく。

（…………ヒェッ）

一瞬、砂糖漬けにされたかと思ってしまったけれど、どうやらそんなことはなかったらしい。ちゃんと動ける。よかった。

第七章　マクファーレン公爵家の人々

ライニールの背中を見送った凪は、改めて気合いを入れ直す。凪とて、これからが本番なのだ。

何しろこれから向かう教室には、彼女の護衛チームだけではなく、マクファーレン公爵家の後継者どのがいらっしゃるのである。

（クラス分けの資料を見たときには、ちょっと笑っちゃったよねー。腹違いのお兄サマとやらの顔は、遠くから見られれば充分だったんだけどな）

シークヴァルトたち護衛チームが凪と同じクラスなのは、王宮からそうするようにとの通達があったからだ。その時点で、この四名の少年少女は王宮絡みで訳ありなのだと、これ以上ないほど明確に示している。

それなのに、その『訳あり』の理由として、真っ先に想像がつくだろうマクファーレン公爵家の後継者と、わざわざ同じクラスにするとは。これはいったい、どういう意図なのだろう。

（まあ、ただ単に面倒ごとの種は一カ所にまとめておいたほうが、管理しやすいってことかもしれないけど。……とりあえず、教室行こっと。あー、緊張するー）

新しい学び舎というのは、どうしても緊張するものだ。先ほどまでは『うちの兄さん、カッコよかろ？　ホラホラ、カッコよかろ？』と密かにドヤっていたため、はじめての場所にいても平気だった。だが、ひとりになるとやっぱり心細さがやってくる。

そして――。

「おい、きさま！　ライニール・シェリンガムとはどういう関係だ！　今すぐ答えろ！」

（…………………は？）

指定された教室にたどり着くなり、とんでもない大声を浴びせられた凪は、つい絶対零度の眼差しで相手を見つめてしまった。

ふわふわの明るい栗毛に、淡いグレーの大きな瞳。いかにも傲慢で、我の強そうな雰囲気を持った少年だ。男子の制服を着ていなければ女生徒と間違えたかもしれないくらいに、華奢で愛らしい顔立ちをしている。だが、そこに浮かぶ表情が可愛げもへったくれもないせいで、ものすごく憎たらしく見えた。

まるで初対面の相手に牙を剥いて威嚇してくる、茶色い毛並みの愛玩犬のようだ。まったく怖くはないが、煩わしい。躾がなっていないにもほどがある。

立ち上がってびしりと凪に人さし指を突きつけている彼の身長は、さほど凪と変わらないだろう。同い年の少年たちの中で、とびきり小柄というわけではないけれど、たくましさとは無縁の体つきだ。

凪は、あやうく舌打ちしかけた。

(いきなり何を言ってやがんだ、このクソチビ野郎。他人を指さすなって、親から教わらなかったのか、あぁん?)

猛烈にイラッとした凪は、ひとまずほかの生徒たちの邪魔にならないよう、入り口から一歩脇にどいた。そして、表情を消したまま黙って少年を見据える。

今の彼女は、文句の付けようがない超絶美少女だ。そんな美少女に、まるで汚物を見るような目を向けられた少年が、気圧されたような顔になる。勝った。

相手が勢いを失ったのを見て取った凪は、口元だけでにこりと笑う。

「わたしは、ナギ・シェリンガム。ライニール・シェリンガムは、わたしの養父です」

「養父、だと……?」

少年が、思い切り顔をしかめる。

「ええ。ところで、名乗りもせず、わたしの敬愛する父を呼び捨てにした上、初対面の相手をいきなり怒鳴りつけるあなたは、いったいどこのどちらさまでしょう？」

相手の無礼さをあげつらってやると、少年の頬が一瞬で赤く染まった。

「……っぼくは、グレゴリー・メルネ・マクファーレン！　マクファーレン公爵家の後継者だぞ！　男爵家の養女ごときが、生意気な口を……！」

「あら、あなたがお父さまの腹違いの弟君ですか。大変身分を笠に着たご挨拶を、どうもありがとうございます」

少年──グレゴリーの顔が、ますます赤くなる。

「き、さまぁ……っ！　きさまのような見た目だけの女など、ぼくは断じて認めないからな！　きさまらごときが、マクファーレン公爵家の恩恵を受けられると思うなよ！」

「お父さまが、元々マクファーレン公爵家の方だったということは、知っています。五年前に、公爵家から絶縁されたことも。今のお父さまの家族は、養女となったわたしだけです。なのになぜ、公爵家の恩恵などというお話になるのでしょう？　まったく意味がわかりません」

何言ってんだコイツ、と眉をひそめながら言い返す。グレゴリーが、鼻で笑う。

「はっ！　その髪も目も、よくもまあ似たようなものを見つけてきたとは思うがな！　まったく、父上に似た娘を養女にしてまでこちらの気を引こうとは、魔導騎士団の副団長が聞いて呆れる！」

「呆れるのは、こちらのほうです。見当外れの言い掛かりはやめてください」

はあ、とため息を吐いた凪は、ちらりと教室を見回した。そして――。

（～～っはぁああんっっ！　十五歳バージョンのシークヴァルトさん、やっぱり超絶カッコいいぃいいーっっ!!）

窓際の席で立ったまま、どこか驚いた顔をしているシークヴァルトの姿を目にした途端、凪は瞬時に恋する乙女モードになった。

魔導学園の男子の制服は、白地に黒と金のラインが入ったジャケットに、黒のパンツというスタイルだ。黒髪に金の瞳を持つシークヴァルトに、とてもとてもとてもよく似合っている。もちろん、魔導騎士団の制服姿だって大変眼福だが、この十五歳バージョンのシークヴァルトは、期間限定の超レアものだ。

（この目に！　この目に録画機能が欲しい……っ！）

状況も忘れ、ウットリとシークヴァルトに見とれそうになった凪だったが、さすがに今それをしたらただのバカだ。どうにか己を立て直し、ソレイユとセイアッドがそれぞれこちらを見ていることを確認する。

すでにこの三人が教室内にいるのなら、たとえグレゴリーがキレて殴りかかってきたとしても、きっと誰かが止めてくれるだろう。

よし、と凪はうなずき、こちらをきつく睨みつけている、腹違いの兄に向けてほほえんだ。

「そのようなことをおっしゃるのでしたら、改めてご挨拶いたします。わたしは十六年前、マクファーレン公爵に不義の汚名を着せられ、離縁された元妻、レイラの娘です。ライニール・シェリンガムは、法律上はわたしの養父となっておりますけれど、血縁上は実の兄。血が繋がっているのですもの、お父さま——兄とわたしの髪と瞳が同じでも、何もおかしなことはないでしょう？」

「……な、に？」

少しフライング気味かもしれないけれど、そろそろライニールにもマクファーレン公爵家から接触がある頃だろう。グレゴリーがこの事実を知るのが、今か数時間後かの違いだけだ。

苛立ちと憤りに赤くなっていた少年の顔が、徐々に困惑に染まっていく。

くすくすと笑いながら、凪は言う。

「孤児院で育ったわたしと、兄の魔力が共鳴したときには、本当に驚きました。兄も、よほど驚いたらしくて……。わたしの手を握ったまま、全力でマクファーレン公爵を罵倒していました。当然ですよね？　だって——」

指先で軽く頬に触れ、小首を傾げる。

「兄弟姉妹の魔力は、両親が同じでなければ共鳴しない。兄とわたしの魔力が共鳴したということは、わたしの父がマクファーレン公爵だということなのですもの」

「……っ！」

グレゴリーの顔が、青ざめる。凪は、ゆるりと笑みを深めた。

「ご理解いただけましたか？　グレゴリー・メルネ・マクファーレン。わたしの——わたしたちの母は、不義の罪など犯してはいなかった。なのに無理矢理離縁され、実家の子爵家からも絶縁され、挙げ句身重の体で修道院へ捨てられたのです。そして、わたしを産んですぐに、母はこの世を去りました」

声もないグレゴリーを見つめながら、凪はすっと笑みを消す。

「ご安心くださいな。兄もわたしも、浅ましく卑劣な嘘つきのマクファーレン公爵を、自分の父などとは思っておりません。マクファーレン公爵家の恩恵ですって？　あまり、笑わせないでいただけますか。わたしたちがマクファーレン公爵家に抱いているのは、嫌悪と侮蔑の気持ちだけ。あなたの父親は、なんの罪もないわたしたちの母を、女性として耐えがたい恥辱にまみれさせ、すべてを奪って放り捨て、見殺しにした。いつかその報いがあることを、わたしは心から願っています」

＊＊＊

「ライニール。なぜ、おまえがこのような場所にいる。なんだ、あの娘は。いったいどこで拾ってきた？」

五年ぶりに聞く、父の声。

そのことになんの感慨も抱かない自分に、ライニールは少なからず驚いた。ほんの少し前までは、父の姿や声を思い出すだけで、虫唾の走る思いをしていたというのに――。

（……ああ、そうか。おれはもう本当に、この人のことがどうでもよくなっているんだな）

嫌悪も憎悪も、失望も。

ライニールが、この男――オーブリー・ロッド・マクファーレン公爵に何かを期待することをやめたときに、すべてが色あせてしまったのだろう。

かつて父と呼んだ相手は、五年前にライニールのすべてを否定した。そのときは、たしかにオーブリーを憎んでいた。殺意さえ、抱いていたかもしれない。

かつてのライニールにとって、父親とは常に敬愛すべき相手であり、何があろうと必ず従うべき存在だった。生みの親に対する盲目的な愛情は、たとえ相手から愛された記憶がなくても、幼かったライニールを呪縛していたのだ。

だからこそ――オーブリーを愛していたからこそ、ライニールは彼を憎んだ。自分を捨てた父のことなど、忘れてやりたいのに忘れられない。虚しい過去に囚われることなく、前を向いて歩きたいのに、ふとした瞬間に自分の足が鉛のように重く感じる。

そんな父に対する憎しみと、一生付き合っていくものだと思っていた。

なのに今、ライニールを捨てたことなど忘れたような顔をして名を呼び、話しかけてくるオーブリーに対して、本当に何も感じない。……否、感じてはいる。ただそれは、かつて感じていたような愛憎ではない。

公爵家の当主に相応しく華やかに装ったオーブリーと、彼に寄り添いどこか勝ち誇った表情を浮かべる公爵夫人。

彼らに対し、今のライニールが感じているのは、ようやく獲物を前にした獣の歓喜だった。

入学式のあとに開かれるこのガーデンパーティーは、毎年新入生の保護者だけではなく、在学生の保護者も参加するちょっとした社交の場だ。想定通り、かなりの数の貴族たちが、豪奢に設えられた中庭へ集まってきている。

そして、彼らが最も注目しているのは、間違いなく自分たち。

香りを楽しむためだけに持っていたワインのグラスをテーブルに置き、ライニールはゆるりとほほえんだ。

「お久しぶりですね、マクファーレン公爵閣下。公爵夫人。なぜここに、と尋ねられましても……ご覧になっていたのでしたら、おわかりでしょう？　私の可愛い娘が、この魔導学園に入学したのですよ」

オーブリーが、苛立たしげに眉根を寄せる。

「娘だと？　ふざけたことを言うな、ライニール」

「ふざけてなどおりませんよ、閣下。正式に養子縁組をしたのですから、あの子は間違いなく私の娘ですとも。魔導騎士団の任務中に、保護しましてね。聞けば、親の顔も知らない孤児だというので、引き取って私の娘にいたしました」

なんだと、とオーブリーが声を低めた。

「私の許可なく、何を勝手なことをしている」

「そちらこそ、何をおかしなことをおっしゃるのですか？　私は、とうの昔にマクファーレン公爵家から絶縁された身。私の行動に、あなたの許可など必要ありません」

楽しげに言うライニールに、オーブリーが心底不快げな顔になる。はじめて見る彼のそんな顔に、ライニールはあやうく笑み崩れそうになった。

そうそう、とライニールは公爵とその夫人を見比べる。

「私の娘と、あなた方のご子息は、どうやら同じクラスのようですよ。今頃、初対面の挨拶でもしているかもしれませんね」

「なんですって？」

思わず、というふうに口を開いたのは、公爵夫人のイザベラだ。

肩を大胆に出す真っ赤なドレスをまとった彼女は、しばらく見ない間に随分ふくよかになっていた。公爵家での贅沢の結果だろうか。痩身の夫と並ぶと、丸々とした迫力が一層際立つ。

はじめて会った頃の彼女は、やたらと強調していた胸元以外は、むしろ引き締まった体つきをしていた。人間というのは、変われば変わるものらしい。今は、こってりとした厚化粧といい、子どもの入学式に相応しいとは言えない豪華過ぎるアクセサリーといい、以前の洗練された姿がちょっと想像できないくらいだ。

ライニールが、真っ赤な酒樽みたいだな、と思っていると、イザベラが険しい声で言う。

「そのような、どこの馬の骨とも知れない娘が、わたくしの大切な息子と同じ教室にいるというのですか？　なんということかしら。まさか暴力を振るったり、ひどい言葉を使ったりするような娘ではないのでしょうね？」

ライニールと彼の『娘』を貶めると同時に、平民への偏見を隠すことなく主張するイザベラに、周囲から咎める視線が向けられる。ここは、平民階級の子どもも通う魔導学園なのだ。そして、学園側は学内における子どもたちの平等を強くうたっている。

もちろん、その『平等』とは、あくまでもこの身分社会の秩序を乱さないことを前提にしたものだ。学園を卒業した瞬間に消え失せる、ひとときの夢幻。だからこそ、この学園の内部でだけは必ず守られなければならない、絶対のルール。

なんの後ろ盾も持たない平民階級の子どもたちが、貴族階級の子どもたちに怯えることなく、安心して学ぶことができるようにするために。

そんなことを、公爵夫人たるイザベラが理解していないはずもない。それでもなお、愚かなことを口にした彼女は、自分が何をしても許されると思っているのだろうか。

ここは魔導学園の中庭だ。そして、有力貴族が大勢集まっているこのガーデンパーティーには、さまざまな報道媒体の記者たちが取材に入っているというのに。

ライニールは、ゆるりとほほえんだ。

「馬の骨とは、また失礼なことをおっしゃいますね。公爵夫人。私の娘は、公爵閣下と同じ髪と瞳をした、とても美しい少女だというのに」

そう言った途端、厚化粧越しにもわかるほど、イザベラの顔が紅潮した。明るい栗毛と淡いグレーの瞳をした彼女が、夫の美しい容姿に尋常ではないほど執着していることは知っている。それなのに、彼女が産んだひとり息子は、間違いなく愛しい夫の子でありながら、その華やかな美しさを何ひとつ受け継いでいない。

どうやらそれが不満だったらしいイザベラは、幼い頃のライニールを、いつも呪い殺しそうな目で睨みつけていた。自分以外の女が産んだ子が、夫の血を色濃く受け継いでいることを、どうしても許せなかったのかもしれない。

そんな彼女の目の前に、若かりし頃の公爵に瓜二つのライニールが、彼と同じ色彩を持つ美しい少女とともに現れたのだ。冷静さを欠いた甲高い声で、イザベラが口を開く。

「不愉快ですわ！　わたくしへの当てつけのために、わざわざあのような娘を養女にするなど……！」

「おや。私は、そのようなくだらないことのために、ナギを養女にしたわけではありませんよ。私はただ、あの子を堂々と守れる権利が欲しかった。そのためには、あの子を養女とするのが最も確実な手段だった。だから、そうしたまでのことです」

淡々と告げたライニールに、オーブリーが訝しげな顔になる。

「なんだ、あの娘がそれほど気に入ったのか？　だとしても、おまえの養女にする必要などあるまい。適当な口約束で婚約の真似事でもしておいて、あの娘が成人したなら愛人として囲えばよかっただろう」

ライニールは、絶対零度の眼差しでオーブリーを見た。

「気持ちの悪いことをおっしゃらないでいただけますか、公爵閣下。私は、畜生ではございません。実の妹と通じるなど、死んでも御免被ります」

周囲の空気が、ざわりと揺らぐ。

今、自分の耳が何を聞いたのかわからない、という顔をする公爵夫妻に、ライニールはどこまでも穏やかな口調で告げる。

手札の出し惜しみなどしない。この場で、すべて一気に片付ける。

「そうそう。私たちの母レイラは、ギャレット子爵家の娘でしたね。社交界にデビューしたばかりの彼女を閣下が見初め、周囲の反対を押し切って妻に迎えた。当時、閣下の婚約者候補として最も有力だったイザベラさまは、失望のあまりしばらく床につくほどのお嘆きようだったとか」

公爵家と子爵家。

元々、家格の釣り合わない縁談だった。レイラの体があまり頑健とは言い難いこともあり、ギャレット子爵家からは何度も辞退の申し出があったという。

それでもなお、オーブリーはレイラを望んだ。公爵家からの断固とした要求に、ろくな権力も持たない子爵家が抗えるはずもない。結果として、レイラは十八歳の若さでマクファーレン公爵家へ嫁ぎ、周囲の期待通りに後継者となる男子を産んだ。

「しかし、そうまでして妻に迎えた彼女を、あなたが愛し続けることはなかった。後継者を産んでしまえば用済みとばかりに、さまざまな女性との逢瀬を楽しんでいたそうですね。そして、そんなあなたの前に現れたのが、イザベラさまだった」

かつては地味でおとなしく、淑女の鑑だと言われていたイザベラは、見違えるほど華やかで大人の色香をまとう女性へと変貌していた。

一方、子を産んでからも変わらぬ繊細な美しさを持ったレイラは、しかしその愛情を浮気性の夫よりも、まだ幼い我が子へと注いでいる。オーブリーが訪ねれば、もちろん笑顔で歓迎はするものの、口数が少なく、また世間を知る前に公爵家に閉じこめられた彼女に、社交界で楽しまれているような刺激的な会話は難しかった。

そんなレイラとの生活に飽きはじめていたところに現れた、かつての婚約者候補。いまだにオーブリーに心惹かれていることを隠しもせず、積極的に魅力的な肢体をすり寄せてくる。そんなイザベラの手をオーブリーが取るのは、時間の問題だったのだろう。

「イザベラさまは、それまであなたが遊んできた未亡人や踊り子たちとは違う。れっきとした、伯爵家のご令嬢だ。しかもその伯爵家は、母の生家である子爵家よりも、遙かに豊かな資産と領地、そして王宮での発言権を持っていた。だから、あなたはイザベラさまを選んで、母を捨てた。そのときすでに、母の体には私の妹が――ナギが宿っていたというのに」

ひとつため息を吐き、ライニールは青ざめた顔のオーブリーを見据える。

「……閣下。母がいったい、あなたに何をしたというのでしょうね？　望んでもいないあなたに見初められ、望まれた通りに男子を産んだ。まったく我が子を顧みないあなたのぶんまで、誰ひとり味方のいない公爵家の中、たったひとりで子どもを愛した。その見返りが、不義の冤罪による修道院への追放ですか。まったく、ひどい話もあったものです」

と、そこでライニールが装備していたピアス型の思念伝達魔導具に、シークヴァルトからの臨時報告が届いた。この魔導具は、有効半径が非常に狭いのが難点だが、こういった場面ではとても使い勝手がいい。

（……んん？　グレゴリーがナギに喧嘩を売って、返り討ちにされた？　教室に入るなり怒鳴りつけてきたクソガキを、ナギはゴミに向けるような目で冷たく見ながら、冷静に言葉で叩き潰した？　何ソレ、お兄ちゃんめちゃくちゃ見たかったんだが⁉）

あやうく「そこ、ちょっと詳しく！」と叫びそうになった自分を、どうにか抑える。ひとつ咳払いをしてから、ゆったりと周囲を見回す。

「紳士淑女のみなさま、お騒がせして申し訳ない。ですが、せっかくですからこの場にお集まりのみなさまにお伝えしておきましょう。私の所属する魔導騎士団第一部隊が、オルニスの森で妹のナギを保護したのは、先頃捕縛されたユリアーネ・フロックハートの捜索任務中のことでした」

ただでさえこちらに注目していた人々が、ざわりとどよめく。聖女を騙った侯爵令嬢の名を知らぬ者は、この場にいない。マスコミ関係者と思しき者たちが、ライニールの言葉を一言も逃すまいと、それまで隠し持っていた録音魔導具を堂々と向けてくる。

舞台は、整った。

「我々がナギを発見したとき、彼女はユリアーネ・フロックハートが逃亡時に身につけていた王宮の侍女服を着せられ、身体麻痺の魔術で自由を奪われた上、剣でひどく斬りつけられた全身を、彼女自身の血で真っ赤に染めていました」

なんてこと、という悲痛な叫びが、そこかしこから上がる。

「ええ。ナギが高度な治癒魔術の適性を持っていなければ、彼女は森の奥でひとり死んでいたでしょう。あまりのショックのせいか、彼女はここ半年ほどの記憶がひどく曖昧になってしまっています」

沈痛な表情を浮かべ、ライニールは己の胸に右手を当てた。

「そうして保護したナギに、はじめてこの手で触れたとき、我々の魔力が共鳴したのです。そのときの衝撃は、とても言葉にはできません。なぜなら私は、両親が離縁したときからずっと、その理由は母の不義にあると教えられてきたのですから」

ライニールが十八歳のときから捜し続けていた妹については、本当になんの手がかりもなかった。生まれたばかりの赤子は淡い髪色をしていたというが、髪の色など成長するにつれていくらでも変わってくる。

だから、心のどこかでは諦めていた。幼かった頃の自分を、誰よりも深く愛してくれた母。その母が最後に遺した妹だけは、どうにかして見つけてやりたいと思っていたけれど、それが叶う日はきっと来ないのだと。

なのに、ナギは突然彼の前に現れた。

母の不義の証などではなく、間違いなく同じ両親の血を分けた妹として。

（……おれにとって、ナギはこの大陸を救う聖女なんかじゃない。たったひとりの、大事な家族だ）

だから、守る。

そのために必要なのであれば、かつて父と呼んだ相手であろうと、全力で叩き潰す。

「私はナギにとって実の兄ではありますが、彼女を守る立場を手に入れるため、彼女の養父となりました。すでに王太子殿下にはご挨拶しておりますが、殿下は随分ナギをお気に入りくださいましてね。近いうちに、殿下の婚約者さまにご紹介いただけることになっています」

ナギの存在はすでに王家に知らせてあること、王太子が彼女を好意的に受け入れていることを示せば、視界の端にいたマクファーレン公爵夫妻が揃って蒼白になった。

この国の王太子が、幼馴染みのライニールを兄と慕っていることは、貴族階級の人間ならば誰でも知っている。ただ、ライニールがマクファーレン公爵家を追放されてからは、彼らの交流は絶たれたものと囁かれていたのだ。

しかし今、ライニールは王太子との交流を堂々と宣言した。大貴族であるマクファーレン公爵家への忖度《そんたく》を考えていた者たちも、一気に情勢の流れが変わったことを悟るだろう。

(これだけ大勢の人間に、おまえたちの恥を晒してやったんだ。今更、ナギを消したところで無駄だってことくらいはわかるよなぁ？　親愛なるオトウサマ？)

今回の第一の目的は、ナギの存在とその素性をできるだけ多くの人々に周知すること。そうすることで、まずはマクファーレン公爵家がナギの暗殺などという愚行に走る芽を摘む。

ライニールにとって――そしてこの国にとって、ナギの安全は何よりも最優先に確保されるべき命題である。それ以外のすべては、些事に過ぎない。

「ただ、私の妹は孤児院育ちゆえ、貴族社会にはまったく馴染みがありません。ずっと苦労ばかりしてきたあの子には、誰よりも幸せになってもらいたいのです。みなさまには、どうぞ『遠くから静かに』、彼女のこれからを見守っていただければありがたく思います」

――ウチの可愛い妹に、おれの許可なく近寄って騒ぐんじゃねえ。

かなり直接的なライニールの牽制に、録音魔導具を構えた者たちが揃って青ざめる。おそらく彼らは、ナギが教室でのオリエンテーションを終えて出てきたところを、質問攻めにでもするつもりだったのだろう。そんな彼らの顔をゆっくりと順に見つめていくと、みな残像が見えそうな勢いで首を横に振る。理解が早くて、結構なことだ。

満足げにうなずいたライニールは、改めてマクファーレン公爵夫妻を見た。

「さて、公爵ご夫妻。先ほども申し上げましたが、私はとうにマクファーレン公爵家から絶縁された身。そして、ナギは法律上、両親もわからぬただの孤児として、私の養女となった娘です。わざわざ確認する必要もないかと思いますが、あなたがたには一切、私とナギに対して何かを主張する権利はありません」

よろしいですね？　とほほえみ、ライニールは告げる。

「ちなみに、ナギの個人証明の際に後見人としてサインしてくださったのは、我が魔導騎士団の団長であるアイザック・リヴィングストン伯爵です。彼は公私混同は決してなさらない方ですが、ナギのことを大変気に掛けてくださっていましてね。何か困ったことがあれば、すぐに相談するように、とのお言葉をいただいているのですよ。本当に、ありがたいことです」

ギャラリーの中から、今までで最も大きなざわめきが起きる。

地脈の乱れが広がりつつある中、その対処に当たる最大戦力として結成された魔導騎士団。その団長であるアイザックの影響力は、現在王族に次いで非常に大きなものとなっている。

それでも、今までは本人の誠実で実直な人柄、そしてあくまでも自身は現場での働きをもって王家に仕えるという姿勢から、貴族社会で彼が声高に何かを主張することはなかった。

しかしそのアイザックが、こと今回の件に関しては、完全にライニールの側に立つことを明言したという。

「ラ……ライニール……」

あえぐような声で名を呼ぶオーブリーに、眉をひそめたライニールは冷ややかに言葉を返す。

「マクファーレン公爵閣下。馴れ馴れしく私の名を呼ぶのは、今後一切ご遠慮いただきます。我々があなたに望むことは、何もない。母に対する謝罪も不要です。これでも私は、魔導騎士団副団長の地位をいただいておりますのでね。公爵家の威光になど頼らずとも、ナギとともに充分満足な暮らしができるのですよ」

口先だけの謝罪など必要ない。

金銭での懐柔も、権威による圧力も、自分たちには意味がないと知るがいい。

この数分で、一気に老けこんだように見える相手を傲然と眺めながら、ライニールは思う。

(これでも、最後の温情だけはかけて差し上げているのですよ、閣下。……ナギが人前で歌えないのは、母上とあの子を捨てたアンタのせいなのだから)

ナギの聖女としての能力そのものは、歴代の聖女の平均値を遙かに凌駕している。彼女は、指先で触れるだけ、あるいはほんの数秒声を発するだけで、濁って使いものにならなくなっていた魔導鉱石を、すべて完璧に正常化してしまった。

その検体として使用された魔導鉱石は、すべて王立魔導研究所が研究材料として所有していたものだ。さまざまな測定機材を取り付けられ、検体がどのような状態であるかを確認しながらの検証実験。

ユリアーネ・フロックハートの件がなければ実施されなかったであろう、国王命令で秘密裏に行われたその実験を、ナギは単純に楽しんでいるようだった。

それまでどんよりとどす黒く濁っていた魔導鉱石が、彼女が触れるだけであっという間に透き通り、虹色の輝きを放ち出すのだ。それが、周囲の者たちにとって、どれほどの驚きであるかを知らないからこその、無邪気な反応。

研究員の指示で、彼女が「キレイになーれ」と声をかけた途端、同じ結果になったときには、手を合わせて喜んでいた。

そうして、すべての検証実験を終えたあとのこと。

データを確認しながら、検証チームのリーダーである研究員が、ぽつりと言った。

——ナギさまの力は、歴代の聖女さま方のそれとは、比べものになりません。圧倒的……異常、と申し上げてもよろしいほどの、すさまじい強さです。

——過去の聖女さま方であれば、全力での『聖歌』を二十分以上。もしくは、一時間以上の直接接触で得られる結果を、ナギさまはほんの数秒の直接接触で得てしまうのですから。

——本当に……心から、惜しく思います。

——ナギさまが、『聖歌』をお歌いになることができたなら。

——もしかしたら、地脈の乱れの根源といわれる存在すら、鎮めることができたかもしれない。

ナギは、『聖歌』を歌えない。

否、正確には、歌うだけならば可能なのだと思う。魔導騎士団第二部隊からの報告によれば、彼女がひとりで厨房を使っているときなどに、賛美歌や、まるで聞き覚えのない歌を口ずさんでいることがあるらしい。本人は無意識の行動らしいが、特に音程も問題なく、むしろ不思議なほどいつまでも聞いていたくなる歌声だったという。

それでも、ナギは孤児院で育った子どもだ。普段の様子を観察していても、彼女の持つ価値観や感覚は、ごく普通の平民のものである。

彼女は、貴族階級の子どものように、自分が誰かから守られることを、当然と受け入れられない。使用人や護衛の存在を、景色の一部のように意識から排除するなど、きっと想像することもないのだろう。

もしナギがマクファーレン公爵家で養育されていれば、他人の目を必要以上に気にせず振る舞うことは、呼吸するのと同じくらいに簡単だったはずだ。『聖歌』を歌うことだって、問題なくできただろう。

だが、魔力を持って生まれた貴族の女子であれば、必ず物心つく前から教えられている、大勢の前での歌唱技術。その訓練をまったく受けていない彼女は、兄としてだいぶ親しんでくれているライニールでさえ、そばにいると体を硬くし、歌えなくなってしまう。

ごく普通の日常の中ですら、そうなのだ。そんな彼女が、『聖歌』を必要とされる現場――地脈の乱れによる影響で、いつ危険な魔獣が出現するかわからず、安全を確保するために数え切れないほどの人間が必要とされる場で、まともに歌えるわけがない。

実際のところ、ナギの肉声もまた、歴代の聖女たちのそれより遥かに効果精度が高いという検証結果が出ている。

だが、たとえ局所的な効果がどれほど絶大であろうとも、聖女が求められているのは、主に地下深くに広がる魔導石鉱脈の正常化だ。より広範囲に効果を及ぼせてこそ、聖女の力は価値がある。

――ナギは、歴代の聖女たちとは比べものにならないほど高い能力を持ちながら、それを最も効果的に発動できる手段である『聖歌』を使えない。

つまり、彼女が聖女としての働きをするためには、常に対象との直接接触か、それに近い状態でいなければならない、ということだ。それがどれほどの危険と隣り合わせになるものなのか、想像するだけでひどい憂鬱に襲われる。

そして、彼女から『聖歌』を歌う訓練の機会を奪ったのは、紛れもなくオーブリー。いずれ、ナギが聖女であると公表したとき、同時にこの事実も明らかになれば、すさまじい非難がマクファーレン公爵家に集中するだろう。

(だから、今のうちにおとなしく滅んでおけよ。オトウサマ)

これが、ライニールがオーブリーにかける、最後の情けだ。

「さようなら、マクファーレン公爵閣下。あなたは、あなたの選んだ家族とともに、思う通りに生きればいい。私はナギとともに、彼女を守って生きていく。あなたが我々の人生に、二度と関わらぬことを願っています」

柔らかなほほえみとともにそう告げ、踵を返したライニールに、再びシークヴァルトからの臨時報告が入る。それを確認した途端、彼は思わず足を止めた。

(……は？　ぎゃん泣きしたグレゴリーに、ナギがおれそっくりの言葉責めをしまくっていたら、いつの間にかグレゴリーがナギに懐いた？　あのガキは、もしかしたら被虐趣味があるのかもしれない？　……うん、ちょっと待ってナギ。お兄ちゃん、ちょっと意味がわからない)

そんなライニールの心のぼやきを、彼の愛しい妹が聞いていたなら、彼女はきっと真顔でこう言っただろう。

——反省は少ししている。だが、まったく後悔はしていない、と。

＊＊＊

「浅ましく……卑劣な、嘘つき……？　父上、が……？」

大きく目を見開いたまま、掠れた震え声で言うグレゴリーに、凪はにこりとほほえんだ。

「ええ。少なくともわたしと兄は、マクファーレン公爵のことを、そういう人間なのだと認識しています。ですが、彼も大切なご子息であるあなたには、違った面を見せることもあるのでしょう。わたしも、そこまで否定するつもりは——」

「……いや」

ありませんよ、と言う前に、グレゴリーがぽつりと呟く。

（……ん？）

想定外の反応に、凪は首を傾げる。

聞き間違いだろうか、と思っていると、突然ひくりと肩を揺らしたグレゴリーが、泣きはじめた。

（うぇええええっ⁉）

しかも、控えめに言っても号泣、というやつである。ぶわぁ！　といわゆる目の幅涙状態で、とても十五歳の少年とは思えない、豪快な泣き方だ。

「ち……っ、父上、は……っ！　い、いつも、母上とは違う、若くて麗しい女性ばかりとっ、ご一緒していて……っ」

「なるほど。マクファーレン公爵は、今でも大変浮気性な方なのですね」

うなずくと、グレゴリーの声がますますひび割れる。

「は……母上は、ぼくが父上に似ていないからだ、って……っ、ぼくが、もっと父上に似ていたら、父上はもっとぼくらのことを、見てくれたはずなのに……っ」

「いや、それはないでしょう。わたしの兄は、マクファーレン公爵に大変よく似ているそうですが、それでもあっさり捨てられたのですよ？」

なんだか、雲行きがおかしくなってきた。

てっきりこの腹違いの兄は、マクファーレン公爵家で蝶よ花よと、大切に甘やかされたお坊ちゃまだとばかり思っていたのだが――。

「じゃあっ、母上がまんまるに太ったからだー！　昔は、母上だって、お綺麗だったのにっ！　毎日甘ったるいお菓子を食べまくって、ろくに運動もせずに昼寝ばっかりしていらっしゃるから！　だから、父上もまんまるくなった母上が、いやになってしまったんだあぁあああーっっ!!」

「それは……あなたのお母さまが太ってまんまるになられたから、お父さまが浮気をされたとおっしゃりたいのですか？」

凪は、むっと顔をしかめた。

「冗談ではありません。たとえあなたのお母さまが、自己責任の不摂生でもちもちと見苦しい肥満体型になってしまい、異性として愛することができなくなったとしても、それがマクファーレン公爵が浮気をしていい理由にはなりません」

「じゃあっ、なんで父上は、浮気ばかりするんだよ！　は、母上は……っ、父上しか、見ていないのに！」

そんなことは、本人に聞いていただきたい。

とはいえ、どうやら話を聞く限り、マクファーレン公爵は一般的な体型の美女がお好みのようだ。我が子にまんまると評されるほどの、ご立派な体型となった妻への愛情が薄れてしまうのは、一応わからなくもない。そんな夫の愛情をキープする努力を怠った公爵夫人にも、自業自得という向きはあるだろう。

だが、そもそも妻がまんまるになってしまうほどの暴食を、夫たる者が見過ごしているというのはいかがなものか。もし凪が将来結婚をしたとして、パートナーが極端な不摂生に走りはじめたなら、必ずどうにかして止めようと思うだろう。

(心と体が健康なら、まんまる体型になっちゃうほどの暴飲暴食なんて、普通はしないだろうし。だったら、何かの病気とか、ひどいストレスがあるんじゃないかって、相手のことが心配になるもんじゃないの?)

なんにせよ、まずは不摂生に走りはじめた相手の気持ちに寄り添いたいと思うし、もし何か原因があるのであれば、それを取り除くため一緒にがんばりたいと思う。凪にとって、家族であるとはそういうことだ。

（……って、公爵夫人のストレスの原因なんて、夫の浮気に決まってんじゃん！　公爵夫人のまんまる原因、公爵本人じゃん！　公爵が浮気をやめない限り、公爵夫人が延々と丸くなり続ける永久機関が完成してるよ！　そんなの、全然エコじゃないよ!?）

つまり、妻のまんまる体型を放置して、堂々と浮気を続けているマクファーレン公爵にとって、妻の健康はどうでもいいことなのだろう。彼はつくづく、夫にも父親にもなってはいけない御仁らしい。

あまりの不毛さに無言になった凪だったが、グレゴリーはべそべそと泣きながら話し続ける。

「ぼ……っ、ぼくが、どんなにがんばっても、母上は『あの女の息子はもっとすごかった』って、おっしゃるばかりだし……っ！　ぼくだって、がんばってるのに……っあ、あんな、騎士養成学校を首席で卒業して、あの若さで魔導騎士団副団長になるような人と比べられたって……！」

（あ、それはさすがに可哀相）

ライニールは我が兄ながら、少々優秀すぎる御仁なのである。半分とはいえ、血の繋がった兄があれでは、思春期真っ只中の少年にはきつかろう。グレゴリーのことを、ライニールやオスワルドは『能なし』と評していたけれど、それも比較対象が悪すぎただけだったのかもしれない。

……もしかしたら、グレゴリーのライニールに対する無礼な態度は、コンプレックスの裏返しだったりするのだろうか。なんだか、気の毒になってきた。

（つーか、公爵夫人ひどくない？　自分の子どもががんばってるんだから、結果はどうあれそこは認めてあげようよー）

そもそも、子どもを比べて育てるというのがよくないと、凪は思う。ライニールは、文句なしにかっこいい。グレゴリーは、黙っていれば可愛い。それでいいではないか。

「ぼくだって、好きでこんな髪と目で生まれたわけじゃないのに……。ち、父上の愛人たちにまで、父上の子のくせに、なんでそんなに見苦しい姿なのかって、笑われるし……っ」

「お待ちなさい。どこの性根がただれ落ちたバカ女が、そのような酷いことをあなたに言ったというのです？」

思わず口を挟んだ凪に、きょとんと顔を上げたグレゴリーが答える。

「みんな、そう言うから……誰かと、言われても……」

「みんな？　みんな、ですって？　自分の愛人たちを子どもに会わせるだけでも許しがたいのに、揃ってそんな暴言まで吐かせていたと？　……そうですか、よくわかりました。マクファーレン公爵は浮気性のろくでなしであるだけでなく、我が子を虐待する腐れ外道でもあったのですね」

グレゴリーが、若干ひねくれた性格の少年に育ってしまったのも、さもありなんだ。

父親は女遊びばかりで、まったく家庭を顧みない。

母親はそんな父親に執着し、我が子に過度の期待をかけて傷つける。

そんな家庭環境で、子どもがまっとうに育つわけがない。

深々とため息を吐いた凪は、ふとグレゴリーに問いかけた。

「先ほどからお話を聞いておりますと、あなたもあなたのお母さまも、随分マクファーレン公爵と同じ髪と瞳にこだわっていらっしゃるようですが……。あなたが、兄とわたしをやたらと敵視しているのは、そのせいですか？」

「～～っうるさい、うるさい！」

少し落ち着きかけていたグレゴリーが、再び泣きわめく。図星か。

「だって、母上がそう言うんだ！　ぼくが、父上とまるで似ていないのが悪いんだって！　だったら、父上にそっくりなあの人ときみがいたら、ぼくなんかいらなくなる！　ぼくなんかより、あの人のほうがずっと優秀なんだから！　だから……っ」

「いらないのは、マクファーレン公爵と公爵夫人です」

グレゴリーが、止まった。

「子どもを傷つけるばかりの親など、親を名乗る資格はありません。公爵夫妻に、あなたが不要なのではありません。あなたにとって、公爵夫妻が不要であり、害悪なのです」

「……え？」

真っ赤になった少年の目から、止めどなく涙が溢れ落ちる。

「奇遇ですね。わたしの人生にとっても、マクファーレン公爵夫妻は不要であり、害悪です。わたしがこの国で平穏に生きていく上で、彼らの存在は邪魔でしかない」

そう言って、凪はにこりとほほえんだ。

「あなたは、これからどうしますか？　グレゴリー・メルネ・マクファーレン」

「どう……って……」

困惑する腹違いの兄に、凪は告げる。

「今日の保護者たちが集うガーデンパーティーには、多くの報道関係者が入っていると聞いています。今頃は彼らの前で、私の兄がマクファーレン公爵夫妻にご挨拶しているところかもしれませんね」

ひゅっと、グレゴリーの喉が鳴った。

「お察しの通り、兄はマクファーレン公爵にすべてを語るつもりです。わたしが、公爵の娘であることも。兄とわたしが、今後一切マクファーレン公爵家と関わるつもりがないことも。……今日、マクファーレン公爵夫妻の名誉は、地に落ちる」

現在、シスコン街道を全力で驀進《ばくしん》中のライニールのことだ。

もしかしたら、マクファーレン公爵夫妻の名誉を地に落とすどころか、地下深くに埋めて踏み固めた上で、二度とひょっこり出てくることがないようにコンクリートで固める勢いかもしれない。

「そん……な……」

「そのことで恨むのでしたら、兄でなくわたしをどうぞ。兄の行動のすべては、わたしを守るためのもの。わたしが兄の前に現れなければ、彼はマクファーレン公爵家に対して何もすることはなかったでしょう」

グレゴリーの顔が、くしゃりと歪む。

「それでも、たとえどんな外道であろうと、あなたにとってマクファーレン公爵夫妻は血の繋がったご両親。そう簡単に切り捨てられるようなものではないのは、理解できます。あなたが今まで通りに、彼らとともにあることを選ぶのでしたら、どうぞご自由に。そのときはわたしのほうも、それなりの対応をさせていただきます」

びく、とグレゴリーの肩が震えた。

「そ……それなり、って……？」

「わたし、躾のなっていない愛玩犬は、好きではありませんの。きゃんきゃんと騒がしくて、うっとうしいだけですもの。わざわざ構ってあげようと思うほど、わたしは暇ではありません」

にこりと笑って言ってやると、グレゴリーはこれからの自分の選択次第で、凪から『躾のなっていない駄犬』扱いされることを悟ったのだろう。顔を引きつらせ、何か言いかけては口ごもる、ということを繰り返す。

やがて俯いた彼は、ぼそりと言った。

「ぼくは……浮気ばかりしている父上も、ぶくぶく太ってヒステリックな母上も、好きじゃない。あの人をマクファーレンから追い出しておきながら、彼とぼくを比べてばかりの連中も、大嫌いだ」

「そうですか」

グレゴリーの声が、引きつる。

「それ、に……ぼくは、犬じゃない」

「そうですね。そうやって普通にお話ししていただけたら、あなたも普通の男の子に見えますよ」

——駄犬扱いされたくなかったら、二度と大声で偉そうにきゃんきゃん喚くんじゃねえ。

そんな凪からの圧を感じたのか、グレゴリーが縮こまった。

「でも……ぼくがいなくなったら、あの家を継ぐ者がいなくなる。……あの人は、マクファーレンを継ぐ気は、ないのだろう？」

「ええ。今の兄には、不要なものですもの」

どうやらグレゴリーは、公爵家を継ぐ者としての義務を気にしているらしい。だが、そんなことを言い出すということは、その義務から逃れたいという気持ちも少なからずあるのだろう。

凪は、小さく息をついた。

「少々、性急でしたね。申し訳ありませんでした。今すぐにすべてを決めろとは言いません。あなたにも、いろいろと思うところがあるでしょう。ですからまずは、普通にクラスメートとしてお付き合いをしていきませんか？」

「……クラスメート？」

グレゴリーが、ものすごく意外そうな顔になる。

「ええ。何か問題でも？」

「いや……その、だが、きさ……き、きみは、ぼくの妹？　いや、姉？　うん？　どちらなんだ？」

彼の凪に対する二人称は、きさま、から、きみ、に変わったらしい。別に、ありがたいとは思わない。ダメダメだったものが、普通になっただけだ。

「あなたのほうが、わたしよりも二ヶ月ほど先に生まれたと聞いています」

「そ、そうか。では、きみは――」

何やら嬉しそうなグレゴリーに、凪は淡々と言ってやる。

「ただ、わたしは法律上、マクファーレン公爵家とはなんの関係もありません。孤児として個人登録をした上で、兄の養女になりましたから。強いて言うなら、あなたはわたしの叔父ということになりますね」

「叔父……っ⁉」

義父の弟なのだから、そうなるだろう。

「ええ。よかったら、今後はあなたのことを叔父さまと呼ばせていただきますよ」

「オジ、サマ……」

グレゴリーが唖然と繰り返し、それから今にも泣き出しそうな顔になる。そんなに叔父さま呼びがいやだったのだろうか。

だったら、ここはぜひ採用させていただこう。初対面でいきなり喧嘩を売られたことを、凪はしっかり根に持っているのだ。

「それでは、叔父さま。わたしたちのせいで、せっかくご縁があって今日からクラスメートとなったみなさまが、大変驚いていらっしゃいます。まずは、このような騒ぎを起こしてしまったことを、みなさまに謝罪いたしませんか？」

軽く手のひらを上にして促すと、グレゴリーが跳び上がって周囲を見回した。彼が泣いたり喚いたり本音をダダ漏らしているところを、ずっと眺めていた少年少女が、揃って生暖かい表情を浮かべている。

それに気付いたグレゴリーが硬直したまま動かないので、凪はこの騒ぎの片割れとして、先に頭を下げることにした。

「みなさま、入学早々お騒がせしてしまい、大変申し訳ありませんでした。今後はこのようなことのないよう注意してまいりますので、ご容赦いただけるとありがたく思います」

グレゴリーのお陰で、クラスメートたちとのファーストコンタクトがとんでもなく騒々しいものになってしまった。やはり駄犬扱いするべきだろうか、と思っていると、聞き慣れたものとは少し違う、けれど大好きな声が耳に届く。

「あんたは、何も悪くないだろう。そこのマクファーレン公爵家のお坊ちゃまが、あんたに喧嘩を売った。あんたは、売られた喧嘩を高値で買った。それだけだ」

（はわわわわ、十五歳シークヴァルトさんからの『あんた』呼びいただきました……大変美味しいです、ありがとうございますしゅてき……）

二十歳バージョンのシークヴァルトからは、当然ながら完全に年下扱いで『おまえ』と呼ばれているため、なんだかものすごく新鮮だ。

彼は今、平民出身の『ヴァル・シアーズ』としてこの魔導学園に入学している。そのほうがいろいろ動きやすいとのことだが、いつもより少々乱雑な口調が、実にいい。

目がハートマークになっていたらどうしよう、と不安になりながら、どうにか顔を上げる。

「あ……ありがとう、ございます。そうおっしゃっていただけて、嬉しいです」

「いや。——それで？　そっちの元凶のお坊ちゃまは、自分の姪っ子にだけ謝罪させておくつもりなのか？」

シークヴァルトの揶揄する口調に、グレゴリーが顔を真っ赤にして振り返った。

「なんだと⁉　きさま――」

「まあ、あれだけぎゃん泣きしていたおまえに謝罪されてもな。まずは、顔でも洗ってきたらどうだ？　涙と鼻水だらけで、ひどい有様だぞ」

淡々と告げられ、グレゴリーがわなわなと震え出す。それでも、今の自分が大変情けない姿をしているというのは、さすがにわかったのだろう。足音も高らかに、勢いよく教室から飛び出していく。

教室中の注目を一身に集めていたグレゴリーが退場すると、少し場の空気も和らいだようだ。凪がほっとしていると、同じように肩の力が抜けた様子のソレイユが近づいてきた。

「いきなり大変だったね。大丈夫？　あ、あたしはソレイユ。よろしく！」

彼女とのファーストコンタクトを失敗するわけにはいかない。凪はすかさず笑顔で応じた。

「はい。ナギ・シェリンガムです。こちらこそ、よろしくお願いします」

それをきっかけに、新たなクラスメートとなる少女たちが、わっと近づいてくる。

どうやら、マクファーレン公爵家の後継者であるグレゴリーは、貴族社会の子どもたちの間ではかなり有名な存在だったらしい。

「グレゴリーさまには、わたくしも何度かご挨拶させていただいたことがございましたけれど、いつもどこかピリピリしていらっしゃる感じで……。ご両親とのご関係が、大変辛いものだったからでしたのね」

「本当に。今までは、マクファーレン公爵さまの美丈夫ぶりなら……と、あの方のなさりようもどこか当然のように思ってしまっておりましたけれど、すっかり目が覚めた心地です。まさか、愛人たちが我が子に暴言を吐くのを放っておくだなんて。いくらなんでも、酷すぎますわ」

「ええ。それも、あの方を見苦しいだなんて、とても許せません！　グレゴリーさまの愛らしさを妬んだ女性の戯言など、耳に入れる価値もありませんのに！」

ぐっと握り拳を作った少女の言葉に、次々に同意の声が上がる。

「そうですわ！　せっかくこうしてグレゴリーさまと同じクラスとなれたのですもの。わたくしたちで、あの方の愛らしさを全力で称えてまいりましょう！」

「まあ素敵！　ええ、くだらない女性の嫉妬と悪意に満ちた暴言など、わたくしたちが忘れさせて差し上げればよろしいのです！」

どうやら彼女たちは、グレゴリーを傷つけた愛人の女性たちに対し、非常に憤りを感じているようだ。それは凪とて同様だが、お嬢さま方の熱の入りようが、ちょっと怖い。

（え？　いや、たしかにグレゴリーは可愛い顔をしてると思うよ？　思うけど、お嬢さま方の方向性が、『え、ナンカチガウ……』な感じに変わってない？）

突如として発生した『グレゴリーの愛らしさを称える会』が最高潮の盛り上がりを見せたとき、その対象であるご本人が俯きながら教室に戻ってきた。

そして、ぎこちなく顔を上げたグレゴリーが何か言いかける前に、少女たちが彼を取り囲んで熱弁をはじめる。

「グレゴリーさま！　グレゴリーさまの子猫のようなふわふわの髪も、ぱっちりとした大きなお目々も、とってもお可愛らしいです！」

「ええ！　グレゴリーさまのすべすべのほっぺも、ふっくらとした唇も、本当に羨ましいほど魅力的ですわ！」

「本当に！　もしグレゴリーさまがドレスをお召しになって、きちんとしたレディーの装いをなさったなら、マクファーレン公爵さまの愛人のどなたよりも、ずっと素敵におなりでしょう！　グレゴリーさまを見苦しいだなんて、グレゴリーさまよりも遥かに劣った女性の無様で醜い戯言ですわ！」

大変気合いの入った少女たちからの賛辞の嵐を、グレゴリーはどうやら受け止めきれずにいるようだ。気持ちはわかる。

「え……は……？」

たじろぐように半歩下がったグレゴリーは、ひどく困惑しているようだ。その様子を見て、凪は少なからず驚いた。

（あ。ほんとだ、可愛い）

泣きはらした目をぽかんと丸くして、まるで毒気のない顔をしたグレゴリーは、たしかに大変可愛らしい。表情ひとつで、まさかこれほど印象が変わってしまうとは思わなかった。華奢で小柄な体躯と相俟って、いっそ儚げな美少年にさえ見えてしまう。詐欺だ。中身は、躾のなっていない駄犬だというのに。

（まあ……うん。とりあえず、今まであんまり褒めてもらえなかったぶん、いっぱい褒めてもらうといいよ）

犬の躾は褒めるのが基本だというし、この勢いで心優しい素敵なお嬢さま方から褒めまくってもらえれば、グレゴリーもいい感じに成長できるかもしれない。

今のところ、グレゴリーがクラスメートたちの注目の的になっているお陰か、凪のほうにもチラチラともの問いたげな視線は感じるものの、正面から質問をしに突撃してくる者はいなかった。

すでに彼女の隣に、ソレイユが陣取っていることも大きいだろう。伯爵家の令嬢として生まれながら、幼い頃から騎士への道まっしぐらだったソレイユは、同年代の貴族出身の少女たちとほとんど面識がないらしい。そのため、虫除け効果——もとい、貴族の子どもたちからの過度な接触の抑制を期待して、平民出身の少女として入学登録をしたという。

（うーん……。平民出身の子どもがそばにいれば、貴族階級の子どもは近づきづらくなるっていうのは、本当だったんだなー。まあ、それも慣れるまでのことだろうけど）

ちらりと確認すると、シークヴァルトとセイアッドが並んで何かを話しながら、やはりグレゴリーの様子を観察しているようだ。ソレイユが、笑いをこらえるような表情でひょいと肩を竦める。

そして、こそっと小声で話しかけてきた。

「ねえ、ナギちゃん。あのわんこ少年には、どんなドレスが似合うと思う？」

「レースとフリルが山ほどついた、ピンク色の可愛い系」

同じく小声で答える。なるほど、とうなずいたソレイユが、真剣な眼差しで何かを考えはじめたことには、とりあえず気がつかなかったことにした。

がんばれー、と他人事のように思いながら、グレゴリーとお嬢さま方の様子をまったりと見守っているうちに、オリエンテーション開始の時間になったようだ。

それからはすべてが恙なく進み、いかにもベテランという風情の教師により、これからのことについて一通り説明を受けた。どれもこれも興味深く、明日からの授業が今から楽しみで仕方がない。

（だって、魔術ですよ！　これぞゴリゴリのファンタジー！　……いや、すでにいろいろやってはいるんだけどもね。聖女パワーは全然使ってる実感がないし、治癒魔術も「そいやー！」って気合い一発な感じだからさー。なんちゅうかこう、いまいちフワフワ感が否めないのでござる……）

凪は特に勉強が好きというわけではないのだが、興味のある対象については、思い切りのめりこんでしまうタイプだ。魔力や魔術のなんたるかをきちんと学ぶことができれば、いつかは身体強化魔術だって使えるようになるかもしれない。

（ユリアーネ・フロックハートの件があるし、法律系の授業も受けてみたいんだけどなー。その辺りは、二年生にならないと履修できないって、ちょっと残念）

魔導学園の授業は、必修科目のほかに選択科目というものがあり、それぞれ規定の単位数を修得することで、無事に進級できるという仕組みになっている。ざっと確認してみたところによれば、一年生の間はどの科目もまんべんなく基礎を履修し、二年生から興味のある科目に特化した授業を受けられるようになる感じだ。

とはいえ、何よりもまず、この世界の一般常識と一般教養を身につけたい凪としては、さまざまな科目をしっかり基礎から学べるカリキュラムは、大変ありがたい。

そうしてオリエンテーションが終了し、さてライニールと合流して帰ることにしよう、と立ち上がったときだった。

「ナ……ナギ嬢。先ほどは、無礼ばかりをすまなかった。その……少々、いいだろうか……？」

ひどくぎこちない声で問いかけてきたのは、マクファーレン公爵家のご子息だ。

「ええ。どうかなさいましたか？」

最初に顔を合わせたときとは、別人かと思うような態度の違いである。何やら悲壮感さえ漂わせているグレゴリーは、ほんの少し躊躇うような間のあと、思い切った様子で顔を上げた。

「きみとあの人の魔力が共鳴したというのなら、きみが父上の娘であることは、疑いようがないのだと思う。その上で、一応聞いておきたいのだが……。きみたちの魔力共鳴が起きた現場には、ほかに誰かいたのだろうか？」

「魔導騎士団団長のアイザック・リヴィングストン伯爵さまと、同じく団員でいらっしゃるシークヴァルト・ハウエルさまです」

え、とグレゴリーの目が丸くなる。

「リヴィングストン伯爵と、レングラー帝国皇帝の元皇弟どのが？　それはまた、素晴らしく豪華な証人だな」

（…………今、なんて？）

凪は思わず、シークヴァルトのほうを見た。ものすごく自然に目を逸らされる。ソレイユとセイアッドはと視線を向ければ、少し意外そうな顔をして凪を見ていて、そんなふたりの目は口ほどに「え、知らなかったの？」と言っていた。

……これは、あれか。

魔導騎士団ではみな当たり前に知っていることだから、凪に教えるのを普通に忘れていたというやつだろうか。

（べっ、別に、イラついてなんかないし。こんなわりと大事っぽいことを黙っていられたからって、いちいち怒るようなことじゃないし。……うん。しょんぼりなんか、してないし。わたしが文句を言うようなことじゃないもん……もん……）

密かに気落ちした凪に、ひとつうなずいたグレゴリーが言う。

「それならば、これ以上の証人は必要ないとは思うんだが……。今日はきみも言った通り、報道関係の人間が大勢来ているだろう？　だったら――」

そうしてグレゴリーが口にした提案に、凪は驚いて目を丸くした。

「よろしいのですか？　そんなことをしては、あなたのマクファーレン公爵家での立場が難しいものになるのではありませんか？」

「ああ、いいんだ。きみのお陰で、よくわかった。……いや、ずっとわかっていたことから、目を背けるのをやめられた。あの家には元々、ぼくの居場所なんてなかったんだよ」

だから、とグレゴリーが強張った、けれどどこか吹っ切れたような笑みを浮かべる。

「ぼくはこれから、自分の力で居場所を作る。そのために、きみを利用するのだと思ってくれていい」

「……そうですか」

悪くない、と思う。

はじめて会ったときには、己を守るため必死に他者を威嚇するしかなかった少年が、はじめて親に逆らおうと——親離れのための、最初の一歩を踏み出そうとしている。

（うーん……。ショック療法が効いちゃった、とかいうやつかな？　いやまあ、何も知らなかった十五歳の男の子に、いきなりとんでもない事実を豪速球でぶつけまくった自覚はあります……。今から思えば、ちょっとオーバーキルだったかなーと……うん……なんか、ごめん）

いくら出会い頭に喧嘩を売られてイラッとしたとはいえ、凪はそれまでグレゴリーが生きてきた世界を、土足で踏みにじって蹴り壊したようなものなのだ。マクファーレン公爵夫妻の醜聞は、いずれ必ず明らかになっただろうけれど、子どものグレゴリーにはなんの罪もないのである。もう少しだけでも、彼の心情に配慮すべきだったと思う。

反省した凪は、真剣な眼差しをしたグレゴリーに、にこりと笑った。

「わかりました。それでは、よろしくお願いいたします」

そう言って右手を差し出すと、一瞬泣きそうに顔を歪めたグレゴリーが、恐る恐る手を伸ばしてくる。

指先が触れ合う。当然ながら、母親が違うふたりの魔力が共鳴することはない。

——それでも、わかる。

今、触れ合っている相手の魔力は、自分のそれにとても近い。

目を瞠ったグレゴリーも、同じことを感じたのだろう。くしゃりと顔を歪めて、彼は小さく呟いた。

「きみは、本当に……いや。なんでもない」

ひとつ首を横に振り、グレゴリーが手を離す。

「……ナギ嬢。ひとつだけ、お願いしてもいいだろうか」

「なんでしょう？」

ひどく真剣な様子で、グレゴリーが言う。

「ぼくを、叔父さまと呼ぶのはやめてくれ」

「あら、残念」

第八章　お父さまとは呼びません

『……いいんですか？　シークヴァルトさん。ナギが報道陣の前に出るのは、今日の予定にはなかったでしょう』

シークヴァルトのほうを見ないまま、セイアッドがピアス型の思念伝達魔導具を通じて問いかけてくる。

たしかに、これから護衛対象の少女がやろうとしていることは、彼ら護衛チームがまったく想定していなかった事態だ。彼女の安全を最優先に考えるのであれば、ここは止めるべきである。

しかし、シークヴァルトはちらりと窓の外を見てから、あっさり応じた。

『ライニールのほうは、すでにケリがついている。マクファーレン公爵家の護衛連中は、対象との中距離を維持したままだ。問題ない』

『了解しました。ですが、今のおれたちの立場では中距離すら維持できません。ソレイユが同行するのも、現状では不自然でしょう。どうしますか？』

その問いかけには応じず、シークヴァルトは通学鞄を肩に引っかけ、グレゴリーに向けてにやりと笑う。

「よお、マクファーレンのお坊ちゃま。なんだか、面白そうなことを言ってるな。ヒマだから、オレも見物に行ってやるよ」

先ほど、ぐちゃぐちゃになった顔を洗いに行くよう促すとき、揶揄する口調で言ったからだろう。グレゴリーが、くわっと噛みつく勢いで言い返してくる。

「うるさい！　これは、ぼくたちの問題だ！　部外者はしゃしゃり出てくるな！」

「バカか？　おまえ。トラブルってのは、他人事だから楽しいんじゃねえか。ホラホラ、貴族のお坊ちゃま方、お嬢さん方も、さっさと行った行った。中庭でのガーデンパーティーとやらには、アンタらの家族も参加してるんだろう？　よかったなあ、今なら家族と合流しにいくだけで、マクファーレン公爵家が主演の舞台を、特等席で見学させてもらえるぜ？」

ヒラヒラと軽薄そうに手を振りながら言ってやれば、貴族階級の子どもたちが明らかに挙動不審になる。上位貴族に関する、鮮度の高い確実な情報。それは、彼らにとって決して見過ごせない貴重なエサだ。

しかし、当の本人であるグレゴリーは、明らかにギャラリーの存在を拒絶している。いくら過去の醜聞を暴かれている真っ最中とはいえ、マクファーレン公爵家はこの国の貴族社会で最上位に位置する家だ。その後継者である彼の意向に反してまで、シークヴァルトの煽動に乗る者がどれほどいるか――。

「あら。もしみなさまがご一緒してくださるなら、とても心強いです。……そうそう、あなたのことはこれからどうお呼びすればいいかしら？　お名前で？　それとも、グレゴリーお兄さま？」

「おに……っ」

コロコロと笑いながらナギがそう言った途端、グレゴリーの顔がそれまでとは違う意味で真っ赤になった。いかにも無邪気そうな様子で、ナギが首を傾げる。

「わたしが叔父さま、と呼ぶのはおいやなのでしょう？　それとも、兄上と呼んだほうがよろしかったかしら」

（……うん。楽しそうだな、ナギ）

シークヴァルトの見る限り、グレゴリーは自分の両親を完全に切り捨てることはできていない。そこまでの覚悟は、まだ決めきれていないだろう。

それでも、彼はナギの手を取ることを選んだ。彼女の存在そのものが、今のマクファーレン公爵家を根底から覆すとわかってなお、父親の過ちを正面から受け入れた。

きっとこれから、グレゴリーの心は大きく揺れ動くだろう。両親への愛情と、今まで自覚することもできなかった憎悪。マクファーレン公爵家に対する義務と、それに対する鬱屈した感情。ほんの些細なきっかけで、彼が簡単にナギの手を振り払う可能性は、まだ充分にある。

けれどきっと、そうはならない。

——愛情に飢えた子どもの心が、生まれてはじめて触れたささやかなぬくもり。

グレゴリーが両親から受け続けてきた仕打ちが、虐待と呼ばれるものなのだ、と。父親の愛人が子どもを罵倒することは、決して許されてはいけないことなのだ、と。

ナギはただ、当たり前の事実を告げただけ。しかし、そんな当たり前のことを、今まで誰もグレゴリーに伝えてこなかったのだ。

(このお坊ちゃまにとっては、ナギの軽口も嬉しくて仕方がないんだろうな。軽口を言われる程度には、心を許されているんだ。おまえ、自分が今泣きそうな顔してるって、わかってるか？)

グレゴリーが、ナギから顔を背けながら、ぼそぼそと言う。

「……グレゴリー、と。普通に、名前で呼んでくれ」

「そうですか。では、グレゴリー。わたしのことも、ナギと呼んでくださいな」

そう言ってナギが笑った途端、グレゴリーが真っ赤な顔のまま何度もうなずく。シークヴァルトは、ものすごく生暖かい気分になった。

(よかったなー、お坊ちゃま。そこでおまえがナギからの兄呼びを選択してたら、ナギに関してはものすごーく心が狭くなるどこかのオ兄チャンが、完全におまえを敵認定してたぞ。永久凍土の眼差し、待ったなしだったぞ)

シークヴァルトが、グレゴリーの咄嗟の選択に対して密かに賞賛の拍手を送っていると、ソレイユが軽やかな足取りでナギに近づく。

「ねえ、ナギちゃん。あたしも一緒に行っていい？　貴族さま同士のトラブルを直接見物できるなんて、この学園にいる間だけだもん！　ぶっちゃけ、全力で野次馬したい！」

ものすごく興味津々、という顔をしているソレイユの言葉に、平民出身らしい子どもたちがソワッとする。その空気を感じたのか、ソレイユが悪戯っぽい顔をしてナギに言う。

「ナギちゃんもさー、孤児院育ちってことは、素のしゃべり方は違うよね？　それとも、学園ではお嬢さましゃべりをしなきゃダメって言われてる？」

ナギが可愛らしく首を傾げてから、小さく笑う。

「ううん。人前ではお嬢さまっぽく話していなくちゃ、一緒にいる兄さんが恥ずかしいかなって思って、そうしてただけ。こっちのほうが楽なんだけど、これから貴族さまがたくさんいる中庭に行くしねえ。わたしの育ちが悪いせいで、兄さんが誰かにバカにされるとか、想像するだけでぶちギレ余裕だし。——ですので、今のところはこちらのお嬢さまモードでお話しさせていただきますわね？　ソレイユさん」

明るく闊達な庶民モードと、ふんわり優雅なお嬢さまモードの見事な使い分けに、それを促したソレイユが爆笑する。あらかじめわかっていても、たしかに笑えてくる別人ぶりだ。

「すごい、すごい！　声まで違って聞こえるし！」

「ありがとうございます。褒めていただけて、光栄ですわ」

そんなふたりのやり取りを目の当たりにしたグレゴリーが、限界まで目を丸くしている。がんばれ。

ソレイユも立派な伯爵令嬢のはずなのだが、物心つく前から筋肉至上主義——もとい、武門で名高いリヴィングストン伯爵家で養育されたせいか、どうにも令嬢らしくない。淑女教育はきちんとされているのだし、その気になればナギ以上に立派なモード変更ができるだろうに、本人曰く「マジで勘弁してください、ずっと令嬢モードとかストレスで死んでしまいます」だそうだ。

（それにしても、孤児院育ちのナギが、ここまでちゃんとした立ち居振る舞いができるとはな。……ノルダールで、どんな『高級品』として育てられていたんだか）

非合法に魔力持ちの子どもたちを集めていたノルダールの孤児院は、捜査の手が入る直前に焼け落ちている。そこで育てられた子どもたちの資料も、そのほとんどは失われてしまった。それでも、生き残った職員や保護した子どもたちの証言から、わずかながらわかっていることはある。

体格と運動神経のいい子どもたちには、遊びという名の高度な戦闘訓練を。

おとなしく見目のいい子どもたちには、ハイレベルな座学とマナー教育を。

いずれにせよ、ノルダールで養育された子どもたちは、さぞ高値で売れたに違いない。国で管理登録されていない魔導兵士も、どんな高位貴族の屋敷にも潜り込める教養と美貌を持つ間諜も、野心ある者たちにとってはさぞ得がたい駒なのだろうから。

そんなことを考えていると、ライニールから護衛チーム三名への緊急通信が入った。

（……あぁ？　マクファーレン公爵夫人が、ここにナギを呼べと喚いてる？　ナギの魔力とマクファーレン公爵の魔力が共鳴しなければ、すべてライニールの虚言だと証明されるって？　……あー、マクファーレン公爵ご本人は、真っ青な顔で卒倒寸前、と。そりゃあそうだろうなあ）

魔力を持つ夫婦の間に生まれた子は、その父親が触れた瞬間に魔力の共鳴が起こるもの。それゆえ、魔力持ちの貴族の家で嫡出子として認められた子が、父親の血を引いていないということはありえない。

ライニールはその外見からしても間違いなくマクファーレン公爵の実子だが、公爵とまるで似たところがないグレゴリーもまた、疑いようがなく彼の実子なのだ。

そしてライニールとナギの魔力が共鳴した以上、彼女も間違いなくマクファーレン公爵の子どもである。

（まあ、そもそもナギの容姿が、どこからどう見てもマクファーレン公爵の子どもなんだけどな。顔立ちは、あまり似たところがないが……。髪色はともかく、あの瞳はちょっとほかでは見ない色だ）

ライニールから聞いた話では、先代のマクファーレン公爵夫人――当代マクファーレン公爵の母親が、西方の小国出身の姫君で、大層美しい金髪碧眼の女性だったという。公爵、そしてライニールとナギの持つ色彩は、おそらくその祖母譲りなのだろう。

一方、先代公爵はこの国の王家の血が濃く出たらしく、銀髪に淡い緑の瞳である。グレゴリーも、今でこそ淡いグレーの瞳だが、生まれたばかりの頃はもっと緑がかった瞳をしていたそうだ。

ナギが生まれたのは、そんなグレゴリーが生まれてから約二ヶ月後。新たな息子の誕生に浮かれていた公爵にとって、前妻の産んだ女児の存在など、まったく意識の外だったことだろう。もしかしたら今の今まで、そんな娘がいたことすら忘れていたかもしれない。

いずれにせよ、男子禁制の修道院で生まれ、その後すぐにノルダールの孤児院へ誘拐されたナギが、父親に触れられる機会などあったわけがない。マクファーレン公爵とナギが接触すれば、間違いなくふたりの魔力は共鳴する。

それをわざわざ、大勢の報道陣の前でしてみせろとは――もしや公爵夫人には、自滅願望でもあるのだろうか。

シークヴァルトは笑いを堪えながら、思念伝達魔導具に意識を集中する。

『ライニール。これから、ナギがグレゴリーとともにそちらへ向かう。オレとセイアッドは、中距離を維持して同行。ソレイユは、近距離をキープできるか？』

『はーい、大丈夫です！』

ソレイユの元気な答えに、ライニールの訝しげな問いが重なる。

『あ？　なんでナギが、マクファーレンのクソガキと一緒に来るんだ？』

『お坊ちゃまに、ようやく反抗期が来たらしいぞ。まあ、マクファーレン公爵夫妻に育てられたガキが、幸せだったわけがねえってことだな』

魔導具越しに、ほんのわずかライニールが逡巡する気配があった。

『……了解した。こちらは状況に合わせて対応する』

『ああ。セイアッドは、現着したらライニールのフォローに入れ』

『了解です』

ひとつ深呼吸をしたグレゴリーは、ギャラリーのことなどすっかりどうでもよくなったようだ。

そんな彼に絡みながら、ソレイユがナギの隣をキープする。

「それじゃあ、マクファーレンのお坊ちゃま。中庭にレッツゴーですよ！」

「お坊ちゃまはやめろ！　なんなんだおまえは、いきなり馴れ馴れしい！」

おお、とソレイユがわざとらしく目を見開く。

「お坊ちゃまと呼ばなくてもいいと！　じゃあ、グレゴリーだね！　あたしはソレイユ。好みのタイプは、背が高くてムッチムチの素敵な筋肉を持つ、落ち着いた年上の男性でっす。コンパクトプリティーキュートなグレゴリーは、まったくあたしの好みじゃないから、安心してね！」

「～～っ！　おまえは、ぼくをバカにしているのか⁉」

足を進めながらも、くわっとソレイユに噛みつかんばかりのグレゴリーに、ナギがあくまでも真顔で言う。

「まあまあ、グレゴリー。あなたは黙っていればとても可愛らしいのですから、それでいいではありませんか。可愛いは正義です」

その途端、グレゴリーがわかりやすくうろたえた。ナギとソレイユが顔を見合わせる。少し考えるような素振りのあと、ナギがグレゴリーに問いかけた。

「あなたは客観的に見て、本当に可愛らしいですよ。……信じられませんか？」

「……ぼくは、本当に、見苦しくないのか？」

頼りなく揺れる声に、ナギは深々とため息をつく。

「あなたが見苦しかったら、この学園に在籍しているすべての学生が見苦しいということになりますね。そんなに丁寧にお手入れされた髪とお肌をして、いったいどこが見苦しいというのです？」

「そうそう。グレゴリーはあたしの好みとは真逆のタイプなだけで、すっごく可愛いし魅力的だよ！　そんなに難しい顔をしてないで、にこにこ笑っていればもっと可愛くなれるって！」

周囲の女生徒たち——先ほどグレゴリーを賞賛しまくっていたクラスメートの少女たちが、揃って力いっぱいうなずいている。

ナギが、グレゴリーに向けてぴしりと言う。

「いいですか、グレゴリー。見苦しい人間というのは、我が子を傷つけて恥じることのない、あなたの両親のような者のことをいうのです。そして、妻子を持つ男性の愛人は、存在するだけでその妻子を傷つけているのですよ。そのような見苦しい者たちのくだらない妄言などに、なんの価値もありはしません。わかりましたか？　わかったのでしたら、二度とあなたの可愛らしさを損なうような、卑屈な発言はなさらないように。もったいないにも、ほどがありますよ」

「わ……わかった……？」

語尾が怪しげではあるものの、グレゴリーがぎこちなくうなずく。その様子を見て、シークヴァルトは密かに苦笑した。

（元々が、きっとものすごく素直な坊主なんだろうなあ。今までは阿呆な両親の影響を受けまくって、ガチガチに『両親にとってのいい子』をやってた感じか？　ナギの言葉責めで、その両親に対する幻想が木っ端微塵になった結果、今は自意識再構成の真っ最中、と。……これからは、ナギとソレイユの影響を、めいっぱい受けまくればいいと思うぞ。うん）

ナギもソレイユも、たまに愉快な発想で周囲を混乱させてしまうことがあるけれど、基本的にとても優しく、そして逞しい少女たちだ。彼女たちならば、両親からの虐待で縮こまってしまったグレゴリーの心に、きっといい影響を与えてくれるだろう。

＊＊＊

魔導学園の中庭は、背の低い生け垣と観葉植物を幾何学模様に配置した、一見の価値がある美しい場所だ。密度の高い芝と石畳を組み合わせた地面に、優美なデザインの丸テーブルがいくつも置かれている。その上には、いかにも美味しそうな軽食やドリンクが並べられていたけれど、シークヴァルトがざっと見た限り、ほとんど手を付けられていなかった。もったいない。

華やかに着飾った紳士淑女が、なんとも言い難い雰囲気の中で佇む中、真っ先にナギたちの到着に気付いたライニールが歩み出てきた。彼はナギに向けて両手を広げ、とろけるような笑みを浮かべる。

「お帰り、ナギ。クラスの感じはどうだった？　楽しく勉強ができそうかい？」

「はい、お父さま。いろいろとお話ししたいことはありますけれど、まずはクラスメートを紹介させていただきますわね。紹介、というのもおかしなお話かもしれませんけれど――お父さまの異母弟でいらっしゃる、グレゴリー・マクファーレンさまです」

するりとライニールの傍らに立ったナギが、小さく笑う。

「叔父さま、とお呼びしようとしたら、とてもいやがられてしまいましたの。ねえ、グレゴリー？」

「あ……ああ。あの……お久しぶり、です。ライニールさま。その……五年前にお別れのご挨拶をした際には、大変失礼を申し上げました。今更ではありますが、心からお詫び申し上げます」

ナギの肩に手を回したライニールが、軽く目を瞠る。グレゴリーがいきなり頭を下げてくるとは、さすがに想定外だったのだろう。一度ナギに視線を向け、にこりと笑い返されたライニールは、彼女によく似た朗らかな笑みとともにグレゴリーに話しかけた。

「いや。あのときのきみは、たったの十歳だったからね。そんな子どもに何を言われたところで、わざわざ怒るようなことじゃないさ。それでも、きみがあのときのことを気に掛けていて、こうして詫びてくれたことは嬉しく思うよ。ありがとう、グレゴリー」

「は……はい……っ」

グレゴリーの目が、ぶわっと潤む。教室で盛大に泣いたばかりのせいで、涙腺が緩みがちになっているのだろうか。

しかし、ここで泣いている場合でないというのは、本人が一番よくわかっていたのだろう。ぐいっと袖口で目元を拭ったグレゴリーは、きつい表情を浮かべて中庭を見回した。そして、揃って激しい驚愕に立ち尽くしているマクファーレン公爵夫妻に、低く抑えた声で呼びかける。

「父上。母上。そんなところで、何をなさっているのです。あなた方は、ライニールさまからすべてを聞かれたのではないのですか?」

少女めいたふっくらとした頬は蒼白になり、その震える唇も声も、彼がすさまじい葛藤の中にあることを伝えてくる。

それでも彼は、ぐっと両手を握りしめ、懸命に言葉を紡いでいった。

「あなた方は、ライニールさまとナギから母君を奪い、みなさまがともに過ごせたはずの幸せな時間をも奪った。今更何をしたところで到底許されることではないとはいえ、せめておふたりに誠心誠意頭を下げて詫びるべきでしょう！」

今にも泣き出しそうな顔をした、少年の弾劾。

――その報道陣の前で、ぼくの両親からきみたちへ謝罪をさせたいと思う。ふたりの過ちを、きみたちが……きみたちの母君が奪われたものの重さを、誰の目にも明らかにしたい。

――もちろん、そんなことで彼らの罪が許されるなんて、思っているわけじゃないんだ。

――ただ、ぼくの両親に、きちんと自分たちの過ちと向き合ってほしいんだよ。そうでなければ、きっと何も変わらないから。

先ほど、教室でそうナギに告げたグレゴリーとて、自分の両親が犯した過去の罪を、簡単に受け入れられたわけがない。おそらく彼は、決して短くないオリエンテーションの間中、ずっと悩み、考え続けていたのだろう。

そうして、グレゴリーが選んだ答えは、どこまでも少年らしいまっすぐな道だった。

「……父上。ライニールさまと並ぶナギの姿を見て、あなたの子ではないと言えますか？　彼女の髪も瞳も、そっくりそのままあなたのものだ。それでもあなたが認めないとおっしゃるのであれば、ぼくはこの場でマクファーレン公爵家の継承権を放棄します！」

唐突な彼の宣言に、その場が大きなざわめきに包まれる。それまでひたすら唖然としていた公爵夫妻が、憤然と口を開いた。

「グレゴリー！　何をバカなことを言い出すのだ！　おまえはただ、私の跡を継ぐことだけを考えていればいい！」

「そうですよ、グレゴリー！　くだらない過去のことなど、どうでもよいでしょう！　今はあなたが、あなたこそがマクファーレン公爵家唯一の後継者なのです！　そのような愚かなことを口にするなど、母は断じて許しませんよ！」

こんなときでも、足取りだけは優雅に近づいてきた公爵夫妻に、グレゴリーの顔色がますます悪くなる。おそらく今までの彼にとって、両親は絶対的な支配者だったのだ。そう簡単に、その呪縛から逃れられるものではない。

しかし、公爵夫妻が体を強張らせたグレゴリーの前にたどり着く前に、すいと彼らの間に歩み出た者がいる。

ナギだ。

彼女はライニールが制止するより先に、大きく振りかぶった右手で、マクファーレン公爵の頬を力いっぱい張り飛ばした。その衝撃に公爵の首がのけぞるのと同時に、涼やかな鈴の音にも似た魔力の共鳴音が、中庭いっぱいに幾重にも響き渡る。

リィン、リン、リィン……と、まるでその場を祝福するような美しい音の中、グレゴリーを背後に庇ったナギがにこりと笑う。共鳴した魔力の波動に浮かぶ彼女の金髪が、柔らかな光そのもののように美しく舞い踊る。

「ごきげんよう、マクファーレン公爵。そして、はじめまして。――お父さま、とはお呼びいたしませんわ。わたしがそう呼ぶのは、これから何があってもわたしを守るとおっしゃってくださった、とっても優しくて素敵なお兄さまだけですもの」

そのとき、片手で額を押さえたライニールが天を仰いだ理由が、「あーあ、やっちまった……」だったのか、「おれの妹、超尊い……」だったのかは、本人のみが知るところだろう。

シークヴァルトは、ナギの思い切りのよさにあやうく噴き出すところだったが、どうにか平静を保って様子を窺う。

張り飛ばされた頬に触れたまま硬直したマクファーレン公爵を、氷のような目で冷たく一瞥したナギは、グレゴリーを振り返ってほほえんだ。

「ありがとうございます、グレゴリー。わたしは……わたしたちは、あなたのお気持ちだけで充分です。公爵ご夫妻は、あなたからのこれほど必死のお願いでさえ、歯牙にも掛けてくださらなかった。彼らは、ご自分たちのされたことを、きっと何ひとつ後悔も反省もしていらっしゃらない。そんな方々に、口先だけの謝罪をされたところで虚しいだけですもの」

「ナ、ギ……っ、ぼく、は……」

グレゴリーの両目から、大粒の涙がぼろぼろとこぼれ落ちる。ナギはそんな彼の震える手を取り、そっと両手でそれを包み込む。

「大丈夫です。あなたは、何も間違ったことはしていません。……それでも、ご両親の過ちを認めるだけでも、あなたはとても苦しかったでしょう。怖かったでしょう。ごめんなさい。あなたの気持ちに甘えて、辛いことをさせてしまいました」

「ご……め……っ、ぼく……もっと、ちゃんと……っ」

何度もしゃくり上げるグレゴリーの姿に、周囲にいる女性陣――学生の母親たちがみな涙ぐみ、痛ましげな視線を向ける。男性陣も、涙ぐんでこそいないものの、我が子と同世代の子どもの泣く姿に胸を痛めているようだ。教室でグレゴリーを励ましていたクラスメートの女生徒たちなど、すでにボロ泣き状態である。

シークヴァルトは、公爵夫妻の様子を慎重に窺う。

(さて、これからどう出る？　ナギと公爵の魔力は共鳴した。ライニールの言葉が真実だったことは、この場の全員が見届けた。おまけに、報道陣連中が今までのすべてを記録している。普通なら、ここで完全に終わりだろうが……)

「……っアァァアアアアッッ!!　おまえェ！　わたくしのグレゴリーから離れなさい！　わたくしからオーブリーさまを奪っておきながら、今度は息子まで奪おうというの!?」

突然、ガラスを金属で引っ掻くような声で、公爵夫人――イザベラが絶叫した。そして彼女は、一般的な女性の倍はありそうな大きな体を揺らしながら、すさまじい勢いでナギとグレゴリーに向かって突進していく。

(おいおい……っ)

貴族の女性が、護身用に小さな刃物や魔導具を所持しているのは、さほど珍しいことではない。シークヴァルトも、そういったものを相手取る事態は想定していた。たとえマクファーレン公爵家の護衛たちが、全員束になって襲いかかってきたとしても、問題なく対処できる自信はあったのだ。

しかし、半ば正気を失ったような肥満体の女性が、血走った目をして自ら爆走してくるとなると

――。

「フブォッ！」

（……あ、スマン）

淑女らしからぬ濁音、そして地響きとともに、イザベラが地面に沈む。真っ赤なドレスがめくれ上がった格好のまま、ぴくぴくと痙攣する彼女の姿に、シークヴァルトはさすがに申し訳ない気分になった。

だが、これは不可抗力だ。何しろ、今のシークヴァルトは防御魔術も魔導具も、よほどの非常事態でなければ使うことができないのである。

よって、至極シンプルな対処方法――即ち、興奮した牛のような勢いで突っこんでくる相手の足を引っかけ、その場にすっ転がすしかなかったのだ。

結果、見事に空中を反転したイザベラは、その勢いと体重をすべて顔面で受け止める形で、景気よく地面に激突した。下が柔らかい芝生であったことが、辛うじて救いになっただろうか。もし彼女が着地したのが石畳の上だったなら、首の骨を折って即死していたかもしれない。

とはいえ、イザベラが止まったのは、ナギとグレゴリーからほんの数歩手前だ。もしあの勢いのまま突っこんでいれば、ふたりとも無事ではいられなかっただろう。

立ち上がって振り返れば、互いの手を握ったまま青ざめている弟妹を背に、ライニールが深く息を吐いていた。

「助かったよ、少年。きみがあと一秒遅ければ、おれは公爵夫人を殺していた。ありがとう」

「……いえ。咄嗟に、ヤバいと思っただけなんで」

心から安堵したようなライニールの言葉は、ただの事実だ。

ナギの前で、彼に人殺しをさせるようなことにならなくて、本当によかった。

その後、茫然自失となったマクファーレン公爵は、鼻血だらけの気絶した夫人とともに、従僕たちの手で馬車に運び込まれるようにして姿を消した。

グレゴリーは寮生なので、元々屋敷に帰る予定はなかったという。ナギともどもシークヴァルトに礼を言った彼に、シークヴァルトは短く問うた。

「おまえ、これから大丈夫なのか？」

「うーん、どうだろう。あれ？　今日の件で父上から勘当されたら、学園は退学になるんだろうか。もしそうなったら……えぇと、平民として個人登録をし直したあと、改めて入学申請をすればいいのかな？」

小首を傾げてそんなことを言うグレゴリーに、ライニールが問いかける。

「きみは、マクファーレン公爵家を継ぎたくはないのかい？」

少し迷うようにしてから、グレゴリーが口を開く。

「正直、よくわかりません。ぼくはずっと、あの家を継ぐ者として育てられてきました。ですが、今あの家の者たちが望んでいるのは、あなたが後継者として戻ってくることのようなので……」

「は？　なんだい、それは。おれは五年前、あの家の連中に『不道徳な女の血を引く後継者など、マクファーレン公爵家には必要ない』と言われて追い出されたんだが？」

眉をひそめたライニールの言葉に、グレゴリーはなんとも言い難い顔になる。

「えぇと……あなたが出て行かれてから、ぼくの後継者教育がはじまったのですけれど。どうも彼らの中では、マクファーレン公爵家の後継たるもの、あなたくらいのことはできて当たり前だったようなんです」

その瞬間、居合わせた紳士淑女が揃って苦虫をかみつぶしたような顔になったのを、シークヴァルトはたしかに目撃した。

――騎士養成学校を首席で卒業し、在学中から仕事をしない父親に代わって領地の経営に携わり、王太子からは『兄上』と呼ばれ、慕われる。

そんなライニールを、十歳の子どもが当然クリアすべき基準とするなど、マクファーレン公爵家の者たちは、揃いも揃って頭がおかしいのではないだろうか。

「ぼくは、あなたとは比べようもなく凡庸な子どもでしたし……。今から思えば、それまで散々甘やかしてろくな勉強もさせていなかったぼくに、どんな無茶を言ってくれているんだって感じではあるのですけどね」

「そ……そう、か」

ライニールの顔色が、若干悪くなっている。

(あー……。ライニールもオスワルドも、この坊ちゃんのことを『能なし』だとか言ってたもんな。十歳までは甘やかされ放題だったってんなら、そりゃあ能なし判定にもなるだろうけどよ。ライニールがいなくなった途端、今度はライニールを基準にした連中に、坊ちゃんが散々いやみを言われ

る羽目になったわけか。……つくづく、救いようのねえ連中だな)

「ぼくがあの家を継がなくても、ほかに継ぎたがる者はいくらでもいそうですし、特に問題はないと思います」

淡々と言うグレゴリーは、本当にマクファーレン公爵家にはなんの未練もないように見えた。ライニールが、軽く眉間を揉みながら口を開く。

「まあ……うん。その辺りについては、落ち着いてゆっくり考えてから決めるといいよ。ただ、今のきみをマクファーレン公爵が勘当しようと思ったとしても、その理由がない。何より、今の彼にそんな気力は残っていないだろうね」

そう言って、ライニールは表情を改めた。

「グレゴリー。きみは、おれとナギのために怒って、泣いてくれた。その気持ちは、本当に嬉しく思う」

それでも、と続けるライニールの声が、一段低くなる。

「おれとナギが、マクファーレン公爵夫妻と馴れ合う日は決してこない。きみがこれからも両親とともにあることを選ぶなら、いずれきみは必ずおれたちの敵になる。……これはおれの勝手な希望なんだが、できることなら、そんな未来は選ばないでもらえるとありがたい」

グレゴリーが、目を見開く。まじまじとライニールを見上げた彼は、少し掠れた声で言う。

「ぼくを……惜しんで、くれるんですか？　あなたが？」

「きみが五年前の生意気な子どものままなら、何も惜しくはなかったのだけどね。今は――そうだな。きみがこれからナギと同じ教室で、一緒に楽しく学んでくれたなら、おれはとても嬉しいよ」

その穏やかな笑顔と言葉に、グレゴリーの涙腺が再び緩んだようだ。じわりと浮かんだ涙を袖口で乱暴に拭い、何度もうなずく。

「あ……ありがとう、ございます……っ」

「うん。これから何か困ったことがあったら、おれに相談するといい。できる限り、力になる」

そんなふたりの様子に、周囲にほっとした空気が流れる。彼らが和解したなら、これからマクファーレン公爵家がどうなろうとも、グレゴリーだけは必ず救われるだろう。

（マクファーレン公爵家を残すか潰すかは、これからのお坊ちゃまの選択次第、か。……まあ、どっちに転んでも、ナギにとって悪い結果にはならなさそうだ）

この国の現正妃の生家である、マクファーレン公爵家。広大な領地と莫大な資産、そして王妃の外戚としての王宮における絶大な発言権を持つこの家を、手に入れたいと望む者はたしかにいくらでもいるに違いない。

だが実際のところ、マクファーレン公爵家の当代当主は、その地位から得られる特権を享受するばかりで、それに伴う義務をまったく果たしていなかった。何より、後継者の教育を蔑ろにし、くだらない恋愛遊戯にばかりうつつを抜かしている。

ライニールがいた頃は、彼が当主代行を務めることで問題なく回っていたようだが、幼いグレゴリーに同じことができたとは思えない。マクファーレン公爵家の内情は、かなり厳しいことになっているのではないだろうか。

（まあ、ライニールとナギが、ここまでしっかりお膳立てをしてやったんだ。今まで母親の実家の横暴を放置してきた責任は、オスワルドが負うべきだよな。……昼飯、何にするかな）

完全に他人事モードのシークヴァルトが、今日の後始末をすべて友人の王太子に丸投げし、昼食に思いを馳せたときだった。通信魔導具にアイザックからの緊急伝達が入ったのを受け、即座に思念伝達魔導具へリンクさせる。

『――団員各位に告ぐ。現在、東の国境近くで凶暴化した大型魔獣が二体出現。東の第三騎士団が対応中だが、負傷者多数とのこと。死者はなし。これより、第一部隊が第三騎士団援護のため現場に向かう。第二部隊は現在の任務を続行。第三部隊は本部にて不測の事態に備えよ。以上だ』

書き下ろし番外編

『リオ』

SEIJO
samaha
Torikaeko

「おはよう、ナギ」

鏡の中の自分に向けて、そっと挨拶をする。

肩の下辺りまで伸びた艶やかな黒髪と、無表情にこちらを見返してくる茶色の瞳。幼く愛らしい顔立ちの中で、すでに絶望を知る瞳の暗さだけが、ひどく異質だった。

――本来ならばとうに命を失っていたはずの自分が、なんの罪もない少女の人生を奪って、ここにいる。なんて、罪深い。

なのに今の自分は、ただひたすらに辛く苦しいばかりだった日々の記憶も、己の命を利用し尽くされた屈辱の中で殺された痛みと恐怖も、すでに他人事のような記録としてしか認識できない。

ほかでもない、この体を奪われた理不尽さに憤っていいはずの少女自身が、不可思議な世界の管理者とやらに、そう願ってくれたから。

(……あなたは、優しすぎる)

毎朝、目が覚めるたびに泣きたくなる。

温かなベッドと美味しい食事が約束された、幸せな生活。優しい家族と、当然のように与えられる自由と未来。そんなすべてを突然奪われ、あの苦しみに満ちた世界に放りこまれた彼女が、どうしてその原因となった自分にまで、これほど優しくしてくれたのだろう。

『大好き』

そんな風に言ってもらえる理由なんて、ないはずだった。

『リオが死ななくて、よかった。……本当に、よかった。こんなの全然、リオのせいじゃない』

どうして彼女は、一度も触れ合ったことのない自分の罪を、すべて許してくれたのか。

『泣かないで。ちゃんと、高校行ってね。たくさん友達作って、美味しいものいっぱい食べてね。あと、お父さんとお母さんとお兄ちゃんにも、大好きって伝えて。今までたくさん、ありがとうって。わたしは、こっちでがんばる』

彼女だって、誰よりも大切な家族と、永遠に切り離されたばかりだったのに。

『だから、リオもがんばって。一緒に、がんばろうね』

がんばって、だなんて。

（ごめんなさい、ナギ）

――これから辛いことばかりだろう人生を押しつけてしまった彼女に、同じ言葉を返すことなどできなかった。

冷たい鏡に指先で触れ、目を閉じる。

あの日以来、ナギの両親は『娘』の様子を注意深く見守ってくれていた。泣きじゃくり、手の付けられないほど怯える彼女が落ち着きを取り戻してからも、ほんの少し不安げな様子を見せるたびに、優しく寄り添ってくれたのだ。

それは、生まれてはじめて触れた、『親』から与えられる無償の愛情。

母の顔も知らない孤児だったかつての自分が、ずっと憧れていたもの。温かくて嬉しくて、少しだけくすぐったい。自分が愛され、望まれている存在なのだと、無条件に信じられる。……そんな安心感を、今まで知らずに生きてきた。

（あなたの幸せを奪ってしまって、ごめんなさい）

この罪悪感からは、きっと一生逃れられることはないのだろう。それでいい。すべてを与えて許してくれた、誰よりも優しく愛しい少女を忘れて生きる人生なんて、絶対に許されるわけがないのだから。

苦い呼吸を整え、目を開く。

鏡の中の自分に、命じる。

——笑え。

「凪ー！　まだ寝てるのー？」

「……起きてるよー！　今行くー！」

母の呼び声に、『普段通りに』元気よく答える。

今の自分は、緒方凪。

命の危険が遠い平和な国で、大好きな家族とともに生きている、幸せな少女。

こんなにも素敵な人生を与えてくれた彼女には、もう何ひとつ返すことができないから——。

（ナギ。あなたの家族は、私が必ず幸せにしてみせる）

その誓いを胸に、生きていく。

＊＊＊

「ねえねえ！　もし違ってたら、ほんとゴメンなんだけど！　緒方さんって、ひょっとして『リオ』だったりする⁉　『現役女子高生が、オリジナルソングを歌ってみた』の！」

自宅から電車で二駅の高校に入学して、早一ヶ月。

昼食後の休み時間、クラスメートたちとの他愛ない会話を楽しんでいた凪は、突然飛びこんできた隣のクラスの女生徒からの問いかけに、目を丸くした。

「そうだけど。顔、下半分しか出してないのに、よくあれが私だってわかったね？」

彼女は体育の授業で一緒になることもあるため、一応顔見知りではあるけれど、まったく話をしたこともない相手である。凪の声を間近で聞いたことすら稀だっただろうに、よくネット越しの歌声と結びつけたものである。

世の中には耳のいい人間がいるのだな、と感心しながら頷いた瞬間、周囲ですさまじい絶叫が起きた。

「ええぇぇええぇー⁉　ちょ、マジで⁉」

「ウッソでしょ、『リオ』ってあの『リオ』⁉　フォロワー数、めっちゃエグくなかった⁉」

（み……耳が、痛い……）

凪が耳を押さえて顔をしかめている間にも、周り中の生徒たちがそれぞれの携帯端末を操作している。どうやら、高校入学当初から凪が動画を投稿してきたサイトを確認しているらしい。

（うーん。元の世界で人気のあった昔の歌に、適当に歌詞をつけて歌ってみただけなんだけど。なんか、意外とウケてるみたいで嬉しいです。私立大学の受験費用と学費って、ホントえげつない金額だもんねえ）

日々淡々と勉学に励むだけで、高めの社会的地位と収入を得られるようになるというなら、その努力を惜しむという選択肢は凪にはなかった。

将来の職業については、まだ具体的に考えているわけではない。しかし、今後この国の社会情勢を学んでいく中で、もし医療分野に進みたいと思った場合、かつ志望する大学が私立だった場合、その学費は本当に目玉が飛び出るような額になるのだ。

だから、『現役女子高生』という最強のブランドが使える間に、利用できるものはなんでも利用して稼いでおこうと決めた。その中にはもちろん、『リオ』として生きてきた間に得た知識や経験も含まれている。

それぞれの楽曲の作者たちには少々申し訳ない気もするけれど、あちらの世界でもすでに亡くなった方々ばかりなので、その辺は大目に見ていただきたいところだ。

（まあ、私もあの世界では幽霊みたいなものだし。この辺は、お仲間割引ってことでお願いします）

そんなことを考えていた凪に、隣で携帯端末をいじっていたクラスメートが、恐る恐るといった様子で話しかけてくる。

「えっと……緒方さん？　『リオ』って顔出ししてないのに、こんなふうに身バレしちゃってよかったの？」

「んー？　どうせ、大学の学費ぶんを稼いだら、歌のネット配信はやめるつもりだから。そしたら『リオ』のことなんて、みんなすぐに忘れるでしょ？　顔も元々下半分は出してたし、バレたらバレたで隠し事がなくなっていいかなー、と思ってたよ」

流行廃《はやりすた》れがあっという間に入れ替わるのが、ネットの世界というものだ。しかし、そう言うと最初に声を掛けてきた隣のクラスの少女が、なぜかこの世の終わりのような顔をして「嘘でしょ⁉」と叫んだ。

「学費目的なの⁉　でもあんなに歌えて、しかも作詞作曲もガチでオリジナルなんだよね⁉」

「え？　うん」

アカペラでは少し寂しかったので、高校の入学祝いとして両親が贈ってくれたノートパソコンに、無料の音楽制作アプリをダウンロードして、簡単な伴奏部分を作っている。

「ただ私、音楽アプリの使い方がいまいちわかってないから、アレンジがすごく雑でしょ。動画のコメントでも、その辺かなりツッコまれてるし。今は、アップしてるのが現役女子高生ってことで甘く見てもらえてるけど、そのうちもっとちゃんと勉強しろって叩かれて終わるだけだよ」

「〜〜っいろいろ！　本当にもう、ものすごく！　いろいろ言いたいことはあるけど！　とりあえず、いっこだけ全力で主張させて！」

ぐっと両手の拳を握りしめた隣のクラスの少女が、大きく息を吸った。

「もっ！　たい！　ないぃいいいー‼」

「……立派な肺活量だねえ」

心から感心した凪は、母が持たせてくれた保冷瓶のお茶を飲む。

「まあ、もうしばらくは続けていくつもりだし。もし『リオ』の歌を気に入ってくれているなら、これからも聞いてもらえると嬉しいです」

「気に入ってるよ⁉　ていうか、ガチで推してるよ！　あぁぁああ、同じ高校の、しかも隣のクラスに『リオ』がいたとか、めっちゃ心がぴょんぴょんしてたのにー！」

どうやら彼女は、本気で嘆いているようだ。

（うーん……。なんだか、申し訳ない？）

凪は、困った。ウケればラッキー、程度の気持ちではじめたことに、これほど熱意を持って応えてくれる相手がいたとは、まったく想像もしていなかったのだ。

と、それまで黙っていたクラスメートのひとりが、思い切ったように口を開いた。

「あの……緒方さん。もしよかったら、放課後に軽音部の見学に行ってみない？」

「軽音部？」

首を傾げた凪に、クラスメートは頷いた。

「うん。私のお兄ちゃんが、軽音部でベースを担当してるんだけど。曲のアレンジとかもかなり本格的にやってるみたいだから、ちょっとは『リオ』の参考になるかなって……」

「……それって、入部しなくちゃダメなやつじゃないの？」

いくらなんでも、部外者の相談事にいちいち対応するほど、先方も暇ではないだろう。しかし、クラスメートは真顔でぐっと親指を立てた。

「大丈夫！　ぶっちゃけ、うちのお兄ちゃんもガチで重めの『リオ』推しだから！　緒方さんを紹介したら絶対めちゃくちゃテンパるはずだし、その瞬間を逃さず激写してやるつもりだよ！」

「はぁ……」

なんだかよくわからないけれど、もし音楽制作アプリの使い方を指導してもらえるなら、ありがたいことだ。

少し考え、凪は親指を立てたままのクラスメートに問いかけた。

「軽音部のお兄さんが『リオ』の歌を気に入ってくれてるなら、まだネットに上げてない歌を歌ってみたら、相談のお礼になったりするのかな？」

軽音部に入部する予定がない以上、指導を仰ぐには相応の謝礼が必要になる。しかし、学生同士で金銭のやり取りをするのは、いくらアルバイトに寛容な学校でも、さすがに問題になりそうだ。

消去法で、何か適当な若者向けの歌でも提供してみるのはどうだろう、と思ったのだが――。

「……『リオ』の新曲初公開とか、オーバーキルが凄すぎる件。可愛い顔して、何えげつないこと言ってんの、この子」

「……え、私は軽音部に入部届を出せばいいの？　そしたら、その奇跡の瞬間に立ち会える？」

（……うん。この世界の子どもたちの価値観って、やっぱりまだよくわかんない）

結局、その日の放課後、凪は軽音部の兄を持つクラスメートとともに、学校の部室棟を訪問することになる。

そして、そのときの出会いが、凪の――『リオ』の運命を大きく変えるのだが、そんな未来をまだ誰も知る由はないのであった。

あとがき

はじめまして、常に試されている北の大地でモノカキをしております、灯乃と申します。このたびは、拙作『聖女さまは取り替え子』をお手に取っていただき、ありがとうございます！

この物語に書籍化のお話をいただいたときは、本当に踊り出したくなるほど嬉しかったです。その直後に帯状疱疹にやられてみたり、座骨神経痛に苦しめられたりということもありましたが、人生プラスマイナスちょっとプラスであればいいのです。書籍化という超絶ハッピーな出来事に恵まれたのですから、些細な体調不良など……どうでもよくはないので、自己管理がんばります。ハイ、深夜のカップ麺はもう食べられないお年頃なので。

免疫力アップという点においては、結構勝ち組のはずなのですけどね。何しろ、毎日愛くるしいわんこたちと戯れておりますし。我が家の愛犬は、とってもクールビューティーでスイートキュートな柴犬と、見た目だけは大変イケメンなビビリのシベリアンハスキーです。親バカ丸出しで大変恐縮ですが、二頭ともとてもとても可愛いわんこたちです。ただ、わんこというのは、先住犬の行動を真似するものなのですね……。柴犬が柴距離なのは柴犬なので当然ですが、ハスキーまで柴距離を発動するのは勘弁してください。もちろん、躾はきちんとしているので呼べば来るのですが、何気なく寄ってきたハスキーを撫でようとしたときに、すっと避けられると大変もの悲しくなります。飼い主は、キミたちを全力で幸せにして、ついでに心ゆくまでもふもふするために生きているのですよ？　その点どうお考えなのですかと、小一時間ほど問い詰めたくなります。飼い主が筋トレをしていたら、ここぞとばかりに延々と顔を舐め回してくるくせに、ツンデレなんて覚えなくてもいいのですよ。まったくもう。

あ、筋トレですが、とにかく毎日何かしらひとつは絶対しよう！　という心意気でがんばっています。とにかく『続ける』ことに根性を全振りしている感じです。この本が書店に並ぶ頃には、少しは結果が出ていると……いいなあ……ふふ。

そして、筋肉といえば良質のタンパク質ですね！　我が家は大変ありがたいことに、時折格安でエゾシカ肉をゲットしております。はじめは、犬友さんからわんこ用に塊肉をいただいていたのですが、人間も食べられるとのことだったので、いろいろ試行錯誤しながら調理しています。今のところ、スネ肉をトロトロになるまで煮込んだカレーと、首肉の生姜煮と、スペアリブのビール煮が大変美味しくできるようになりました。

その犬友さんからのご縁で、何度かエゾシカ丸ごと解体のお手伝いもさせていただいています。そこでまず驚いたのは、解体に取りかかる前に、バーナーで毛皮の表面を炙っていたことです。そうしないと、ダニだらけでとても作業どころの騒ぎではなくなるのだとか。お陰で、鹿の解体に関する描写であれば、自信を持って書けるようになりましたが……まあ、そこまで詳しい描写をする必要はないですよね。グロ禁止。

なんだかとりとめのないことばかりをつらつらと語ってしまいましたけれど、この『聖女さまは取り替え子』という物語は、こんな感じの愛犬たちにメロメロで、食い意地の張ったモノカキによって生み出されております。ハッピーエンドだけはお約束できますので、どうぞこれからもよろしくお願いいたします！

令和六年五月吉日　灯乃

次巻予告
聖女さまは取り替え子 2
Seijo sama ha torikaeko
著 灯乃
ill. 眠介

女は度胸!!
聖女は
気合いと根性!!
聖女として初めて戦場へ向かうナギ。
魔獣凶暴化の原因、融解寸前の魔導鉱石に対処する
彼女のもとへ現れた謎の青年。
どうやら「リオ」の過去を知っているようで——?!
型破りな暴走聖女のハイテンション・キュアファンタジー第２弾!!
ナギ!
オレの声を
聞くんだ!
第2巻2024年秋発売予定!

出来損ないと
呼ばれた元英雄は、
実家から追放されたので
好き勝手に生きることにした
テレ東・BSテレ東・AT-Xほかにて
TVアニメ絶賛放送中！

[NOVELS]

原作小説

第7巻

2024年

5/20

発売！

[著]紅月シン

[イラスト]ちょこ庵

[COMICS]

※8巻書影

コミックス

第9巻

2024年

6/15

発売！

[原作]紅月シン [漫画]鳥間ル

[構成]和久ゆみ

[キャラクター原案]ちょこ庵

[TO JUNIOR-BUNKO]

TOジュニア文庫

第3巻

2024年

6/1

発売！

[作]紅月シン [絵]柚希きひろ

[キャラクター原案]ちょこ庵

[放送情報]

※放送日時は予告なく変更となる場合がございます。

テレ東

毎週月曜 深夜26時00分～

BSテレ東

毎週水曜 深夜24時30分～

AT-X

毎週火曜 21時30分～

（リピート放送　毎週木曜9時30分～／

毎週月曜15時30分～）

U-NEXT・アニメ放題では

最新話が地上波より1週間早くみられる！

ほか各配信サービスでも絶賛配信中！

STAFF

原作：紅月シン『出来損ないと呼ばれた元英雄は、実家から追放されたので好き勝手に生きることにした』（TOブックス刊）

原作イラスト：ちょこ庵

漫画：鳥間ル

監督：古賀一臣

シリーズ構成：池田臨太郎

脚本：大草芳樹

キャラクターデザイン・総作画監督：細田沙織

美術監督：渡辺 紳

撮影監督：武原健二　坂井慎太郎

色彩設計：のぼりはるこ

編集：大岩根力斗

音響監督：高桑 一

音響効果：和田俊也（スワラ・プロ）

音響制作：TOブックス

音楽：羽岡 佳

音楽制作：キングレコード

アニメーション制作：

スタジオディーン×マーヴィージャック

オープニング主題歌：蒼井翔太「EVOLVE」

エンディング主題歌：愛美「メリトクラシー」

CAST

アレン：蒼井翔太

リーズ：栗坂南美

アンリエット：鬼頭明里

ノエル：雨宮 天

ミレーヌ：愛美

ベアトリス：潘めぐみ

アキラ：伊瀬茉莉也

クレイグ：子安武人

ブレット：逢坂良太

カーティス：子安光樹

TVアニメ

公式サイトはコチラ！

dekisoko-anime.com

シリーズ累計90万部突破!!（紙＋電子）

TOブックス
コミカライズ
連載最新話が
読める!!!!
「本好きの下剋上」をはじめとする
TVアニメ化作品盛りだくさん!!

聖女さまは取り替え子

2024年5月1日　第1刷発行

著　者　　灯乃

発行者　　本田武市

発行所　　TOブックス
〒150-0002
東京都渋谷区渋谷三丁目1番1号　PMO渋谷Ⅱ　11階
TEL 0120-933-772(営業フリーダイヤル)
FAX 050-3156-0508

印刷·製本　中央精版印刷株式会社

ISBN978-4-86794-170-6